KB251271

세상에서 가장 아름다운 슬픔

세상에서 가장 아름다운 슬픔

상실을 품은 마음이
서로를 따뜻하게 감싸는 이야기

김재왕 치유소설

목차

제1화

겨울,

그녀의 고요한 치유

그녀는 한참 동안 쉬지 않고 그림을 그렸다. 마음 깊숙이 가라앉아 있던 감정들이 붓끝을 타고 흘러나와 색으로 번져갔다. 눈가에는 어느새 뜨거운 눈물이 흘러내리고 있었지만, 소영은 그것을 닦지 않은 채 계속해서 붓을 움직였다.

소영은 상담실 현관을 나서는 순간 겨울밤의 차가운 공기를 들이마셨다. 어둠이 내려앉은 서울의 거리에는 깊은 정적이 감돌아, 보이지 않는 원자 하나까지 느껴질 만큼 고요했다. 가로등 불빛이 희미하게 퍼져 인도 위의 얇은 서리를 비추고, 건물들의 벽은 어둠 속에 차갑게 잠겨 있었다. 그녀는 목도리를 여미며 잠시 멈춰 서서, 하얀 입김이 어둠 속으로 흩어지는 모습을 바라보았다.

— 하… 춥다….

하루 종일 상담실에서 내담자들과 그림을 그리며 그들의 아픈 마음을 어루만졌지만, 퇴근 후의 고요 속에서야 비로소 자신의 고독이 서서히 모습을 드러냈다. 미술 치료사로서 다른 이들의 상처에 공감하며 위로를 건네던 그녀였지만, 정작 자신의 내면에는 말없이 쌓인 슬픔이 있었다. 바쁜 일과 중에는 잊힌 듯했던 쓸쓸함이 차갑고 고요한 밤 공기를 타고, 다시 그녀의 가슴속에 내려앉는 듯했다. 소영은 깊은 숨을 내쉬며, 마음 한편이 서늘하게 텅 빈 느낌을 가만히 음미했다.

상담실 앞 도로에는 차량도 거의 다니지 않아, 그녀의 발걸음 소리만이 조용히 울렸다. 희미한 가로등 아래, 인도 위로 드리운 그녀의 그림자가 묵묵히 따라왔다. 간간이 불어오는 찬 바람에 나뭇가지들이 마른 소리를 내며 흔들렸다. 먼 곳에서 자동차 경적 소리가 낮게 퍼져왔지만, 이내 적막 속에 부서져 버리는 듯했다. 소영은 두 손을 주머니 속에 깊이 넣고, 버스 정류장을 향해 천천히 걸음을 옮겼다. 정류장에는 그녀 혼자뿐이었다. 투명한 차양 너머로 보이는 겨울 밤하늘은 잿빛 구름으로 덮여 별 한 점 없이 어두웠다. 가로등 불빛이 정류장 의자 한쪽을 비추고 있었고, 그 빛을 피해 고드름처럼 길게 드리운 그림자가 그녀의 발치에 머물러 있었다. 기다림이 이어질수록 공기는 점점 더 차갑게 피부를 파고들었고, 적막은 더욱 깊어졌다. 그녀는 어깨를 움츠린 채, 멀리서 다가올 버스의 불빛을 가만히 기다렸다.

마침내 낡은 시내버스 한 대가 어둠을 뚫고 모습을 드러냈다. 희미한 전조등 불빛이 도로를 훑으며 다가오자, 소영은 손에 쥔 교통카드를 가볍게 힘주어 잡았다. 버스는 조용히 정류장 앞에 멈춰 섰고, 문이 열리며 따뜻한 내부의 불빛과 함께 낮은 엔진 소리가 새어 나왔다. 그녀는 조심스럽게 발을 움직여 버스 계단을 올랐다.

버스 안은 바깥과 달리 은은한 온기로 가득했다. 소영은 뒷좌석 창가에 조용히 앉아, 코끝에 남은 차가운 한기를 천천히 녹였다. 실내 난방 덕에 창문에는 옅은 성에가 서려 있었고, 그녀는 차가운 손끝으로 투명한 창에 작은 원을 그려 바깥을 내다보았다. 몸은 점차 따뜻해졌지만, 마음속에는 여전히 싸늘한 공기가 가라앉아 있었다. 버스의 진동과 희미한 엔진 소리가 귓가에 일정한 율동으로 울리자, 그녀는 비로소 온 종일 굳어 있던 자신을 조금 내려놓는 듯했다.

창밖으로 서울의 겨울밤 풍경이 흘러갔다. 거리의 불빛들은 길고 흐릿한 궤적을 그리며 그녀의 눈에 상처를 남기는 듯 스쳐 지나갔다. 상점들의 간판 불빛은 하나둘 꺼져갔고, 철제 셔터가 내려진 가게 앞에는 노란 가로등 빛만이 쓸쓸하게 머물러 있었다. 신호등이 빨간색에서 초록색으로 천천히 바뀌는 모습이 버스 창에 어른거렸고, 그 빛이 그녀의 창백한 얼굴 위로 잠시 스며들었다가 이내 사라졌다. 창에 비친 그녀의 눈동자는 피로에 잠겨 있었고, 그 속에 담긴 쓸쓸함은 차가운 바깥 풍경과 겹쳐져 아련하게 반사되었다.

버스는 비교적 한산한 도심 거리를 조용히 미끄러지듯 달렸다. 늦은 밤, 인도 위엔 코트를 여민 채 발걸음을 재촉하는 사람들이 있었지만, 누구 하나 서로를 마주 보지 않았다. 각자의 고단함에 갇힌 채, 말없이 스쳐 지나갈 뿐이었다.

그 틈에서, 서울역 버스환승센터 한구석에 홀로 서 있는 한 사내가 눈에 들어왔다. 낡고 지저분한 코트는 얼룩과 먼지로 뒤덮여 있었고, 군데군데 실밥이 터져 나와 있었다. 바람에 펄럭이는 코트 자락은 마치 삶에 매달린 마지막 천 조각처럼 보였다. 발에는 헐어빠진 운동화를 신고 있었고, 덥수룩하게 자란 수염과 머리칼 사이로 고단함과 체념이 엉켜 있었다.

실연이라 하기엔 너무 깊은 상실감이었고, 외로움이라 부르기엔 지나치게 무거운 고독이 그를 감싸고 있었다. 잠깐 스쳐 지나간 풍경이었지만, 그 쓸쓸함은 도시의 불빛 사이에 잊힌 인간의 그림자처럼 남아,

얼어붙은 현실이 되어 소영의 심장을 아리게 후벼팠다.

어느 창문 너머로는 불이 환히 켜진 거실이 보였고, 그 안에는 누군가 그림자처럼 지나가는 모습이 스쳐갔다. 삶의 온기가 묻어나는 장면들이 유리창을 사이에 두고 흘러가고 있었지만, 그 풍경 속 따뜻함은 그녀에게 닿지 않는 별세계의 일처럼 느껴졌다.

버스가 다리를 건너자 시야가 한층 넓어졌다. 겨울밤의 서울은 한 폭의 회화처럼 창밖에 펼쳐졌다. 검게 가라앉은 한강 너머로 빽빽한 빌딩 숲의 불빛들이 반짝였고, 강물은 잔잔히 흐르며 그 빛들을 일그러진 그림처럼 비추고 있었다. 높이 솟은 타워의 붉은 조명등이 먼 하늘에서 느릿하게 점멸했고, 그에 따라 하늘도 희미하게 색을 달리했다. 소영은 잠시 눈을 감았다가 떴다. 가슴속에 맺혀 있던 공허함이 도시의 화려함 앞에서 오히려 한층 선명해지는 것이 느껴졌다. 버스 안은 여전히 고요했고, 몇 안 되는 승객들 또한 각자의 생각에 잠긴 듯 말이 없었다. 차창 틈으로 조용히 스며드는 바람 소리에 섞여, 라디오에서 흘러나오는 옛날 가요가 희미하게 들렸다. 그녀는 고개를 돌려 창에 기대고, 가만히 귓가에 스며드는 멜로디에 자신의 호흡을 맞추었다. 창밖의 네온사인 불빛이 간헐적으로 차안을 스쳐 지나갈 때마다, 그녀의 얼굴에도 푸른 빛과 붉은빛이 교차했다. 그렇게 한동안 멍하니 불빛의 흐름을 따라가다 보니, 마음속 생각들도 일시적으로 멀어지는 듯했다.

얼마나 지났을까. 버스는 어느새 그녀의 집 가까운 정류장에 이르렀고, 익숙한 거리의 풍경이 어둠 속에서 하나둘 모습을 드러냈다. 소영은 조용히 일어서서 하차 벨을 눌렀다. 딸깍하는 소리가 적막을 깨고 울리자, 버스는 속도를 줄이며 정류장 쪽으로 천천히 방향을 틀었다. 그녀는 주변 좌석에 앉은 사람들에게 방해가 되지 않도록 작은 목소리로 "실례합니다"를 중얼거리며 통로로 나섰고, 버스가 멈추자 미끄러지듯 문앞으로 다가섰다. 문이 열리며 차가운 밤공기가 다시금 그녀를 맞이하자, 소영은 조심스레 발을 디뎌 어두운 거리 위로 내려섰다.

버스에서 내려 집 가까운 거리로 들어서자, 주변은 한층 더 고요해졌다. 저녁 무렵이라 동네 골목길에는 인기척 하나 없이 적막만이 감돌고 있었다. 몇 개의 가로등이 희미하게 골목을 밝혔고, 담장 너머로 드리운 나뭇가지 그림자들이 벽에 일렁였다. 소영은 잠시 하늘을 올려다보았다. 잿빛 구름에 가린 밤하늘은 여전히 어두웠고, 찬 공기만이 얼굴을 스치고 지나갔다. 그녀는 서둘러 아파트 현관을 향해 걸음을 옮겼다.

아파트 건물 입구의 보안등 불빛이 차갑게 복도를 비추고 있었다. 그녀는 조용히 비밀번호를 누르고 문을 열었다. 인기척 없는 어두운 현관에서는 먼지 냄새와 함께 익숙한 정적이 그녀를 맞았다. 소영은 신발을 벗어 구석에 가지런히 놓고, 벽에 잠시 기대어 한숨을 내쉰 뒤 차가운 스위치를 눌러 불을 켰다. 어두웠던 거실에 노란 조명이 퍼지며, 비로소 사물들의 윤곽이 드러났다. 작은 아파트 공간에는 그녀의 생활 흔적들이 고요히 놓여 있었다.

방 안은 낮 동안 난방이 꺼져 있었던 탓에 싸늘했다. 소영은 곧장 난방기를 올리고, 두꺼운 코트와 목도리를 벗어 소파 위에 내려놓았다. 차가워진 손끝을 입김으로 녹이며 잠시 거실 한가운데에 멈춰 서 있었다. 텅 빈 집 안에는 시계 초침 소리와 냉장고의 윙윙거림만이 미세하게 울렸다. 도시의 소음조차 두터운 창문 너머에서 아득하게 들려올 뿐, 이곳의 정적을 깨지 못했다. 그녀는 어둠이 깔린 창밖을 잠시 바라보았다. 건너편 아파트의 몇몇 창문만 불이 켜져 있을 뿐, 대부분은 잠든 듯 캄캄했다. 겨울밤의 적막함이 실내까지 스며들어, 그녀의 마음에도 한층 깊은 고요가 내려앉았다.

그녀는 주방으로 가 주전자에 물을 올려놓았다. 이내 가스불 위에서 주전자가 달궈지며 낮게 윙윙거리는 소리가 퍼졌다. 물이 끓기를 기다리는 사이, 소영은 두 팔로 스스로를 살짝 끌어안았다. 하루를 보내고 혼자 남은 집 안의 공기는 차분했지만, 쓸쓸했다. 불빛 아래 드리운 자신의 그림자가 가만히 벽에 기대어 있었다. 그녀는 눈을 감고 깊은숨을 들이쉰 뒤, 천천히 내쉬었다. 마음속 깊이 가라앉은 슬픔이 미동 없이 잔잔히 자리하고 있었다.

주전자 뚜껑이 달그락거리며 증기가 새어 나오기 시작하자, 그녀는 컵에 따뜻한 물을 따라 한 모금 마셨다. 뜨거운 온기가 몸 안으로 퍼지면서 조금은 긴장이 풀리는 듯했다. 컵을 두 손으로 감싼 채 거실을 둘러보던 그녀의 눈길이 방 한쪽 구석에 머물렀다. 그곳에는 하얀 캔버스가 얹힌 작은 이젤, 그리고 물감들이 놓인 테이블이 있었다. 아직 아무것도 그려지지 않은 빈 캔버스는 조용히 그녀를 기다리고 있는 듯했다. 소영은 천천히 다가가 캔버스 앞에 섰다. 잠시 망설이던 그녀는 테이블 위 팔레트에 굳어 있는 물감 자국들을 바라보았다. 그리고 마침내 결심한 듯 깊이 숨을 내쉰 뒤, 조용히 스탠드 불을 조금 더 밝히며 그림을 그릴 준비를 시작했다.

소영은 캔버스 앞에 서서 잠시 눈을 감았다 떴다. 천천히 팔레트 위에 물감을 덜어내고, 짙은 남색과 회색을 섞어 차가운 밤하늘의 색을 만들었다. 그녀는 조용히 숨을 고른 후, 하얀 캔버스 위에 첫 붓질을 내렸다. 새하얗던 공간에 어두운 색이 번지자, 마치 얼어 있던 감정의 표면에 금이 가기 시작한 듯했다. 이어서 거친 붓놀림으로 색을 얹어 나갔다. 깊은 파란색과 잿빛, 먹색이 뒤섞이며 겨울밤의 풍경이 서서히 형체를 갖추었다.

화폭 위에는 쓸쓸한 거리의 윤곽이 드러났다. 가로등 한두 개가 어둠 속에서 희미한 빛을 드리웠고, 인도 위에는 길고 외로운 그림자가 내려앉았다. 길 한복판에는 작은 실루엣 하나가 가로등 불빛 아래 고요히 서 있었다. 그녀는 그 형체에 조심스레 붓을 가져가, 살짝 웅크린 어깨 선과 고개 숙인 모습을 그렸다. 캔버스 속 인물은 말없이 서 있는 그녀 자신처럼 보였다. 소영은 완전히 몰입한 채, 자신의 감정을 한 줄기 한 줄기 색으로 풀어냈다. 붓끝이 떨릴 때마다 마음 깊은 곳에 맺혀 있던 긴장과 슬픔이, 물감 속으로 천천히 스며드는 듯했다.

적막한 방 안에는 붓이 캔버스를 스치는 미세한 소리와 그녀의 고른 숨결만이 흐르고 있었다. 창밖의 차가운 어둠과 달리, 캔버스 위에는 서서히 감정의 온기가 채워졌다. 그녀는 문득 팔레트에 남겨진 밝은 색들에 눈길을 주었다. 부드러운 노을빛의 오렌지색과 옅은 분홍색 물감이 한쪽 구석에 남아 있었다. 잠시 망설이던 그녀는 작은 붓을 들어 오렌지색을 살짝 묻혀 들었다. 그러고는 가로등 불빛 주위에 아주 희미한 황금빛 광택을 더했다. 이어 옅은 분홍을 회색 하늘 가장자리에 스치듯 섞어 넣었다. 의식하지 못한 사이, 어둡던 화폭에는 한 줄기 온기가 붙어들고 있었다.

그녀는 한참 동안 쉬지 않고 그림을 그렸다. 마음 깊숙이 가라앉아 있던 감정들이 붓끝을 타고 흘러나와 색으로 번져갔다. 눈가에는 어느새 뜨거운 눈물이 맺혀 흘러내렸지만, 소영은 그것을 닦지 않은 채 계속해서 붓을 움직였다. 투명한 눈물방울이 뺨을 따라 흐르다 아래로 뚝 떨어져, 작은 물 자국을 남겼다. 그녀는 그 흔적마저 잠시 물끄러미 바라본 뒤, 다시 붓질을 이어 나갔다. 이렇게 자신의 슬픔을 색으로 하나하나 토해내듯 캔버스를 채워 나가자, 마음속에 얼어붙어 있던 응어리가 서서히 풀려나가는 기분이 들었다.

마침내 그녀는 붓을 내려놓았다. 한 걸음 물러서서 완성된 그림을 바라보았다. 어두운 겨울 거리 한복판, 작은 형체가 외로이 서 있었고, 그 위로 드리운 희미한 빛은 온기 없는 회색빛이었다. 그녀는 그림 속에서 자신도 몰랐던 감정의 균열을 보았지만, 끝내 그것이 무엇인지 단정할 수는 없었다. 소영은 조용히 숨을 내쉬었다. 잠시 무언가가 가슴 안을 스쳐 지나갔지만, 그 감정은 이내 어둠 속에 다시 묻혔다. 텅 빈 방 안, 캔버스 위에는 그녀의 하루와 견뎌낸 마음이 고스란히 얹혀 있었다. 차가운 겨울밤의 공기는 여전히 무겁게 내려앉아 있었고, 그녀는 천천히 눈을 감았다가 떴다. 어둠은 변함없이 머물러 있었고, 고요는 어떤 감정도 쉽게 허락하지 않았다. 그림은 말을 하지 않았지만, 그 침묵은 오히려 소영을 가장 깊은 곳에서 붙잡고 있었다.

세상에서 가장 아름다운 슬픔

제2화

오래된

피아노 교습소

피아노 없는 삶은 색을 잃은 흑백 필름처럼 무미건조했고, 하루하루 는 망가진 톱니바퀴처럼 겉돌 뿐이었다. … 숨을 쉬고 걸음을 옮기 고는 있었지만, 마음은 몇천 년 전에 얼어붙은 채 육신만 남아 어두 운 얼음 속에 잠든 차가운 미라처럼 쓸쓸히 비참한 시간에 갇혀 있 었다.

서울의 겨울 저녁은 온통 희뿌연 차가움으로 가득했다. 도심 속 오래된 골목은 해가 저물며 어둠에 잠겼고, 낡은 벽돌 건물들 사이로 희미한 가로등 불빛만이 간신히 길을 비추고 있었다. 매서운 바람이 골목을 휩쓸 때마다, 가로등 불빛 아래로 미세한 먼지들이 소용돌이치듯 흩날렸다. 찬 공기는 마치 날카로운 유리 조각처럼 피부를 스쳤고, 숨을 들이쉴 때마다 폐 깊숙이 서늘한 얼음조각이 박히는 듯했다. 몇몇 사람들이 언 손을 비비며 서둘러 골목을 지나쳤지만, 그들의 발자국 소리마저 바람에 섞여 이내 사라졌다. 고요는 그 자리에 짙게 깔려 있었다.

골목 끝자락, 오래된 피아노 교습소 하나가 자리하고 있다. 빛바랜 간판 아래로 노란빛이 어슴푸레 새어 나왔고, 두꺼운 문틈 사이로 어린 아이의 어설픈 피아노 연주 소리가 희미하게 흘러나왔다. 진형은 그 교습소 앞에 그림자처럼 우두커니 서 있었다. 낡은 외투 깃을 세워 찬바람을 막으면서도, 그는 발걸음을 떼지 못한 채 그 자리에 얼어붙은 듯 멈춰 있었다. 차가운 밤공기 속에서 간헐적으로 들려오는 서툰 음계 하나하나가, 그의 가슴속 상처를 조용히 건드리고 있었다.

두 해 전 그날 이후, 그의 시간은 그 자리에 멈춘 채 더는 앞으로 흐르지 않았다. 사고 뒤로 피아노를 다시 연주할 수 없게 되었다는 사실은 진형의 삶에서 빛을 빼앗아갔다. 지금 문틈 사이로 흘러나오는 아이의 서툰 연주마저도, 그에게는 견디기 힘든 기억의 파편처럼 가슴을 찔렀다.

그는 두 손을 주머니 깊숙이 찔러 넣은 채, 다시는 익숙한 건반의 감촉을 느낄 수 없으리라는 절망감에 사로잡혀 있었다. 차디찬 현실이 뼛속까지 스며들어, 잃어버린 시간에 대한 회한이 서서히 생의 의지마저 마르게 하고 있었다.

―춥다….

진형은 차갑게 굳은 눈꺼풀을 천천히 감았다. 귓가에 울리는 아이의 서투른 피아노 음은 어느새 달콤한 환상으로 변주되어 들려왔다. 그는 문득, 무대 위 쏟아지던 조명 아래서 피아노 앞에 앉아 있던 자신을 떠올렸다. 건반 위를 유영하던 손가락들, 곡이 절정에 이르렀을 때 심장이 터질 듯 솟구치던 감동, 마지막 음이 잦아든 뒤 홀처럼 조용히 퍼지던 숨 막히는 정적, 그리고 곧 이어지던 기립 박수 소리까지… 진형의 생은 그 순간들로 빛나고 있었다. 그때 그는 피아노와 하나가 되어, 세상 무엇도 두렵지 않은 듯 오직 음악 속에서 숨 쉬고 있었다.

그러나 그 찬란했던 기억은 이내 서릿발 같은 현실의 어둠 속에서 부서져 내렸다. 눈앞에 번쩍이던 조명은 순식간에 두 해 전 겨울밤의 한 장면으로 바뀌었다. 미끄러운 빗길 위에서 급정거하던 차량의 헤드라이트가 눈부시게 번쩍였고, 곧이어 귀를 찢는 금속 충돌음이 덮쳐왔

세상에서 가장 아름다운 슬픔

다. 모든 것은 한순간에 뒤엉켰고, 깨진 유리 파편들이 차가운 어둠 속으로 흩날렸다. 진형은 쓰러진 채 피로 물든 자신의 손을 바라보았다. 그 순간, 그의 세상이 영원히 무너져 내렸음을 직감했다.

진형은 번뜩 눈을 떴다. 심장이 뛰는 소리가 귓속을 요동쳤고, 귓가엔 여전히 아이의 어설픈 피아노 소리가 흘러나오고 있었다. 방금 전 떠올린 기억의 파편들은 가슴속에 서늘한 잔향만 남긴 채 사라져 갔지만 숨 막힘과 고통은 아직 가시지 있었다. 그는 떨리는 손을 주머니 속에서 꺼내어 바라보았다. 가로등 불빛 아래 드리운 그의 손 그림자는 이전과 다름없어 보였지만, 그 손으로 다시는 피아노를 연주할 수 없다는 생각에 맥박이 얼어붙는 듯했다. 눈앞에는 피아노 교습소의 빛바랜 창문이 보였고, 그 너머로 아이의 작은 실루엣이 어른거렸다. 그러나 진형에게 그 장면은 아득하게 먼 다른 세상의 풍경처럼 느껴졌다.

그날 이후로 그의 나날은 끝없는 겨울과도 같았다. 피아노 없는 삶은 색을 잃은 흑백 필름처럼 무미건조했고, 하루하루는 망가진 톱니바퀴처럼 겉돌 뿐이었다. 살아 있다는 감각조차 희미해져 갔다. 숨을 쉬고 걸음을 옮기고는 있었지만, 마음은 몇천 년 전에 얼어붙은 채 육신만 남아 어두운 얼음 속에 잠든 차가운 미라처럼 쓸쓸히 비참한 시간에 갇혀 있었다. 한때 따스했던 열정과 꿈은 모두 잿빛이 되어 버렸고, 그의 가슴속에는 서늘한 빈 공간만이 남아 있었다.

이따금 진형은 자신을 감싸안는 이 추위 끝에 더 깊은 고요가 기다리고 있기를 바랐다. 죽음에 대한 생각은 이제 더 이상 공포가 아니라 차라리 위안에 가까웠다. 삶의 불씨가 꺼져버린 그의 내면에는 잿빛 어둠만이 남아 있었고, 그 어둠 속에서 영원히 눈을 감는다면 오히려 편안해질 수 있을 것만 같았다. 차갑고 고요한 밤, 이 골목 어딘가에서 그대로 발길을 멈추고 모든 것을 내려놓는다면, 끝없는 상실의 고통도 함께 얼어붙은 채 멈춰 주지 않을까 하는 생각이 불현듯 스쳤다.

피아노 교습소 안에서 흘러나오던 서툰 선율이 마지막 음을 떨군 뒤, 잠시 고요가 찾아왔다. 곧 문이 열리며 아이와 선생이 밖으로 나왔다. 아이는 목도리에 얼굴을 파묻은 채 종종걸음으로 추위 속을 달려갔고, 선생은 그 뒷모습을 걱정스레 바라보다 문을 닫았다. 진형은 가로등의 어둑한 그늘에 몸을 숨긴 채 그 광경을 지켜보았다. 방금 전까지 피아노를 치던 아이는 금세 골목 저편으로 사라졌고, 남겨진 것은 다시 적막해진 교습소와 어둠 속의 진형뿐이었다.

아이의 뒷모습을 바라보는 순간, 진형의 머릿속에 아득한 어린 시절의 한 장면이 겹쳐졌다. 어린 진형 역시 저렇게 작은 손으로 건반을 두드리며 피아노와 처음 마주했었다. 하얀 건반에서 울려 퍼지던 첫 소리에 가슴이 두근거렸고, 서툴지만 한 음 한 음 배우며 꿈을 키워가던 날들. 그 시절의 그는 앞으로 펼쳐질 미래에 대한 기대와 희망으로 가득차 있었다. 그러나 세월이 흐른 지금 그는, 그 모든 것을 잃은 채 빈 껍데기만을 안고 이 거리에 서 있었다.

진형은 마침내 무거운 발걸음을 돌려 천천히 골목을 벗어나기 시작했다. 싸늘한 바람이 불자, 눈가에 맺혀 있던 얼어붙은 눈물이 조용히 풀려 내려왔다. 어느새 피아노 교습소의 불빛도 완전히 꺼져, 골목에는 깊고 어두운 고요만이 남았다. 진형의 그림자는 희미한 가로등 불빛 아래서 점점 멀어졌고, 머지않아 겨울밤의 어둠 속으로 녹아들 듯 사라졌다. 서울의 겨울 저녁은 그렇게, 또 하나의 쓸쓸한 그림자를 품은 채 깊어만 가고 있었다.

제3화

한겨울,

얼어붙은 마음

삶은 이렇게, 계속되고 있었다. 길을 걷는 사람들의 하루도, 서울의 겨울밤도 예년과 다르지 않게 흘러가는 것처럼 보였다. 그러나 그녀의 시간은 여전히 몇 년 전 그날에 머물러 있었다. … 비록 마음은 아직 한겨울 한가운데 머물러 있지만, 삶이라는 긴 밤의 터널 속을 지나기 위해 그녀는 오늘도 죽을힘을 다해 걸어 나가고 있다.

병원의 탈의실에는 하루의 끝을 알리는 적막이 감돌았다. 흰 천장에 매달린 형광등 아래에서, 현지는 거울 속 자신의 모습을 물끄러미 바라보고 있었다. 지친 눈꺼풀 아래로 옅게 드리운 다크서클과 입가에 어색하게 걸린 희미한 미소가 그녀의 고단함을 말해주는 듯했다. 평소 밝고 당찬 성격으로 늘 동료들에게 활력을 주던 그녀였지만, 거울에 비친 지금의 얼굴은 어딘가 쓸쓸해 보였다. 현지는 가볍게 고개를 저으며 애써 미소를 조금 더 환하게 그려보았다. 사람들 앞에서는 여전히 씩씩한 척 웃어 보이지만, 혼자 남은 이 순간에는 그 웃음이 오래 버티지 못했다. 그래도 오늘 하루를 무사히 버텨냈다는 사실만은 분명했다. 현지는 스스로를 다독이며, 마지막 남은 미소를 입가에 머금은 채 천천히 옷을 갈아입기 시작했다.

옷을 갈아입은 현지는 사물함을 잠그고 탈의실 문을 나섰다. 복도를 따라 천천히 걸어 병원 1층 현관으로 향했다. 자동문이 열리자 차가운 겨울 공기가 단숨에 그녀를 감싸안았다. 매서운 바람에 눈을 살짝 찡그린 그녀는 목도리를 고쳐 매고 코트 깃을 세웠다. 병원 건물 밖에는 이미 겨울 저녁의 어둠이 짙게 깔려 있었다. 가로등 불빛이 인도 위에 희끄무레한 원을 그리며 번지고, 하루를 마친 사람들의 발걸음이 하나둘 스쳐 지나갔다. 그녀가 숨을 내쉴 때마다 하얗게 피어오르는 입김이 어둠 속으로 흩어졌다. 바쁘게 돌아가는 병원 안과 달리, 바깥 공기는 놀랄 만큼 고요했고 차가웠다. 코끝을 에는 듯한 싸늘하고도 맑은 겨울 공기에는 박하향이 섞여 있었다. 현지는 잠시 걸음을 멈추고 깊게 숨을 들이쉬었다. 차디찬 공기가 폐 깊숙이 파고들자, 비로소 온몸에 남아 있던 긴장이 스르르 풀리는 듯했다.

— 오늘 정말 춥네.

현지는 천천히 익숙한 길을 따라 지하철역을 향해 걸음을 옮겼다. 장시간의 근무로 다리는 무거웠지만, 한 걸음씩 내디딜 때마다 그녀의 가쁜 숨은 차츰 고르게 바뀌었다. 퇴근 인파가 한참 빠져나간 뒤의 거리는 한산했다. 가로등 불빛 아래 도로 가장자리에는 며칠 전 내린 눈이 낮 동안 녹아 검게 말라 있었다. 찬 바람이 스칠 때마다 길가의 마른 나뭇가지들이 가늘게 떨었다. 멀리서 버스가 달리는 엔진 소리가 들려왔고, 건널목 신호등에서는 삑 하는 규칙적인 소리가 울려 퍼졌다. 발걸음을 재촉하는 사람들의 거친 숨소리 역시 겨울 밤거리의 정취 속에 묻혀 있었다. 현지의 지친 발걸음은 보도 위를 또박또박 울리며 앞을 향해 이어졌다. 삶은 이렇게, 계속되고 있었다. 길을 걷는 사람들의 하루도, 서울의 겨울밤도 예년과 다르지 않게 흘러가는 것처럼 보였다. 그러나 그녀의 시간은 여전히 몇 년 전 그날에 머물러 있었다. 남자친구가 세상을 떠난 지도 이미 오래되었지만, 계절이 몇 번을 바뀌어 다시 겨울로 돌아왔음에도 마음 한구석에 얼어붙은 슬픔만은 풀리지 않았다. 현지의 내면에는 아직도 그해 겨울의 차가움이, 그대로 얼어붙어 있었다.

'보고 싶다.'

계단을 내려가 지하철역 개찰구를 지난 현지는 승강장으로 향했다. 플랫폼에는 띄엄띄엄 몇 사람만이 서서 전철을 기다리고 있었다. 머리 위 전광판에는 다음 열차의 도착 시각이 깜박이고 있었다. 플랫폼 끝 벤치에 앉은 노인은 언 손을 입김으로 녹이고 있었다. 현지는 기둥 옆에 조용히 기대어 섰다. 휴대전화를 꺼내 시간만 확인하고는 다시 코트 주머니 속에 넣었다. 몇 분 남짓 남은 기다림이 유난히 길게 느껴졌다. 적막한 승강장에 가만히 서 있자 공허함이 몰려왔다. 문득 이곳에서 그와 주고받았던 사소한 문자들이 아련히 떠올랐다.

불과 몇 년 전, 바로 이 플랫폼에서였다. 당직을 마친 현지는 집으로 향하고 있었다.

'나 이제 퇴근해. 너무 피곤하다.'

투정 섞인 문자를 그에게 보냈었다. 곧 돌아온 답장은 언제나처럼 다정했다. 휴대전화 화면에 떠올랐던 그의 말투가 생생했다.

'오늘도 고생 많았어요, 우리 현지. 집에 가는 길 조심히 가! 추우니까 옷 단단히 여미고.'

다정한 문구와 함께, 귀여운 이모티콘까지 덧붙어 있었다. 그 문자를 읽던 순간만큼은 피로도 추위도 잊을 만큼 마음이 따뜻해졌었다. 플랫폼 한쪽에서 휴대폰을 들여다보며 혼자 미소를 감추지 못하던 그때의 자신이 아직도 눈에 선했다.

그러나 지금, 그 기억을 되새기는 현지의 얼굴에는 미소 대신 쓸쓸한 그림자만이 어른거렸다. 그녀는 가슴을 에는 듯한 그리움을 애써 다독이며 고개를 들어, 지하철이 올 터널 쪽을 바라보았다. 그리고 마치 아무 일도 없었다는 듯 천천히 얼굴을 다시 무표정하게 가다듬었다.

이내 터널 너머에서 지하철이 다가오는 소리가 들려왔다. 철로를 타고 구내에 퍼지는 쇳소리가 점점 커지더니, 곧 헤드라이트 불빛과 함께 전동차가 플랫폼으로 미끄러지듯 들어왔다. 문이 열리고, 현지는 느린 걸음으로 객차 안에 올라탔다. 온풍기가 가동되는 열차 안은 바깥보다 따스했지만, 그녀는 아직 한기가 가시지 않은 듯 코트 자락을 꼭 여민 채 구석자리 하나에 몸을 기대었다. 객차 안에는 빈 좌석이 드문드문 보였다. 두꺼운 외투에 파묻힌 승객들은 저마다 조용히 고개를 떨군 채 휴식을 취하고 있었다. 누군가는 눈을 감고 있었고, 누군가는 희미한 조명 아래서 휴대전화 화면을 들여다보고 있었다. 창문 밖으로는 칠흑 같은 어둠만이 스쳐 지나갔다. 실내등 불빛에 비친 창유리 위로, 현지의 희미한 옆모습이 겹쳐 비쳤다.

열차가 출발하자 규칙적인 진동과 함께 역 플랫폼의 불빛들이 뒤로 밀려났다. 현지는 잠시 감고 있던 눈을 천천히 떴다. 귓가에는 철길을 타고 전해지는 쇳소리가 쉴 새 없이 울려 퍼졌다. 그 규칙적인 소음 사이로, 그녀는 문득 익숙한 휴대전화 벨 소리가 들리는 듯한 착각에 빠졌다. 심장이 덜컥 내려앉는 느낌에, 손이 무의식중에 코트 주머니 속 휴대전화를 움켜쥐었다. 그러나 객차 안에는 아무 소리도 울리지 않았다. 이제 다시는 울리지 않을 전화였다. 현지는 고개를 떨구며, 마음 깊은 곳에 봉인해 두었던 마지막 통화의 기억을 조심스레 불러냈다.

그가 세상을 떠나던 날 밤에도, 어김없이 먼저 걸려온 전화였다.

"오늘 많이 힘들었지? 얼른 쉬어."

저마다의 하루를 끝낸 밤, 그는 언제나처럼 다정한 음성으로 그녀에게 인사를 건넸다. 현지는 피곤했지만 밝게 웃으며 말했다.

"응, 고마워. 너도 푹 쉬어."

그렇게 평범했던 대화가, 그와의 마지막 인사가 될 줄은 꿈에도 몰랐다. 그날 밤 갑작스레 전해진 비보에 현지는 모든 감각이 얼어붙는 듯했다. 그가 더 이상 이 세상에 없다는 사실을 도무지 받아들일 수 없었다.

그로부터 몇 달, 아니 이 년이 다 되도록 그녀는 여전히 착각 속에 머물곤 했다. 지갑 속에 남아 있는 그의 사진을 볼 때마다, 혹은 불현듯 휴대전화 연락처 목록에서 그의 이름을 마주칠 때마다 심장이 뭉클했다. 전화벨이 울리면 혹시 그가 아닐까 하는 말도 안 되는 기대를 품고, 퇴근길 지하철에서 문득 고개를 들면 마치 그가 저 앞에 서 있을 것만 같은 환상에 사로잡히기도 했다. 마음 한편에서는 여전히 그가 떠나지 않았다고 믿고 싶었던 것이다. 그러나 그렇게 희미하게 남아 있던 기대가 번번이 부서질 때마다, 오히려 더욱 깊은 절망이 그녀를 집어삼켰다.

현지는 치밀어 오르는 울음을 억누르려는 듯 숨을 몰아쉬었다. 이러면 안 된다고, 속으로 몇 번이나 다그치며 간신히 눈물을 삼켰다. 그러나 차가운 창에 비친 그녀의 얼굴엔 이미 눈물이 그렁그렁 맺혀 있었다. 현지는 재빨리 고개를 돌려 소매 끝으로 눈가를 훔쳤다.

잠시 후 안내 방송이 흘러나오며 곧 내릴 역에 다다랐음을 알렸다.

현지는 천천히 눈을 뜨고 흐려진 시야를 몇 번 깜빡여 가다듬었다. 그리고 조용히 자리에서 일어섰다. 창밖으로 스쳐 지나가는 불빛들이 다시금 그녀를 현실로 불러들이고 있었다. 전동차 문이 열리자 찬 공기가 밀려들었다. 현지는 목도리를 고쳐 매고 크게 숨을 들이쉰 다음, 천천히 발걸음을 내디뎠다. 단단하게 얼어붙은 플랫폼 바닥의 감각이 발바닥을 통해 전해졌다. 그녀는 고개를 들고 앞을 응시했다. 비록 마음은 아직 한겨울 한가운데 머물러 있지만, 삶이라는 긴 밤의 터널 속을 지나기 위해 그녀는 오늘도 죽을힘을 다해 걸어 나가고 있다.

세상에서 가장 아름다운 슬픔

제4화　　　　　　　　　　　　　　　서울역

계절은 몇 번이나 바뀌었지만 종혁의 마음속은 그날 이후 지금까지
내내 겨울이었다. … 하지만 이상하게도 시간은 멈추지 않았다. 날
마다 그를 다음 날로 떠밀었다. 마치 얼어붙은 마음으로라도 살아
있으라는 듯이. … 차가운 겨울밤은 계속되겠지만, 그 밤을 견디는
동안 가슴속에 품은 작은 온기는 더욱 소중해졌다.

겨울 저녁, 종혁은 서울역 광장 한쪽 구석에 놓인 낡은 의자에 앉아 있다. 차가운 콘크리트 바닥 위에 얇은 담요 한 장을 깐 채 그 위에 몸을 웅크리고 있으니, 발밑에서부터 스며든 냉기가 뼛속까지 파고드는 듯했다. 코끝은 찢어질 듯 시렸고, 숨을 내쉴 때마다 하얀 입김이 허공에 피어올랐다. 주변에서는 바쁘게 움직이는 사람들의 발걸음 소리가 끊임없이 이어졌다. 구두 굽이 바닥을 탁탁 두드리는 소리, 여행용 가방 바퀴가 데굴데굴 구르는 소리가 뒤섞여 쓸쓸한 겨울밤의 배경음처럼 울려 퍼졌다.

너무 추울 때면 그는 서울역 버스환승센터 한쪽 구석으로 몸을 옮기곤 했다. 버스와 사람들의 웅성거림을 듣고 있으면, 이유는 알 수 없지만 그 소음이 잠시나마 그의 체온을 올려주는 것 같았다.

서울역 건물에서 흘러나오는 밝은 조명은 희미하게 닿을 뿐, 종혁이 앉아 있는 곳은 그 빛의 가장자리였다. 어둠과 빛이 만나는 경계에서, 그는 하늘을 올려다보았다. 도시의 불빛에 가려 별 하나 보이지 않는 겨울 하늘…. 칼바람이 불 때마다 눈물이 고일 만큼 차가웠지만, 이곳에 앉아 있으면 마음은 오히려 잔잔해졌다. 사람들의 분주한 움직임과 차가운 공기의 냄새, 그리고 멀리서 들려오는 기차 출발 안내 방송까지, 이 모든 것이 이제는 그에게 익숙한 풍경이 되었다. 이 쓸쓸한 풍경이 일상이 된 지도 오래다.

그의 무릎 위에는 막 뜨거운 물을 부어 익힌 컵라면 하나가 놓여 있었다. 얼어붙어 굳었던 손가락을 종이컵 겉면에 대니 온기가 서서히 스며들어 손이 녹는다. 김이 모락모락 피어오르는 컵라면에서는 매운 국물 특유의 향기가 퍼졌다. 그는 두 손으로 컵을 감싸안고 조용히 한숨을 내쉬었다. 이 작은 종이 용기 안에 담긴 뜨거운 국물이 지금 그에게는 무엇과도 바꿀 수 없는 소중한 온기였다.

젓가락으로 면을 조금 집어 올려 입에 가져갔다. 입안 가득 짭짤하고 따뜻한 국물 맛이 퍼지자 종혁은 저도 모르게 눈을 감았다. 식도가 천천히 데워지며 꽁꽁 얼었던 속이 풀리자 미세한 떨림이 찾아왔다. 추위와 외로움에 지친 몸속으로 이 조그마한 컵라면이 스며들 때면, 마치 얼어붙은 마음까지도 살짝 녹는 듯했다. 누구에게는 그저 허기를 달래는 값싼 인스턴트 음식일지 모르지만, 지금 이 한 그릇은 그에게 작은 위로이자 행복이었다. 뜨거운 국물을 한 모금 넘길 때마다 가슴 언저리에 잔잔한 온기가 번져갔다. 국물을 몇 모금 넘기고 나니, 언 마음이 조금씩 풀어지는 것만 같았다. 그 따뜻함을 따라 기억의 저편에서, 한때의 그의 삶이 조용히 모습을 드러냈다.

종혁은 이름만 대면 누구나 알 만한 소설가였다. 밤낮없이 글을 쓰고 원고와 씨름하던 시절, 그의 곁에는 언제나 응원해 주는 이들이 있었다. 등단 후 발표한 소설들이 연이어 호평을 받고 문학상까지 거머쥐었을 때, 손을 붙잡고 함께 눈물을 흘려주던 사람은 아내였다. 환하게 웃으며 건네던 그녀의 축하와 포옹은 아직도 선명히 남아 있는 듯했다. 그리고 종혁만큼이나 그가 쓴 이야기를 아끼고 자랑스러워하던 친구도 있었다. 대학 시절부터 함께 문학을 논하며 꿈을 키워온, 동료이자 형제 같은 존재였다. 그가 슬럼프에 빠졌을 때 누구보다 먼저 달려와 원고를 읽어주며 용기를 북돋워주던 이 또한 그 친구였다. 종혁의 삶의 봄날에는 언제나 그 둘이 곁에 있었다.

그러나 믿었던 이들에게서 받은 상처는 전혀 예고 없이 내리는 한겨울의 폭설처럼 갑작스럽고 차가웠다. 어느 날 저녁, 아내에게 줄 선물을 사고 돌아오는 길에 그는 한 카페 앞에서 발걸음을 멈췄다. 창가에 마주 앉은 두 여자가 눈에 들어왔기 때문이다. 대화는 없었고, 눈빛은 멍하니 떠다녔으며, 분위기는 어색할 정도로 쓸쓸했다.

그 모습에는 글을 쓰는 사람만이 알아차릴 수 있는 종류의 지독한 슬픔이 묻어났다. 그는 이유 모를 이끌림에 그들을 계속 바라보았다. 그러나 이내 두 사람은 아무 말 없이 자리를 털고 일어나 각자의 방향으로 흩어졌다. 그제야 그는 자신도 모르게 그 자리에 오래 머물러 있었음을 깨달았고, 서둘러 그곳을 벗어나려 했다.

그 순간, 카페 창가 건너편에 너무도 익숙한 두 사람이 앉아 있는 것을 보았다. 종혁이 가장 사랑했던 아내와, 가장 신뢰했던 친구였다. 두 사람은 세상에 오직 둘만 있는 듯, 서로를 바라보며 행복하게 웃고 있었다. 아내의 손은 친구의 손 위에 부드럽게 포개어져 있었고, 그녀의 눈빛에는 종혁과 함께할 때와는 전혀 다른, 낯선 감정이 담겨 있었다. 그 순간 그의 머릿속은 새하얗게 비어버렸다. 손에 들고 있던 작은 선물 상자가 힘없이 바닥으로 떨어지며 쿵 하는 소리가 희미하게 들렸다. 그는 그 자리에서 한 발자국도 움직일 수 없었다. 심장이 찢어질 듯한 배신감과 충격이 온몸을 휩쓸었고, 그의 세상은 그 순간 산산이 부서지고 말았다.

그는 한마디 말도 건네지 못한 채 그곳에서 벗어났다. 그날 차가운 거리에서 얼마를 걸었는지조차 기억나지 않았다. 눈앞의 세상은 흐릿했고, 귓가에는 심장의 거친 고동 소리만이 울렸다. 믿음도 사랑도 한순간에 산산이 부서져 버리자, 남은 것은 텅 빈 껍데기 같은 그 자신뿐이었다. 돌아갈 곳도, 기댈 사람도 없다는 생각이 들자 그는 그 길로 모든 것을 버렸다. 지갑도 휴대전화도 집 열쇠도 다 내던지고, 한겨울 찬 바람 속을 정처 없이 헤매기 시작했다. 살아야 할 이유를 잃어버린 듯한 허탈감 속에서, 그는 그저 앞으로 걸음을 옮길 뿐이었다. 그렇게 시작된 거리의 삶은 어느덧 많은 계절을 지났다. 계절은 몇 번이나 바뀌었지만 종혁의 마음속은 그날 이후 지금까지 내내 겨울이었다.

거리에서 밤을 보낸 첫날, 그는 서울역 플랫폼 가장자리에서 스치는 막차의 불빛을 넋 놓고 바라보고 있었다. 모든 것을 내려놓은 채 맞이한 새벽 공기는 살을 에는 듯 차가웠지만, 오히려 그 얼어붙은 냉기가 내면의 아픔을 마비 시켜 주길 바랐다. 하루하루가 무의미하게 흘러갔고, 그는 떠돌이처럼 역 주변을 배회하며 지냈다. 한동안 세상과 완전히 단절된 채 누구와도 말하지 않으며 그림자처럼 시간을 보냈다. 하지

세상에서 가장 아름다운 슬픔

만 이상하게도 시간은 멈추지 않았다. 날마다 그를 다음 날로 떠밀었다. 마치 얼어붙은 마음으로라도 살아 있으라는 듯이.

그렇게 지내는 동안, 그는 오히려 이전엔 보이지 않던 것들을 보게 되었다. 서울역 근처에는 그처럼 가슴속에 저마다의 사연을 묻은 채 하루하루를 견디는 사람들이 많았다. 자신만의 상처를 안고 살아가는 사람들을 보며, 자신만 특별히 불행한 것은 아니라는 사실을 조금씩 깨달았다. 서로의 아픔을 나누고 아무 말 없이 곁을 지켜준다는 것이 어떤 의미인지 서서히 알아갔다. 그렇게 그는 세상에 등을 지고 웅크리고 있던 몸과 마음을 조금씩 펴기 시작했다. 오랫동안 말 붙이는 법조차 잊고 지내던 그가, 다른 이들에게 고개를 끄덕여 인사를 건네기도 하고, 누군가 먼저 건네준 뜨거운 캔커피를 받아 든 채 한참을 떨며 울기도 했다. 차디찼던 그의 분노와 슬픔은 세월과 함께 서서히 옅어져 갔고, 그 자리를 잔잔한 체념과 평온이 대신했다. 과거의 종혁은 그렇게 사라졌고, 이제 그는 자신의 이름 석 자 대신, '서울역의 노숙자'라는 새로운 이름으로 살아가고 있었다. 그것이 지금의 종혁이었다.

생각에 잠겨 있다가 문득 정신을 차리고 보니, 그의 손에 들려 있던 컵라면에는 국물만 조금 남아 이미 식어 있었다. 그는 남은 국물을 모두 마시고 빈 종이컵을 발밑에 조심스레 내려놓았다. 그제야 주변의 풍경이 다시 눈에 들어왔다. 오가는 이들은 그의 존재를 의식하며 각기 다른 눈길을 보냈다. 어떤 이는 아예 쳐다보지 않으려 고개를 돌렸고, 또 어떤 이는 그를 흘긋 보고는 인상을 찌푸린 채 빠르게 걸음을 옮겼다. 가끔은 안쓰러운 듯 바라보는 이도 있었지만, 그 시선에도 경계와 두려움이 서려 있음을 그는 느끼고 있었다. 한때는 그런 반응 하나하나에 마음이 상하고 부끄러웠지만, 이제는 담담히 받아들인다. 사람들이 종혁에게 보내는 따가운 시선은 겨울바람처럼 그저 스쳐 지나갈 뿐이다. 종혁은 살짝 미소를 지은 채, 다시 그만의 고요한 생각에 잠겼다.

그때, 가까운 모퉁이 쪽에서 낮은 흐느낌이 들려왔다. 고개를 돌려보니 역 기둥 곁에 한 남자가 주저앉아 있었다. 며칠 전부터 이곳을 배회하던 젊은 노숙자였다. 그는 얇은 재킷 하나만 걸친 채 몸을 떨고 있었다. 얼굴은 수척하고 눈가는 불안과 슬픔으로 붉게 상기되어 있었다. 그는 두 손으로 머리를 감싼 채, 희미하게 혼잣말을 내뱉었다.

— 이렇게 사느니 차라리… 차라리 죽는 게 낫지 않나….

아주 작은 소리였지만, 적막한 밤공기 속에서 그의 절망 어린 한마디는 종혁의 귀에 또렷이 닿았다. 종혁은 천천히 자리에서 일어났다. 그리고 조심스럽게 그에게 다가갔다. 곁에 가만히 앉은 그는 아무 말도 하지 않은 채, 남자가 바라보고 있던 어둠을 함께 바라보았다. 추위와 절망에 지친 그의 옆얼굴은 가로등 불빛 아래에서 처연하게 부서지고 있었다.

한동안 말없이 그의 곁을 머물던 종혁은, 이내 나지막이 입을 열었다.

— 겨울은 반드시 지나가고, 봄은 와요.

종혁이 조용히 내뱉은 말에 그는 움찔하며 고개를 들었다. 눈물 어린 눈이 종혁을 향했다. 종혁은 그 시선을 피하지 않고 마주 보며 부드럽게 미소 지었다. 어리둥절한 눈빛이 여전히 머뭇거리자, 종혁은 잠시 숨을 고른 뒤 조용히 말을 이었다.

세상에서 가장 아름다운 슬픔

― 조금만 더 버텨봐요. 살아 있다 보면 언젠가는 따뜻한 날도 올지 몰라요.

종혁의 말이 차가운 밤공기 속으로 스며들었다. 그는 입술을 달싹였지만 결국 아무 말도 하지 않았다. 대신 아까보다 몸의 떨림이 조금 잦아든 듯 보였다. 종혁이 자신의 담요 끝자락을 조심스레 그의 어깨에 덮어주자, 그는 그 천을 두 손으로 꼭 움켜쥐었다. 두 사람은 한동안 말없이 함께 앉아 있었다. 살을 에는 추위 속에서도, 서로의 체온이 스민 담요 아래에는 잠시나마 미약한 온기가 맴돌았다.

작지만 따뜻한 위로를 건네고 나니, 종혁의 마음에도 한 줄기 온기가 번졌다. 문득 고개를 들어 다시 겨울 하늘을 올려다보았다. 아까까지 보이지 않던 별 하나가 희미하지만 분명한 빛을 내고 있었다. 도시의 불빛 사이로 간신히 모습을 드러낸, 아주 작은 별이었다. 종혁은 씁쓸한 미소를 머금은 채 조용히 속삭였다.

― 그래, 나와는 달리 다른 사람들에게는 분명히 봄이 올 거야.

비록 자신은 사랑과 믿음을 모두 잃고 세상으로부터 도망치듯 거리에 나왔지만, 이렇게 누군가의 곁을 지키며 마음을 어루만져줄 수 있다면 자신의 존재에도 작은 의미가 있을 것이라 그는 생각했다. 차가운 겨울밤은 계속되겠지만, 그 밤을 견디는 동안 가슴속에 품은 작은 온기는 더욱 소중해졌다. 매서운 바람이 다시 불어왔지만, 그들은 담요 아래 전해지는 온기를 느끼며 조용히 눈을 감았다. 멀리서 들려오는 서울역의 마지막 열차 안내 방송을 들으며, 종혁은 가슴속에서 살아나는 작은 불씨를 조심스레 품었다. 오래도록 식지 않을 희망을, 가슴속에 조용히 기록하듯이.

제5화

아직

겨
울

각자가 겪은 상처가 너무도 컸기에, 함부로 말을 꺼냈다간 아물지 않은 상처를 건드릴 것만 같았다. ⋯ 그들은 아직 봄을 상상할 수 없는 겨울 어딘가에서, 각자의 쓸쓸함을 안은 채 걷고 있었다.

현지는 약속 시간보다 십 분 일찍 카페에 도착했다. 이른 오후였지만 겨울 하늘은 벌써 해가 저문 듯 어둑했고, 창밖으로는 잔잔한 눈발이 흩날리고 있었다. 한적한 길 모퉁이에 자리한 작은 카페 안에는 난로 덕분에 아늑한 온기가 감돌았다. 이른 오후라 카페 안은 비교적 조용했고, 서너 명의 손님만이 낮은 목소리로 대화를 나누고 있었다. 스피커에서는 잔잔한 피아노 선율이 흘러나왔다. 현지는 그 곡이 『Last Carnival』이라는 걸 단번에 알아차렸다. 한때 마음 깊이 아껴 들었던 곡 — 마치 그리움처럼, 조용히 가슴을 적시는 멜로디였다.

간간이 들려오는 찻잔과 접시가 부딪히는 소리가 고요한 공간을 깨웠고, 오른쪽에 앉아 있는 커플인지 아닌지 모호한 두 사람의 소음이 현기증 나듯 귀를 자극했다.

그들의 대화는 사랑하는 사람들 사이의 것처럼 들렸지만, 묘하게 어색했고, 주변의 시선을 지나치게 의식하는 듯한 인상을 주었다. 두 손을 꼭 맞잡은 모습은 겉으로는 친밀해 보였지만, 이내 두리번거리는 눈빛은 마치 큰 죄를 저지르고 있는 사람처럼 불안하게 흔들렸다.

현지는 그들을 애써 무시하고 창가 구석 자리에 앉아 두 손으로 머그잔을 감싸 쥐었다. 잔 속의 커피는 김을 내뿜으며 손끝을 데워 주었지만, 그녀의 마음 한편은 여전히 싸늘했다.

사실 현지는 혹시나 약속에 늦을까 봐 서둘러 나온 것이었지만, 속마음으로는 그보다 먼저 도착해 마음을 가다듬고 싶었던 것인지도 몰랐다. 오랜만에 만나는 자리였다. 둘은 한때 하루가 멀다 하고 붙어 지내던 단짝 친구였다. 시끌벅적한 치킨집에서 치맥을 나누며 시시콜콜한 이야기부터 속 깊은 고민까지 밤새 털어놓던 사이였다. 그러나 지금 현지는 따뜻한 아메리카노 잔을 쥔 채, 낯선 침묵 속에서 소영을 기다리고 있었다.

만남을 앞두고 현지의 가슴은 내내 불안하게 뛰었다. 보고 싶었던 친구를 다시 만난다는 반가움보다 조심스러움이 앞섰다. 무슨 말을 건네야 할지, 어떠한 표정을 지어야 할지 도무지 자신이 없었다. 각자가 겪은 상처가 너무도 컸기에, 함부로 말을 꺼냈다간 아물지 않은 상처를 건드릴 것만 같았다. 현지는 찻잔을 쥔 손에 힘을 주었다. 따뜻한 잔의 감촉이 얼어 있던 손끝을 녹여 주었지만, 마음속 깊은 곳까지 닿지는 못했다.

문이 살짝 열리며 찬 바람이 함께 들어왔다. 고개를 들자, 소영이 조심스레 문간에 서 있는 모습이 보였다. 두터운 코트 깃을 세우고 목도리로 턱까지 감싼 소영은 잠시 카페 안을 둘러보다가 현지를 발견했다. 현지는 가볍게 손을 들어 보였다. 소영은 어색한 미소를 지으며 천천히 다가왔다. 하지만 그녀의 귀여움이 이내 카페 안을 밝게 만들었다.

세상에서 가장 아름다운 슬픔

— 왔어?

현지가 먼저 조용히 인사했다.

— 응⋯. 나 좀 늦었지?

소영은 서둘러 코트를 벗으며 말했다. 그녀의 어깨에는 눈이 희끗희끗 내려앉아 있었다.

— 아니, 나 방금 왔어.

평소 배려심이 많았던 현지는 부드럽게 거짓말을 했다. 사실은 그녀가 먼저 도착해 있었지만 굳이 말하고 싶지 않았다. 소영은 코트를 의자 등받이에 걸고 조심스럽게 마주 앉았다.

잠시 어색한 침묵이 흘렀다. 현지는 메뉴판을 가리키며 말을 이었다.

— 뭐 마실래? 배 안 고파?

— 아, 난 그냥 차만 한잔할까 해.

소영은 계산대 쪽을 힐끗 보며 대답했다. 목소리는 작고 힘이 없었다.

— 내가 주문해 올게. 따뜻한 캐모마일 차 어때?

현지가 자리에서 일어섰다. 예전 같았으면 서로의 취향을 훤히 알고 있었을 텐데, 지금은 소영이 무엇을 좋아할지 떠올리는 데 망설임이 생겼다.

소영은 가만히 고개를 끄덕였다.

— 응, 고마워.

현지는 카운터에서 캐모마일 차 한 잔을 받아 들고 돌아왔다. 소영은 그녀를 기다리는 동안 두 손을 모아 쥐고 테이블 위만 내려다보고 있었다. 현지는 찻잔을 조심스레 소영 앞에 내려놓았다.

— 여기, 따뜻할 때 마셔.

— 고마워.

소영이 살며시 미소 지었다. 그녀는 두 손으로 잔을 감싸 쥐고 코끝으로 올라오는 은은한 사과 향을 들이마셨다.

둘은 잠시 말없이 각자의 잔만 바라보고 있었다. 다행인지 옆자리에 앉은 커플의 소음이 그들 사이의 어색함을 반감시켜 주었다.

머그잔 표면에 맺힌 김이 천천히 사라져 갔다. 현지는 무언가 말을 꺼내야 할 것 같았지만, 쉽게 입이 떨어지지 않았다. 결국 가장 평범한 말부터 나왔다.

— 잘 지냈어…?

소영은 잔을 내려놓으며 고개를 들었다.

— 응, 뭐… 그럭저럭.

그녀는 애써 밝은 척하며 대답했지만, 목소리 끝이 가늘게 떨리는 것을 현지는 놓치지 않았다.

— 현지, 너는? 잘 지냈어?

현지는 잠깐 답을 망설였다. "잘 지냈어"라는 말 한마디가 이렇게 어려울 줄은 몰랐다.

— 나도 그냥….

그녀는 끝까지 말을 잇지 못하고 시선을 피했다. 커피잔 속에 비친 자신의 얼굴이 낯설게 느껴졌다.

둘 다 진심이 아니라는 것을 알고 있었다. 서로가 겪은 이별의 아픔을 누구보다 잘 알았기에, "잘 지냈어?"라는 인사는 공허한 메아리처럼

세상에서 가장 아름다운 슬픔

느껴졌다. 하지만 그 대신 무슨 말을 해야 할지 알지 못했다.

— 일은 어때? 많이 바빴지?

현지가 조심스레 화제를 돌렸다. 개인적인 상처 이야기를 피하려는 듯, 두 사람은 일상적인 주제로 대화를 이어가려 애썼다.

— 응… 그냥 바빴어. 너는? 일은 괜찮아?

소영도 비슷한 질문을 다시 건넸다.

— 나도 뭐… 바빴지.

짧은 대답이 몇 마디 오간 뒤, 다시 침묵이 찾아왔다. 둘은 약속이라도 한 듯 말문이 막힌 채, 옆자리의 커플을 힐끗 보며 가볍게 한숨을 내쉬었다.

현지는 슬쩍 소영을 훔쳐보았다. 소영의 얼굴은 전보다 야위어 있었고, 창밖의 흐린 빛 아래 드리운 그녀의 옅은 다크서클이 눈에 띄었다. 한때는 웃음으로 가득 차 있던 소영의 표정이 이제 잔잔한 슬픔에 잠긴 채 가라앉아 있었다. 불과 몇 년 전만 해도 둘은 만나기만 하면 웃음꽃을 피우기에 바빴다. 그런데 지금 눈앞에 앉아있는 소영은 그때와는 너무나 달라 보였다. 그 사실이 현지의 가슴을 시리게 했다. 무슨 말을 건네야 소영에게 위로가 될지, 좀처럼 알 수 없었다.

— 소영아….

현지는 입을 떼려다 다시 망설였다. 소영은 잔을 만지작거리며 그녀를 바라보았다. 현지는 목 끝까지 차올랐던 말을 삼켰다. "많이 힘들었지?"라는 문장이 혀끝에서 몇 번이나 맴돌았지만, 차마 소리 내지 못했다. 대신 다른 말을 골랐다.

— 요즘 밥은 잘 먹고 있어?

소영은 살짝 놀란 듯했다가 고개를 끄덕였다.

— 응… 그냥 먹고는 다녀. 너야말로, 잠은 좀 잘 자?

현지는 숨을 내쉬며 짧게 웃었다.

— 글쎄… 자긴 하는데, 자는 건지 눈을 감고 있는 건지 모르겠어.

소영도 따라 희미하게 웃었다.

— 나도 그래.

잠시 둘 사이에 옅은 웃음기가 돌았다. 똑같이 힘들어하면서도 서로를 더 걱정하는 모습이 우습기도 하고 안타깝기도 했다. 현지는 괜히 머쓱해져 찻잔 가장자리를 손톱으로 톡톡 건드렸다.

— 우리 너무 뻔하지?

그녀가 조용히 말했다.

— 응?

소영이 눈을 깜빡였다.

— 서로 괜찮냐고 묻기만 하고… 정작 자기 이야기는 안 하고 있잖아.

현지의 입꼬리가 씁쓰레하게 올라갔다.

— 우린 원래 안 그랬는데, 그치?

소영은 놀란 듯 현지를 바라보더니 이내 입술을 굳게 다물었다. 그러다 그녀의 눈가에 살짝 주름이 지며 미소가 번졌다.

— 그러게. 우린 원래 수다쟁이였는데.

그녀의 말에 담긴 슬픈 농담에 두 사람은 동시에 작게 웃음을 터뜨렸다.

두 사람의 웃음소리는 카페의 잔잔한 음악 소리에 섞여 금세 사라졌다. 하지만 그 짧은 웃음 속에는 서로를 위하는 마음과 씁쓸한 동지애가 배어 있었다.

— 많이 힘들었지…?

현지가 조심스레 말을 꺼냈다. 이번에는 질문이 아니라, 서로의 마음을 이미 알고 있다는 듯한 어조였다.

소영은 한참을 대답하지 않았다. 그녀는 손가락 끝으로 찻잔을 빙글빙글 돌리며 생각에 잠긴 듯했다. 그러다가 나지막이 입을 열었다.

— 응… 많이.

그 한마디에는 지난 시간 그녀가 홀로 버텨 온 밤들과 홀린 눈물들이 모두 담겨 있는 듯했다.

현지는 가슴 한구석이 아려왔다. 그녀 역시 같은 시간들을 지나왔기에 소영의 고통이 더욱 생생하게 느껴졌다. 현지는 잔을 내려놓으며 작게 한숨을 쉬었다.

— 나도 그래.

테이블 위로 현지는 살며시 손을 내밀어 소영의 손등을 감쌌다. 소영의 손이 살짝 떨리는 것이 느껴졌다. 소영은 놀란 듯 현지를 바라보다가, 이내 자신의 다른 손으로 현지의 손을 잡았다. 말로 전하지 못한 수많은 위로와 미안함이 그 짧은 손길에 담겨 있었다. 두 사람은 아무 말 없이 몇 초간 그렇게 손을 맞잡았다가 천천히 놓았다.

창밖에서는 어느새 눈발이 조금 굵어져 거리가 흰빛으로 흐릿하게 번지고 있었다. 카페 안에도 오후의 나른한 햇빛 대신 창문을 통해 희뿌연 겨울빛이 스며들었다. 테이블 위에 놓인 커피잔과 찻잔에서는 더 이상 김이 올라오지 않았다. 차가워진 음료처럼 대화도 다시 잦아들었지만, 이번의 침묵은 이전처럼 어색하지는 않았다.

현지는 휴대폰을 확인했다. 생각보다 시간이 많이 흘러 있었다.

— 우리… 슬슬 일어날까?

그녀가 나지막이 제안했다. 소영도 휴대폰을 바라보더니 고개를 끄덕였다.

— 그래, 나도 이제 가봐야 할 것 같아.

둘은 자리에서 일어나 천천히 겉옷을 챙겼다. 소영은 의자에 걸어두었던 코트를 다시 입고 목도리를 단단히 여몄다. 현지도 의자 옆에 놓아둔 코트를 집어 들었다. 빈 잔을 조용히 제자리로 돌려놓으며, 그들의 시간도 그렇게 조용히 내려놓은 뒤 함께 문밖으로 나섰다.

문을 나서자 매서운 찬 바람이 두 사람을 맞았다. 거리는 온통 희뿌연 겨울빛과 흩날리는 눈으로 가득했다. 현지는 본능적으로 어깨를 움츠리며 목도리를 코끝까지 끌어올렸다. 소영도 숨을 내쉴 때마다 하얀 입김을 뿜어내며 주머니 속에 손을 깊숙이 찔러 넣었다.

카페 앞 인도에 나란히 섰지만, 곧 헤어져야 했다. 서로 가야 할 방향이 달랐다. 현지는 몸을 돌려 소영을 바라보았다.

— 오늘 만나서… 고마웠어.

그녀의 목소리는 바람에 금방이라도 흩어질 듯 희미했다.

소영이 고개를 저었다.

— 내가 고맙지… 불러줘서.

두 사람은 잠시 서로를 바라보았다. 하고 싶은 말은 많았지만 무엇부터 꺼내야 할지 알 수 없었다. 망설임 끝에 현지가 먼저 팔을 벌려 소영을 살짝 끌어안았다. 소영도 조심스럽게 그녀를 끌어안았다. 두 여자의 포옹은 마치 부서지기 쉬운 것을 다루듯 조심스러웠지만, 그 순간만큼은 조금이나마 따뜻했다.

　　— 잘 지내자, 우리.

　　현지가 품 안에서 조용히 말했다.

　　소영은 끄덕이며 작게 대답했다.

　　— 그래… 연락할게.

　　둘은 천천히 팔을 풀었다. 짧은 포옹이 끝나자, 다시 차가운 바람이 두 사람 사이를 스며들었다.

　　소영은 교차로를 건너 버스 정류장 쪽으로 걸어갔다. 현지는 반대 방향 골목으로 발걸음을 옮겼다. 몇 발자국 갔을까, 현지는 무의식적으로 뒤를 돌아보았다. 흩날리는 눈 사이로 소영의 뒷모습이 점점 멀어지고 있었다. 그녀의 검은 코트 자락이 바람에 가볍게 흔들렸다. 현지는 입술을 꼭 깨물었다. 차마 부를 수 없는 친구의 이름을 속으로 한 번 불러 보았다.

　　'소영아…'

　　대답 대신 차가운 겨울바람만이 그녀의 볼을 스쳤다. 현지는 다시 몸을 돌려 걸음을 뗐다. 어깨를 잔뜩 웅크린 채 터벅터벅 내딛는 발걸음이 포근한 눈 위에 외로운 자국을 남겼다. 멀어져 가는 두 사람의 뒷모습 위로 회색 하늘에서는 여전히 눈이 내리고 있었다. 끝내 다 하지 못한 말들이 하얀 눈물이 되어 대신 떨어지는 것처럼.

그들은 아직 봄을 상상할 수 없는 겨울 어딘가에서, 각자의 쓸쓸함을 안은 채 걷고 있었다.

세상에서 가장 아름다운 슬픔

제6화   비 내리는 밤의

고요한 마음

슬픔을 나눌 이도, 품어줄 이도 없는 고독 속에서 그녀는 마치 투명
한 유리병 속에 갇힌 눈물방울 같았다. … 희뿌연 새벽이 올 때까지,
그녀는 이렇게 깊은 밤의 슬픔과 함께 잠시 슬프고 고단한 삶을 내
려놓았다.

비가 쏟아지는 한밤중, 좁은 아파트 창문에 빗물이 연신 부딪혔다. 어둠 속에서 번쩍이는 번개의 잔광이 방 안을 어슴푸레 비추고, 들릴 듯 말 듯 한 라디오에서 흘러나오는 옛 노랫가락이 공기를 가늘게 흔들었다. 소영은 거실 한구석에 놓인 작은 소파에 조용히 앉아 있었다. 커튼 사이로 스며드는 희미한 가로등 불빛 아래 그녀의 어깨 윤곽이 드러났지만, 얼굴은 그림자에 잠겨 표정을 알아볼 수 없었다.

집 안의 불은 켜지지 않았다. 어둠에 익숙해진 눈에 거실 구석의 풍경이 희미하게 드러났다. 한쪽 벽에 기대어 선 이젤 위에는 하얀 빈 캔버스가 놓여 있었다. 가로등 불빛을 받아 어렴풋이 떠오른 그 캔버스는, 몇 주째 손길을 받지 못한 채 남겨져 있었다. 자신을 위해 무언가를 그려보려 했으나 끝내 시작하지 못했다. 우두커니 놓여 있는 캔버스는 표현되지 못한 그녀 마음의 한 조각처럼 공허하게 비어 있었다. 창문 틈새로 스며든 빗물 냄새와 싸늘한 밤공기가 미세하게 방 안을 맴돌았다.

집으로 돌아온 순간 그녀를 맞이한 것은 고요한 정적이었지만, 머릿속에는 여전히 낮에 마주했던 슬픔의 잔상이 떠돌았다. 쓸쓸함을 달래려 라디오를 켰지만 희미한 음악 소리는 마음속 허기를 채우기엔 턱없이 부족했다. 하루 종일 타인의 아픔을 마주하던 미술 치료사로서의 시간은 끝났지만, 결코 그 역할에서 쉽게 벗어날 수 없었다.

낮 동안 그녀는 누군가의 슬픔에 깊이 공감하며 다정한 목소리로 위로를 건넸다. 상담실에 울려 퍼지던 흐느낌을 함께 들어주고, 하얀 캔버스 위에 쏟아진 눈물방울을 조용히 닦아주던 손길은 한결같이 따뜻하고 단단했다. 하지만 정작 자신의 상처에 대해서는 단 한마디도 꺼내지 못했다.

소영은 늘 밝고 강한 척했다. 환한 미소와 차분한 말투로 환자들을 안심시키고, 동료들에게도 "괜찮아요, 전 늘 잘 지내요"라고 웃어 보였다. 그 모습은 마치 비 오는 날 우산을 펼쳐 들고 다른 이들을 지켜주는 사람을 닮아 있었다. 그러나 집 안에 홀로 남은 지금, 그녀의 내면에는 오랫동안 켜켜이 쌓인 외로움과 슬픔이 빗물처럼 넘칠 듯 아슬아슬하게 고여 있었고, 그녀의 온몸은 젖어 있었다.

그녀는 소파에 깊숙이 몸을 묻은 채 꼼짝하지 않았다. 창밖으로 세차게 부딪히는 빗방울 소리는 마치 그녀의 가슴속에 맺힌 울음이 터져 나오지 못하도록 막아서는 듯 요란했다. 숨을 쉴 때마다 가슴이 뻐근하게 아팠지만, 소영은 차마 그 아픔을 소리 내어 토해내지 못했다. 울고 싶었다. 아주 오래전부터, 마음껏 목 놓아 울고 싶다는 충동이 가슴 한편에 자리하고 있었다. 하지만 참아내는 법을 너무 잘 배워버린 그녀는 입술을 깨물고 눈을 꼭 감은 채 버틸 뿐이었다.

'내가 무너지면, 나를 의지하는 사람들도 함께 무너질 거야.'

이 말은 그녀가 스스로에게 수없이 되뇌어 온 다짐이었다. 부모를 여윈 아이 앞에서, 절망에 빠진 환자 앞에서 소영은 언제나 눈물을 삼키며 미소를 지었다. 자신이 흔들리지 않는 등불로 서 있어야 다른 이들이 그 빛을 따라 어둠 속에서 길을 찾을 수 있을 거라고 믿었다. 그 믿음은 곧 그녀의 사명이자 짐이 되었다. 마음이 폭풍처럼 요동쳐도 겉으로는 태연한 얼굴을 해야 했다. 그러다 보니 이제는 거울 앞에서도 슬픈 표정을 짓는 법조차 잊어버린 것만 같았다.

라디오에서 흘러나오는 잔잔한 선율이 바뀌며, 그녀에게 익숙한 옛 노래가 흐르기 시작했다. 그 순간 소영의 눈꺼풀 밑에서 잠자고 있던 기억이 고요히 눈을 떴다. 몇 해 전, 사랑하는 엄마를 잃었던 밤에도 비가 내리고 있었다. 전화 너머로 들려온 비보(悲報). 너무 갑작스러운 이별이었다. 그날 역시 창밖에는 지금처럼 비가 억수처럼 쏟아졌고, 어딘가에서 이 노래가 울려 퍼지고 있었다.

그녀는 그날의 자신을 마치 남을 보듯 떠올렸다. 복도에 주저앉아 멍하니 바닥만 바라보던 젊은 여자. 누구 하나 곁에 없던 그 긴 밤에, 소영은 흐느끼지도 못한 채 말없이 눈물만 흘렸다. 슬픔을 나눌 이도, 품어줄 이도 없는 고독 속에서 그녀는 마치 투명한 유리병 속에 갇힌 눈물방울 같았다. 울부짖고 싶었지만 차마 소리를 낼 수 없었던 그때부터, 그녀의 눈물샘은 고장 난 것처럼 메말라 버렸는지도 모른다.

기억의 파도가 잦아들자, 소영은 현재의 고요한 어둠 속으로 천천히 돌아왔다. 뺨에는 어느새 뜨거운 물기가 한 줄기 흘러내리고 있었다. 그녀는 손등으로 천천히 눈물을 훔쳤다. 오랜만에 흘린 눈물이었다. 그렇게 울지 않으려고 애를 썼건만, 추억 속 멜로디와 빗소리가 굳게 닫아 두었던 감정의 둑을 잠시나마 무너뜨린 것이었다.

잠깐 쏟아진 눈물 뒤에 찾아온 고요는 더욱 깊었다. 노래가 끝나고 라디오는 일상의 소음을 전하기 시작했지만, 그녀는 팔을 뻗어 라디오를 껐다. 방 안에는 빗방울이 창틀을 두드리는 소리와 그녀의 숨소리만이 남았다. 희미한 조명 아래, 소영은 무릎을 끌어안고 몸을 작게 웅크렸다. 스스로를 포옹하듯 두 팔로 자신의 어깨를 감싼 그녀의 모습은 한없이 연약해 보였지만, 그 장면을 지켜보는 이는 아무도 없었다.

그녀에게도 지쳐 기대고 싶고, 솔직하게 울고 싶은 순간이 있었다. 하지만 사람들은 소영을 너무나도 굳건한 사람으로만 여겼고, 그녀의 아픔을 알아차리는 이는 없었다. 도움을 청하는 법조차 잊은 지 오래였다. 결국 이렇게 폭우 내리는 밤에 홀로 남아, 가슴속 빈자리에서 새어 나오는 고독을 마주하는 것만이 그녀에게 허락된 유일한 감정 해소의 시간이었다.

창밖을 내리치는 폭우는 좀처럼 그칠 기미가 없었다. 젖은 창 유리에 가로등 불빛이 일렁이며 흐릿한 그림자를 만들었다. 소영의 눈동자가 그 흔들리는 빛을 따라 천천히 움직였다. 저 빛 너머 어딘가에 있을지도 모를 엄마를 떠올리며, 터무니없는 상상을 잠시 해보았다. 묵직한 그리움이 가슴 한구석에 밀려왔다.

소영은 눈을 감고 깊이 숨을 들이쉰 뒤 내쉬었다. 폐부까지 찬 공기가 들어왔다 나가면서, 뜨거웠던 눈시울이 조금 진정되는 듯했다. 다시 눈을 뜨자, 흐릿했던 시야가 서서히 제자리를 찾았다. 그녀는 소파 옆 작은 탁자 위에 놓여 있던 사진 액자를 조용히 집어 들었다. 사진 속에서 자신에게 환하게 웃어 보이는 얼굴을 손가락으로 어루만지며, 속삭이듯 말없이 입술만 움직였다. 비가 내리던 그날, 끝내 작별 인사조차 하지 못했던 순간이 여전히 귓가에 서럽게 맴돌았다.

얼마나 시간이 흘렀을까. 잦아들 줄 알았던 빗줄기는 여전히 거세게 창문을 두드리고 있었다. 소영은 천천히 자리에서 일어나 창가로 다가갔다. 차가운 유리창에 이마를 살짝 기대자 한줄기 서늘한 감각이 피부로 전해졌다. 잠시 창유리에 그녀의 숨결이 하얗게 번졌다가 곧 투명하게 식어갔다. 마치 그녀의 희미한 한숨마저 차가운 밤 속에 녹아 없어지는 것만 같았다.

밖은 온통 어둠과 비의 연속이었다. 거리에는 인적이 끊겨 적막했고, 가로등 불빛만이 희미하게 비에 번져 있었다.

문득 그녀는 이 고요한 밤의 장막 너머로 언젠가 밝아올 새벽을 떠올렸다. 비구름 뒤편 어딘가에 숨겨져 있을 새벽의 빛을 생각하며, 다시 한번 스스로에게 조용히 다짐하듯 말했다.

― 괜찮아… 난 괜찮을 거야.

그 말은 희미한 숨소리에 실려 금세 어둠 속으로 스며들었다. 소영은 붉어진 눈가를 손끝으로 문지르며 조용히 미소 지어 보였다. 비록 마음 한편은 텅 빈 채 여전히 시릿했지만, 그녀의 억지 미소는 어둠 속에서 더욱 애달프고 아름답게 빛났다. 쏟아지는 빗소리는 그녀의 고독을 어루만지는 자장가처럼 계속되었고, 소영은 그 소리를 들으며 천천히 눈을 감았다. 희뿌연 새벽이 올 때까지, 그녀는 이렇게 깊은 밤의 슬픔과 함께 잠시 슬프고 고단한 삶을 내려놓았다.

제7화

미술

치
료

아무렇지 않은 척 버티는 것보다, 이렇게 솔직하게 감정을 표현하시는 게 더 용기 있는 일이에요. … 차갑게 시린 겨울바람 속에서도, 아까 상담실에서 느꼈던 온기가 그의 기억 속에 희미하게 남아 있었다. … 마음속, 아주 깊숙한 곳에서 무언가 조용히 흔들리고 있었다.

진형은 문을 열고 상담실 안으로 발을 들였다. 밖에서는 겨울의 찬 공기가 그의 등을 밀어냈지만, 문 너머 실내에는 포근한 온기가 감돌았다. 노란빛 조명이 은은하게 공간을 감싸고, 벽에는 여러 점의 그림이 조용히 걸려 있었다. 풍경화부터 추상화까지 종류는 다양했지만, 하나같이 차분한 색채를 띠고 있어 보는 이의 마음을 조금이나마 편안하게 해 줄 것만 같았다. 바닥에는 폭신한 카펫이 깔려 있었고, 창문 너머로는 어둑한 겨울 하늘 아래 하얀 눈이 내리고 있었다. 조용하고 아늑한 분위기 속에서, 진형은 잠시 걸음을 멈추고 주위를 둘러보았다.

　'생각보다 따뜻하네….'

　진형의 코끝에 난로인지 히터인지 모를 따스한 공기가 스쳤다. 하지만 그 따뜻함에도 불구하고, 그의 마음 한구석에는 여전히 싸늘한 냉기가 자리하고 있었다. 주변 사람들의 성화에 못 이겨 찾아오긴 했지만, 미술 치료라니, 솔직히 반신반의했다. 진형은 자신도 모르게 두 팔을 가슴 앞에 꼭 끼고 서 있었다.

　'그림 몇 장 그린다고 내가 달라질까.'

그는 속으로 투덜거리듯 경직된 표정으로 안쪽을 향해 몇 발짝 더 걸음을 옮겼다.

— 안녕하세요. 진형 씨 맞으시죠?

그녀의 목소리는 생각보다 맑고 조용했다. 물결이 잔잔히 바위에 부딪혔다가 흘러가는 소리처럼, 부드러우면서도 분명한 울림이 있었다. 진형은 그 순간 고개를 돌렸고, 처음으로 그녀의 눈을 마주했다.

그 눈동자는 이상할 만큼 깊었다. 감정을 함부로 드러내지 않으려 애쓰는 듯 보였지만, 오히려 그 침착함 속에 억눌린 무언가가 묘하게 번져 있었다. 그녀의 미소는 얇았지만 진심이 느껴졌고, 그 단순한 인사 하나로 이 공간이 조금 덜 낯설게 느껴졌다.

따뜻한 조명 아래 드리운 그녀의 실루엣은 온화해 보였다. 그녀는 나지막하지만 분명한 목소리로 인사를 건넸다.

— 추운데 와 주셔서 감사합니다. 저는 미술 치료사 김소영입니다.

그녀는 진형을 향해 가볍게 목례하며 자신을 소개했다. 진형은 잠시 머뭇거리다 마지못해 인사했다.

— 안녕하세요.

목소리가 건조하게 흘러나왔다. 그는 어색한 기분을 감추려는 듯 짧게 헛기침을 한 번 내뱉었다.

소영은 진형을 방 한가운데 놓인 우드슬랩 테이블 쪽으로 안내했다. 테이블 위에는 하얀 스케치북과 여러 색깔의 색연필들, 그리고 물감과 붓 등이 정돈되어 있었다. 그 옆에는 김이 살짝 올라오는 머그잔 두 개가 놓여 있었는데, 은은한 허브 차 향기가 코끝에 맴돌았다. 소영이 미리 준비해 둔 듯했다.

— 여기 앉으세요. 따뜻한 차 좀 드실래요?

소영이 자신의 맞은편 의자를 가리키며 권했다. 진형은 잠시 망설였지만 예의상 자리에 앉았다. 그러나 차를 권하는 말에는 고개를 저었다.

— 괜찮습니다.

그의 음성은 단호했다. 사실 목이 약간 마른 것도 같았지만, 그는 일부러 거절했다. 소영은 강요하지 않고 고운 미소를 지은 채 자신의 머그잔을 들어 천천히 한 모금 마셨다. 방 안에는 다시 잠깐 정적이 흘렀다.

소영은 서두르지 않고 조용히 말문을 열었다.

— 처음 뵙는 자리니까…. 괜찮으시다면 혹시 여기까지 오시게 된 이야기를 조금 들려주실 수 있을까요? 어떤 도움이 필요하다고 느끼셔서 오셨는지, 아니면 주변에서 뭐라고 하셨는지 등 편하게 말씀해 주시면 돼요.

그녀의 말투는 부드러웠고 이른 저녁의 공기만큼이나 나직했다. 진형은 곧장 대답하지 않았다. 애초에 하고 싶은 말이 있어서 온 게 아니었으니, 무슨 말을 해야 할지도 몰랐다. 그는 두 손을 모아 쥔 채로 입술을 꾹 다물었다. 몇 초간 침묵이 흘렀다.

— 음… 사실은, 잘 모르겠네요.

결국 진형이 입을 열었다. 목소리에는 경계심이 서려 있었다.

— 솔직히 말하면, 저는 여기 오고 싶어서 온 건 아니거든요.

그는 툭 내뱉듯 말하며 고개를 돌려 벽에 걸린 그림 하나를 바라보았다. 푸른 겨울 바다를 그린 유화였다.

― 주변에서 자꾸 가보라고 해서… 어쩔 수 없이 온 거예요. 뭐, 이렇게 한다고 제 우울함이 갑자기 나아질 거란 기대도 없고요.

말투는 거치지는 않았지만 단호했다. 방어적인 태도가 분명히 드러났지만, 소영은 서두르지 않았다. 그녀는 고개를 천천히 끄덕였다. 전혀 놀라지 않은 얼굴이었다.

― 그럴 수 있어요. 처음엔 많이들 회의적이시죠.

소영은 공감한다는 듯 조용히 맞장구쳤다.

― 사실 미술 치료가 익숙하지 않으실 거예요. 갑자기 그림을 그린다니, 좀 어색하고 무슨 소용일까 싶은 마음도 드실 거고요.

진형은 그녀의 말에 딱히 반응하지 않고 가만히 듣고만 있었다. 소영은 계속 부드럽게 이어나갔다.

― 괜찮습니다. 천천히 해봐요. 꼭 무언가를 느껴야 한다거나, 잘해야 하는 자리는 아니니까요.

그녀의 목소리에는 조급함이라고는 찾아볼 수 없었다.

진형은 애써 시선을 피하며 테이블 위를 바라보았다. 눈앞에 놓인 새하얀 스케치북은 마치 자기를 기다리는 빈 눈빛처럼 느껴졌다. 가지런히 높인 색연필들 역시 왠지 모르게 멀게만 보였다. 그는 의자 등받이에 몸을 깊숙이 기대며 한숨을 내쉬었다. 솔직히, 이 상황이 영 불편했다.

소영은 그런 그를 지긋이 바라보았다. 그러고는 조심스럽게 스케치북을 진형 앞으로 살짝 밀어 놓았다.

― 오늘은 특별한 규칙 같은 건 없어요. 그냥… 이 스케치북에 아무거나 끄적여보면 어떨까요?

진형이 미동도 하지 않자, 소영은 자신의 스케치북을 꺼내 들며 덧붙였다.

— 혹시 막막하시면, 저랑 같이 해볼까요? 저도 오랜만에 그림을 좀 그려보고 싶었는데.

그녀는 색연필 몇 자루를 집어 들고 흰 종이 위에 살며시 올려놓았다.

진형은 여전히 망설였다. 연필을 쥐고 낙서라도 해본 게 언제였는지 기억도 나지 않았다.

'지금 내가 뭐하고 있는 거지?'

그는 자조적인 웃음이 나올 것 같았지만 꾹 참았다. 어색함을 견디다 못해 테이블 위 머그잔에 담긴 차로 시선을 돌렸다. 허브 향이 코끝을 스쳤다. 진형은 문득 그 차의 향기가 낯설지 않다는 생각이 들었다. 예전에 행복했던 어느 겨울 저녁, 어머니가 우려주시던 차의 향기와 닮아 있었기 때문일까. 그 생각이 스치자 괜히 가슴 한편이 아릿해졌다. 그는 곧바로 그 감정을 밀어내려는 듯 눈을 질끈 감았다가 떴다. 그리고 마침내, 책상 위의 색연필을 집어 들었다.

— 뭘 그리면 되죠.

진형이 낮은 목소리로 물었다. 퉁명스러운 말투였지만, 그것은 그가 현재 느끼는 혼란과 불안의 표현일 터였다. 소영은 밝게 반응했다.

— 아무거나 괜찮아요. 마음 가는 대로. 선을 그리셔도 되고, 색을 칠해도 되고요. 혹시 그리고 싶은 게 딱히 없으면, 그냥 오늘 하루 떠오르는 것들을 색으로 표현해 보셔도 좋고요.

— 색으로 표현하라….

진형은 중얼거리듯 되뇌었다. 도무지 감이 오지 않았다. 그는 흰 종이를 멍하니 바라보았다. 빈 여백이 자신을 비웃고 있는 것만 같았다. 미간이 저절로 찌푸려졌다.

소영은 그런 그에게 조심스럽게 말을 건넸다.

— 혹시 좋아하는 색 있으세요? 아니면 요즘 자주 떠오르는 색깔이라든가.

— 색이라… 잘 모르겠네요. 다 똑같죠 뭐.

진형은 퉁명스럽게 답하고는 손에 든 파란색 색연필을 굴렸다. 마침 손에 잡힌 한 자루였다. 푸른색. 그는 무심코 그것으로 하얀 종이 위에 짧은 선을 그어 보았다. 차가운 겨울 하늘 같은 색이었다.

소영 또한 그의 옆자리에서 무언가를 그리기 시작했다. 색연필 끝이 사각사각 종이를 스치는 소리가 고요한 방 안에 잔잔히 퍼졌다. 진형은 옆눈으로 그녀를 흘끗 바라보았다. 소영은 진한 갈색 색연필로 둥근 무언가의 윤곽을 그리고 있었다. 진형이 묘한 호기심을 느낀 건 그때였다.

— 무슨 그림 그리시는 거예요?

자신도 모르게 물어본 말에 진형은 살짝 놀랐다. 그러나 소영은 자연스레 대답했다.

— 요즘 겨울이라 그런지, 귤이 자꾸 생각나서요. 동글동글한 귤을 몇 개 그려볼까 해요.

갈색 선 옆에 주황색 색연필로 작은 귤 몇 개의 모양이 더해졌다.

— 귤이요?

— 네. 겨울이면 귤이랑 난로, 눈 이런 것들이 떠오르잖아요. 진형 씨

는 겨울 하면 뭐가 가장 먼저 떠오르세요?

겨울이라… 진형은 순간 할 말을 잃었다. 겨울이라면, 추위, 긴 밤, 혹은 외로움. 그런 단어들이 언뜻 머리를 스쳤다. 그는 솔직히 대답했다.

— 추워서 별로예요 겨울은. 밤도 길고. 딱히 좋아하는 건 없습니다.

소영은 고개를 끄덕였다.

— 그렇군요. 어떤 계절을 좋아하시는지 물어보려고 했는데, 겨울은 썩 좋아하지 않으시는군요.

— 네. 그냥 다 비슷비슷해요.

진형은 건성으로 대답하고는 다시 자신의 스케치북으로 시선을 돌렸다. 어느새 흰 종이 위에는 파란 선 몇 개와 회색으로 칠해진 그늘 같은 부분이 얼룩처럼 번져 있었다. 특별한 형태를 이루지 못한 채 뒤엉킨 선들. 마치 자기 마음속을 그대로 옮겨놓은 듯 혼란스러웠다. 그는 그 종이를 물끄러미 바라보다가 괜히 짜증이 치미는 것을 느꼈다.

'내가 대체 뭘 하고 있는 거지?'

오른손에 힘이 들어가면서 파란색 색연필의 심이 툭 하고 부러졌다. 작은 탁음 소리가 정적을 갈랐다.

진형은 화들짝 놀라 부러진 색연필을 내려다보았다. 파란 심 한 토막이 새하얀 종이 위에 거친 자국을 남겼다. 마치 자신의 일부가 부서져 나간 것만 같았다. 그 조각을 멍하니 응시하는 사이, 마음속 깊은 곳에서부터 설명할 수 없는 감정이 치밀어 올랐다. 억눌러 담아 두었던 울분과 슬픔이 한꺼번에 밀려나오려는 듯했다.

— 젠장.

그는 낮게 욕설을 내뱉었다. 손에 쥐었던 연필을 탁 소리가 나게 내려놓고, 눈을 질끈 감았다가 뜬 후 고개를 떨궜다. 그의 갑작스러운 반응에 방 안의 공기가 일순 흔들렸다. 소영은 놀란 기색 없이 가만히 그를 바라보았다. 진형의 어깨가 들썩이는 것이 보였다.

— 미치겠네요, 정말….

그는 떨리는 목소리로 말했다. 귓가에 스스로의 목소리가 낯설게 맴돌았다. 그 소리에는 꾹꾹 눌러왔던 절망이 배어 있었다.

— 솔직히… 아무런 기대도 없어요. 내가… 내가 이렇게까지 해야 하나 싶은 생각도 들고.

진형은 말을 이으려 했지만 목이 메었다. 시야가 흐려지는 것을 느꼈다. 눈물이었다. 예고 없이 솟구쳐 오른 눈물이 그의 눈을 가득 채웠다. 그는 황급히 고개를 돌려 손등으로 눈가를 훔쳤다.

'울면 안 돼. 여기서 울면 바보 같잖아.'

스스로를 타일렀지만, 이미 터진 감정은 주체가 어려웠다. 마치 얼어붙어 있던 호수가 균열을 내며 녹아내리듯, 진형의 마음도 걷잡을 수 없이 무너져 내리고 있었다.

— 죄송합니다.

진형은 흐릿해진 시야로 스케치북을 내려다보며 어렵게 말문을 열었다. 눈물 몇 방울이 바닥 위에 뚝뚝 떨어졌다. 떨어진 눈물은 먼지들과 결합하여 동그란 자국을 남겼다. 마치 무채색이던 그의 그림 위로, 투명한 물방울이 번져드는 것처럼 보였다.

— 죄송할 것 없어요.

소영의 목소리는 한결같이 부드러웠다. 그녀는 자리에서 살짝 일어나 옆에 놓인 휴지 상자를 진형 앞으로 밀어주었다.

— 여긴 울어도 되는 곳이에요. 참지 않으셔도 됩니다.

진형은 조심스레 휴지 몇 장을 뽑아 눈가를 닦았다. 그의 손은 미세하게 떨리고 있었다. 소영은 자리에 다시 앉으며 조용히 진형을 바라보았다. 그녀의 눈빛은 여전히 편안하고 잔잔했다. 그 안에는 판단도, 당혹스러움도 없었다. 마치 따뜻한 담요처럼 그의 주변을 감싸주기만 할 뿐이었다.

진형은 한동안 말없이 흐느꼈다. 방 안에는 그의 낮은 훌쩍임과 벽시계의 초침 소리만이 가늘게 퍼졌다. 소영은 그의 감정이 잦아들 때까지 기다려 주었다.

시간이 얼마나 흘렀을까. 진형은 이내 움켜쥐었던 휴지를 구겼다 폈다 하며 호흡을 가다듬었다. 어느덧 창밖에는 완전히 어둠이 내렸고, 창문 너머로 가로등 불빛이 희미하게 들어와 있었다. 따뜻한 조명 아래 테이블 위에 놓인 색연필들은 여전히 제자리에 있었고, 소영은 귤 그림의 채색을 멈춘 채 그를 기다리고 있었다. 모든 것이 그대로였다. 그러나 단 하나, 진형의 마음속 풍경이 달라졌다. 폭풍이 지나간 하늘처럼, 참았던 울음을 쏟아낸 뒤 그는 잠시 멍한 채로 허탈감에 잠겼다. 그러나 그 허탈감 속에는 미묘한 안도감이 섞여 있었다. 마치 오랫동안 참고 있던 숨을, 이제야 내쉬고 난 뒤처럼.

— 조금은… 괜찮아지셨나요?

소영이 먼저 침묵을 깨고 조심스레 물었다. 진형은 휴지를 손에 쥔 채 고개를 끄덕였다. 눈물이 잦아든 눈으로 그녀를 바라보았다. 진형이 상담실에 들어와 소영의 눈을 제대로 마주 본 것은 그때가 처음이었다.

그녀의 눈동자에는 걱정과 다정함이 어렸다. 동정이나 호기심이 아닌, 진심 어린 이해와 온기가 서려 있었다.

그 따뜻한 눈길을 마주하자 진형은 자신도 모르게 마음 한구석이 스르르 풀리는 기분을 느꼈다. 방금 전까지 팽팽하게 조여 있던 경계심이 살짝 느슨해지는 듯했다. 동시에 왈칵 다시 울음이 치밀었지만 그는 가까스로 그것을 삼켰다.

대신 나지막이 입을 열었다.

— 부끄럽네요. 처음 뵙는 자리에서 이래버려서.

목소리는 여전히 잠겨 있었지만, 처음 만났을 때의 날 선 느낌은 많이 누그러져 있었다.

— 괜찮습니다, 정말로요.

소영은 약간 미소 지으며 고개를 저었다.

— 아무렇지 않은 척 버티는 것보다, 이렇게 솔직하게 감정을 표현하시는 게 더 용기 있는 일이에요.

'용기'라는 말에 진형은 멍한 표정을 지었다. 자신이 용기 있다는 생각은 해본 적 없었다. 하루하루 버티는 것만으로도 벅차게 느껴졌으니까. 그는 괜히 시선을 내려 테이블 위 흩어진 색연필들을 주워 모았다. 아까 자신이 부러뜨린 파란 색연필 조각도 찾아 손에 쥐었다. 그러고는 낮게 혼잣말처럼 뱉었다.

— 모르겠어요…. 뭐가 어떻게 될지. 그냥… 모든 게 다 끝났으면 좋

겠다고 생각한 적도 많았어요.

마지막 문장은 거의 속삭임처럼 작게 흘렸지만, 조용한 방 안에서 소영은 그 한마디조차 놓치지 않았다. 그녀의 눈빛이 슬쩍 흔들렸다. 하지만 곧 다시 단단한 온기로 차올랐다.

— 많이 힘드셨나 보네요.

소영이 조심스레 말했다. 진형은 대답하지 않았지만, 그의 침묵은 곧 동의였다. 소영은 진형이 손에 든 부러진 색연필을 눈으로 가리켰다.

— 저 파란색, 좋아하시는 색인가 봐요.

뜻밖의 말에 진형은 손에 들린 파란 심을 내려다보았다. 그리고 피식 웃음을 흘렸다. 웃음이라기보다는 허탈한 숨소리에 가까웠다.

— 글쎄요… 그냥 아무거나 집혔을 뿐인데 부러져 버렸네요.

— 괜찮아요. 색연필 하나 부러진 건 얼마든지 다시 살 수 있죠. 대신….

소영은 자신의 펜꽂이에서 파란 색연필 하나를 집어 들었다.

— 필요하면 언제든 새로 꺼내 쓰면 돼요. 마음도 그랬으면 좋겠네요. 너무 애쓰다 부러지기 직전까지 가버린 마음도, 다시 천천히 찾아볼 수 있으면….

그녀의 목소리가 살며시 귓가에 젖어들었다. 진형은 무슨 말인지 이해할 것도 같았고, 아직 잘 모르겠다는 생각도 들었다. 하지만 이상하게도 그 말이 위로처럼 느껴졌다. 그는 손에 든 파란 심 조각을 조심스레 테이블 위에 내려놓았다.

어느덧 소영의 스케치북 위에는 몇 개의 귤이 완성되어 있었다. 소영이 그림을 가리키며 말했다.

— 아까 저는 겨울 하면 귤이 떠오른다고 했잖아요. 진형 씨에게 겨울은 춥고 힘든 계절이지만… 그래도 오늘 이 방에서는 조금 덜 추우셨으면 좋겠어요.

진형은 테이블 한쪽에 수북이 쌓인 휴지를 민망하게 바라보며 조용히 고개를 끄덕였다.

— 여긴… 음, 따뜻하네요.

그가 어렵게 내뱉은 말에 소영은 눈꼬리를 부드럽게 풀며 웃었다.

— 다행이에요.

소영이 부드럽게 답했다.

— 처음엔 어색하셨겠지만, 그래도 잘 해주셨어요. 색도 칠해보고, 말씀도 해 주시고… 덕분에 저도 제 겨울 그림을 완성했네요

진형은 그녀의 스케치북에 그려진 밝은 귤 몇 개와 자신 앞에 놓인 흐릿한 색의 낙서를 번갈아 보았다. 그러고는 작게 한숨을 내쉬며 말했다.

— 아직도 잘 모르겠어요. 이렇게 울고 나면 뭐가 나아지나요?

소영은 잠시 생각하더니 조용히 입을 열었다.

— 당장 큰 변화가 느껴지지 않을 수도 있어요. 하지만 조금 가벼워지진 않으셨어요? 마음 한편이.

진형은 자신도 모르게 가슴에 손을 얹었다. 울고 나서는 가슴 한쪽이 허전하면서도 이상하게 빈 공간이 생긴 느낌이었다. 그곳에 서늘한 공기가 스며드는 듯했지만, 아까보다는 숨쉬기가 조금 더 수월해진 것도 같았다.

세상에서 가장 아름다운 슬픔

— 글쎄요.

그는 솔직하지 못하게 대꾸했지만, 얼굴 표정만큼은 한결 누그러져 있었다. 소영은 그런 진형을 지켜보며 미소를 머금었다.

그때, 벽시계가 여덟 시를 가리키며 조용히 시간을 알렸다. 생각보다 시간이 훌쩍 지나 있었다. 창밖을 보니 까만 하늘 아래로 눈발이 여전히 흩날리고 있었다.

— 어느덧 약속했던 시간이 다 되었네요.

소영이 아쉬운 듯 말하며 스케치북과 색연필을 정돈하기 시작했다. 진형도 덩달아 자신의 스케치북을 덮어 밀쳐두었다. 훌쩍거림은 멈췄지만 그의 눈가는 아직 붉게 물들어 있었다. 소영은 진형을 바라보며 부드럽게 말을 이었다.

— 오늘 처음 와주셔서 감사해요. 쉽지 않으셨을 텐데 용기 내 줘서요.

— 용기라기보다는.

진형은 쓸쓸하게 웃었다.

— 그냥 떠밀려 온 거죠, 뭐.

— 떠밀려 오셨지만 그래도 와 주셨잖아요. 그리고 여기까지 이야기도 해 주셨고요.

소영이 천천히 일어섰다. 진형도 따라 일어났다. 그는 어느새 꽁꽁 싸맨 마음의 빗장이 약간은 느슨해진 것을 느꼈다. 그렇다고 홀가분한 것은 아니었지만, 아주 조금… 정말 조금은 편해진 듯한 기분. 그러나 그걸 인정하기엔 자존심이 허락하지 않는 듯, 진형은 애써 무덤덤한 얼굴을 유지했다.

— 다음 주에도… 시간 괜찮으실까요?

소영이 조심스레 물었다.

— 다음 주요?

진형은 예상치 못했다는 듯 되물었다. 사실 아까까지만 해도 다시는 안 올 생각이었다. 이렇게까지 감정을 쏟아낸 것도 피곤했고, 부끄럽기도 했으니. 하지만 소영의 물음에 단번에 거절이 나오지 않았다.

— 네. 꼭 오셔야 하는 건 아니지만… 저는 진형 씨와 조금 더 이야기를 나눌 수 있으면 좋겠어요.

소영의 말에 진형은 망설였다. 다시 오는 게 무슨 소용일까 하는 생각과, 그래도 그녀라면 조금 더 얘기해도 좋을 것 같다는 생각이 마음속에서 교차했다. 그는 시선을 발끝으로 내리깔았다가 소영을 바라보았다. 창문 너머 다가오는 겨울밤의 어슴푸레한 빛이 소영의 얼굴을 비추고 있었다. 그 눈빛은 변함없이 따뜻하고 진지했다. 자신을 더 알고 싶어 하는 듯한, 그러나 강요하지는 않는 눈빛. 진형은 그 눈길을 잠시 받아내다가, 이내 시선을 피하며 작게 고개를 끄덕였다.

— 네. 뭐, 한 번 더 와볼게요.

그의 목소리는 이전보다 한층 잠잠했다. 마지못해 동의하는 듯했지만, 그 안에는 알 수 없는 떨림이 서려 있었다.

— 잘 생각하셨어요.

소영은 환하게 웃었다. 그녀의 미소에는 안도와 기쁨이 배어 있었다.

— 그럼 다음 주 이 시간에 다시 뵐게요. 오늘 정말 수고 많으셨어요.

진형은 머쓱하게 고개를 끄덕였다. 작게나마 미소 비슷한 것을 지어 보였는지는 자신도 몰랐다. 마음 한편이 간질간질했다. 오랜만에 누군가와 이야기를 한 탓일까, 아니면 소영이라는 사람의 온화한 미소 탓일까. 그는 복잡한 심정을 애써 숨기며 코트 자락을 정리했다.

— 들어가세요. 밖에 추우니 따뜻하게 입으시고요.

소영이 배웅하며 말했다. 진형은 "네, 감사합니다"라고 짧게 인사한 뒤 코트 깃을 세웠다. 상담실 문을 열고 다시 겨울 밤거리로 나오자 차가운 공기가 그의 볼을 에웠다. 숨을 쉬니 입김이 하얗게 피어올랐다. 그는 본능적으로 몸을 움츠렸다. 그런데 아까까지 그를 짓누르던 무거운 어떤 것이 살짝 헐거워진 느낌이었다. 완전히 사라진 것은 아니지만, 마음 어딘가에 작은 틈이 생긴 듯한, 묘한 가벼움이 있었다.

진형은 걸음을 옮기다 문득 뒤를 돌아보았다. 불과 몇 발짝 거리 뒤로, 소영의 상담실 창문에서 노란 불빛이 부드럽게 새어 나오고 있었다. 그 불빛은 차가운 밤거리 위에 떠 있는 작은 섬처럼 보였다. 아늑함 그 자체였다.

진형은 잠시 그 창틈의 빛을 바라보았다. 그러고는 다시 길을 향해 걸음을 뗐다. 차갑게 시린 겨울바람 속에서도, 아까 상담실에서 느꼈던 온기가 그의 기억 속에 희미하게 남아 있었다. 코끝에는 아직도 허브차 향기가 맴도는 듯했다. 마음속, 아주 깊숙한 곳에서 무언가 조용히 흔들리고 있었다. 아직은 이름 붙일 수 없는 감정이었다. 희미한 기대일까, 두려움일까, 혹은 오랜만에 느껴본 위로일까. 진형은 천천히 숨을 내쉬었다. 눈앞에 다시 하얀 입김이 피어올랐다. 그리고 그는 조용히 속삭이듯 혼잣말을 했다.

— 다음 주엔, 조금 더 나아질까?

그의 말은 금세 차가운 공기 속으로 흩어졌지만, 그가 떨린 눈으로 올려다본 밤하늘에는 어느새 눈송이들이 하얗게 반짝이며 내려오고 있었다.

제8화

잃어버린 선율

다 끝났다고 생각했는데, 끝나지 않은 고통이 이렇게 깊게 남아 있었다. 진형은 흐르는 눈물을 닦을 힘도 없이 눈을 감았다. 그러자 눈꺼풀 뒤로 느릿하게 어둠이 번져들었다. … 아무것도 보이지 않는 밤이었지만, 마음 깊은 어딘가에 아주 희미한 불빛 하나가, 마치 잊고 있던 약속처럼 조용히 깜빡이고 있었다.

진형은 그날도 어김없이 밤늦게까지 피아노 연습에 몰두했다. 연습실 문을 나설 때는 이미 자정을 훌쩍 넘긴 시각이었다. 서울의 밤거리에는 찬 공기가 내려앉아 있었고, 가로등 불빛이 희미하게 도로를 비추고 있었다. 진형은 지친 손가락을 가볍게 주무르며 한숨을 내쉬었다. 내일 있을 연주회를 생각하면 마음이 쉽게 놓이지 않았다. 완벽에 가까운 연주를 만들어내야 한다는 압박감 때문에, 그는 마지막까지 건반에서 손을 뗄 수 없었다.

　공연장 리허설 건물 밖은 적막했다. 드문드문 자동차 불빛이 지나갔고, 멀리서 들려오는 희미한 엔진 소리만이 깊은 밤의 고요를 깨우고 있었다. 진형은 메고 있던 가방끈을 한 번 고쳐 잡고 건널목을 향해 걸음을 옮겼다. 그 순간, 귀를 찢는 듯한 타이어 마찰음이 갑작스레 어둠 속에서 터져 나왔다. 진형은 반사적으로 고개를 돌려 왼손으로 얼굴을 가렸지만, 눈부신 헤드라이트와 육중한 트럭의 앞부분이 순식간에 그의 시야를 하얗게 집어삼켰다.

　"위험해!"

누군가의 외침이 들렸지만 이미 늦었다. 무언가 폭발하는 듯한 거대한 충돌음과 함께 진형의 몸이 공중으로 나뒹굴었다. 찰나의 충격 속에서 그는 무엇인가 단단한 것에 세차게 부딪히는 느낌을 받았다. 숨이 턱 막히고, 모든 소리가 머나먼 곳에서 울리는 듯했다. 차가운 아스팔트 위로 내동댕이쳐진 그의 몸 주변에서 차량 경적과 사람들의 비명이 뒤섞여 아득하게 들려왔다.

진형의 온몸은 금세 굳어버려 움직일 수 없었다. 머릿속이 하얘지고, 세상이 빙글빙글 도는 것만 같았다. 몸을 에워싼 한기는 피가 서서히 식어가는 걸 알리는 듯했고, 뺨 위로 뜨거운 액체가 흘러내렸다. 희미한 가로등 불빛 아래, 그는 쓰러진 자세로 겨우 고개를 돌려 자신의 몸을 살폈다. 다리는 저릿저릿했고, 어깨와 옆구리는 불에 덴 듯 아려왔다. 그러나 그 모든 고통을 압도하는 또 하나의 통증이 진형의 온 정신을 집어삼켰다.

'손…'

진형은 흐려지는 시야 속에서 자신의 왼손을 바라보았다. 가냘픈 가로등 불빛 아래 그의 손목이 이상한 각도로 꺾여 있는 것이 보였다. 손끝은 축 늘어져 있었고, 팔뚝 전체로 불이 붙은 것 같은 격렬한 고통이 몰려들었다. 진형의 가슴이 철렁 내려앉았다. 피아노를 연주하던 그의 손, 수천 번의 연습을 견뎌온 그 손이 형체만 남은 채 말을 듣지 않는 것만 같았다.

'안 돼… 제발…!'

진형은 입술 사이로 피 섞인 신음을 토하며 속으로 절규했다. 귓가에는 아직도 사고 순간의 파열음이 맴돌았다. 시야는 점점 어두워지고 의식은 바닷속 깊이 가라앉듯 멀어져 갔다. 눈물과 피가 뒤섞여 뺨을 타고 흘러 바닥에 떨어졌다. 마지막 남은 희미한 의식 속에서 진형은 부서져버린 자신의 왼손을 느꼈다. 그 손끝에서 점점 온기가 사라져 가는 것을 지각하며, 머릿속에는 단 하나의 생각만이 절망적으로 맴돌았다.

'이렇게 손을 잃으면… 나는… 더 이상….'

모든 것이 어둠 속으로 가라앉았다.

며칠 후 기적적으로 진형은 깊은 혼돈 속에서 천천히 의식을 되찾았다. 머리는 무겁게 지끈거렸고 온몸에는 힘이 들어가지 않았다. 눈꺼풀은 납처럼 내려앉아 잘 떠지지 않았고, 주변에서는 낯선 기계음과 속삭이는 듯한 목소리들이 희미하게 들려왔다. 그는 자신이 어딘가에 누워 있다는 것을 어렴풋이 느꼈다. 코끝에 스치는 소독약 냄새와 팔뚝으로 전해지는 주삿바늘의 은은한 통증이 여기가 병원임을 알려주는 듯했다.

— 일단 생명에는 지장이 없습니다. 하지만….

머리맡 어딘가에서 낮고 침착한 남자의 목소리가 들려왔다. 그러나 중간중간 단어들이 끊겨 알아듣기 어려웠다. 이어서 흐느끼는 여성의 울음소리가 희미하게 들렸고, 곧 다른 남성의 떨리는 음성이 가까이에서 들려왔다.

— 우리 진형이가… 다시 피아노를 칠 수 있을까요…?

아버지가 애타는 목소리로 묻고 있었다. 진형은 흐릿한 의식 속에서도 '피아노'라는 단어를 똑똑히 들었다. 가슴이 얼어붙는 듯했다.

— 안타깝게도… 지금으로선 어렵습니다. 손의 신경이 심하게 손상

되어서… 재활을 한다 해도….

의사의 조심스러운 대답이 이어졌지만, 끝내 말을 잇지 못했다. 그러나 그 순간 이미 진형의 심장은 미친 듯이 요동치기 시작했다. 방금 들은 대화의 의미를 깨달은 그의 눈꺼풀이 미약하게 떨렸다. 숨이 가빠지며 식은땀이 맺혔다.

'설마… 아니길. 제발 아니길!'

진형의 머릿속에서 절박한 외침이 메아리쳤다.

얼마 지나지 않아 진형은 간신히 두 눈을 떴다. 희뿌연 시야 너머로 하얀 천장 등이 눈부시게 비쳐왔다. 곁에서 누군가 급히 자리에서 일어서는 움직임이 느껴졌다. 이내 흐릿한 시야 속에 낯익은 얼굴 둘이 다가왔다. 눈물을 가득 머금은 어머니와 굳은 표정의 아버지였다. 그들 뒤로 하얀 가운을 입은 중년 의사도 서 있었다.

— 눈을 떴군요.

의사가 안도한 듯 조용히 말했다.

— 진형 씨, 여기는 병원입니다. 많이 놀라셨죠? 괜찮습니다, 이제 안전해요.

진형은 입술을 달싹이며 무언가 말하려 했지만, 목구멍이 타들어 가듯 아파 소리가 나오지 않았다. 그는 침을 삼키고 겨우 입을 열었다.

— 손… 제 손은…?

갈라진 목소리가 힘없이 흘러나왔다. 왼손의 감각이 이상했다. 분명 자신의 팔에 붙어 있는데, 남의 것처럼 멀게 느껴졌다.

의사는 잠시 침묵하다가 조심스레 답했다.

세상에서 가장 아름다운 슬픔

— 진형 씨… 사고로 왼손에 큰 부상을 입었어요. 뼈가 부러지고 신경도 심하게 다쳤습니다. 의식이 없을 때 긴 수술을 받았고요…. 저희가 할 수 있는 최선의 치료를 했습니다만….

그는 차마 '결과'라는 말은 끝내 하지 못한 채 고개를 떨궜다.

진형은 두려움에 휩싸여 붕대 감긴 왼손을 응시했다. 하얀 붕대에 감겨 있는 손은 여전히 아무런 반응이 없었다. 그는 필사적으로 손가락에 힘을 주며 움직이려 애썼다. 머릿속으로 수천 번 그려온 익숙한 동작을 떠올렸다.

'움직여… 제발 움직여 줘….'

그는 속으로 간절히 외쳤다. 그러나 손가락은 미동조차 하지 않았다.

— 안 돼…!

진형은 숨죽인 신음과 함께 외마디 비명을 질렀다. 절망감이 거센 파도처럼 밀려왔다. 순식간에 그의 두 눈에 뜨거운 눈물이 고였다.

— 움직여… 움직이라고!

그는 흐느끼며 다시 한번 손에 대고 외쳤지만, 마치 얼어붙은 돌덩이처럼 손은 꼼짝도 하지 않았다.

옆에서 지켜보던 어머니가 울음을 터뜨리며 그의 어깨를 부둥켜안았다.

— 진형아, 안 돼… 무리하지 마, 제발!

어머니의 목소리는 이미 애끓는 울음으로 변해 있었다. 아버지는 붉어진 눈시울을 손등으로 훔치며 입술을 다물었다. 의사는 안쓰러운 눈빛으로 한 걸음 물러서더니 고개를 숙였다.

'내 손… 내 손이…'

진형은 믿을 수 없다는 듯 떨리는 목소리로 중얼거렸다. 가늘게 끊어지는 소리가 병실을 파고들었다.

'이젠… 피아노를… 어떻게…'

그의 말은 흐느낌으로 바뀌어 더 이어지지 못했다. 아버지가 참았던 눈물을 삼키며 다가와 진형의 오른손을 잡았다.

— 진형아… 괜찮다. 살아있으니까… 방법이 있을 거야. 재활 치료도 해 보고… 우리 다시 노력해 보자. 응?

아버지의 목소리는 간절했지만 떨리고 있었다.

진형은 고개를 저었다. 뜨거운 눈물이 하염없이 흘렀다.

— 무슨 소용이에요… 내 손은 다시 안 돌아온단 말이에요… 다시는 피아노를 칠 수 없대요. 차라리 죽어 버렸으면….

그의 절규는 상처 입은 짐승의 울부짖음처럼 터져 나왔다.

— 안 돼, 그런 말 하지 마!

어머니는 아들을 더욱 힘주어 끌어안았다. 흐느낌 섞인 목소리로 애원했다.

— 진형아… 포기하면 안 돼. 분명 방법이 있을 거야. 기적도 있을 거야… 있을 거야….

그의 어머니는 오열하며 같은 말을 되풀이했다. 눈물이 그녀의 얼굴을 범벅으로 만들었다.

진형은 어머니의 품에 얼굴을 파묻고 오열했다. 그의 어깨는 쉼 없이 들썩였다.

— 차라리… 차라리 죽는 게 나았어요…!

그는 오른 주먹으로 침상을 내리치며 통곡했다.

— 이럴 바엔… 차라리…!

이어지는 말은 목이 메어 막혀 버렸다.

— 안 돼! 그런 소리 하지 말라니까!

어머니가 다급히 그의 말을 잘랐다.

— 네가 이렇게 살아난 게 얼마나 다행인데… 진형아, 엄마한테 그런 말 하면 못 써.

그녀는 흐느끼는 진형을 부둥켜안고 함께 울었다. 아버지도 눈물을 떨구며 두 사람을 감싸안았다.

한동안 병실에는 슬픔에 잠긴 울음소리만 가득했다. 진형의 울음은 깊은 통곡으로 번져 나왔다. 마치 모든 희망이 무너져 내린 폐허 속에 혼자 버려진 듯한 막막함이 그를 휩싸고 있었다. 이 모든 것이 꿈이기를, 제발 꿈에서 깨어날 수 있기를 바랐다. 그러나 눈을 떠 마주한 것은 너무도 잔인한 현실이었다. 그 순간 진형은 가슴속에서 무언가가 산산이 부서져 내리는 소리를 느끼는 듯했다.

이튿날 오후, 진형의 병실 문이 조용히 열렸다. 잠시 머뭇거리던 끝에 그의 친구 문수가 안으로 들어섰다. 같은 음악 대학을 졸업한 동료이자 오랜 친구였다. 문수의 손에는 과일 바구니가 들려 있었지만, 얼굴에는 웃음기라고는 전혀 없었다. 그는 눈가가 붉어진 채 침대에 누워 있는 진형을 바라보았다.

— 진형아….

문수가 나직하게 그의 이름을 불렀다. 어떻게 말을 꺼내야 할지 모르는 듯 입술만 달싹였다. 침대 곁까지 다가온 문수는 과일 바구니를 탁자 위에 놓으며 애써 미소를 지었다.

― 그래도… 살아 있어서 다행이야. 얼마나 놀랐는지 알아? 우리 다 널 걱정했다고….

말을 시작하자마자 그의 목소리는 이미 떨리고 있었다.

진형은 창밖을 향해 있던 시선을 친구에게로 돌렸다. 어제부터 울다 지쳐 부은 눈이 다시 뜨거워지는 것을 느꼈다. 그는 입술을 달싹였다.

― 문수야….

그러나 그 뒤를 이을 말은 나오지 않았다. 목이 메어 어떤 소리도 이어지지 않았다.

문수는 진형의 침대 발치에 서서 조심스럽게 말을 이었다.

― 금방 나을 거야. 의사 선생님도 분명 최선을 다하고 계시고… 재활치료 열심히 받으면 곧 다시 피아노 칠 수 있을 거라고. 응?

그의 말끝은 점점 작아졌다. 문수의 시선이 무심결에 진형의 왼손으로 향했다. 붕대와 보호대에 감싸여 고정된 손을 본 그는 고통스럽다는 듯 입술을 굳게 다물었다.

진형의 가슴속에서 서늘한 감정이 차올랐다. 친구의 호의를 고맙게 여기는 마음도 있었지만, "다시 피아노를 칠 수 있을 거야"라는 말에 그는 참았던 울분이 치밀었다. 진형은 떨리는 목소리로 힘겹게 내뱉었다.

― 다시는, 못 칠지도 몰라. 아니!! 못 친다고! 더 이상 이 저주받은 손으로는 어떤 악보도 함께할 수 없다고…. 더 이상 위로하려고도 하지

마… 그냥… 아무 말도 제발….

그의 눈길이 바닥으로 떨어졌다.

— 의사 선생님이 그랬어…. 어렵다고 했어.

끝을 흐리며 뱉은 말은 뚜렷한 비극의 무게로 둘 사이에 가라앉았다.

— 아니야…. 네가 얼마나 노력했는데… 넌 분명 다시 무대에 설 수 있을 거야.

그는 필사적으로 말했다.

— 넌 포기하지 않을 거잖아. 우리가 다 도울 거야. 다들 네가 일어나기만을 기다리고 있어.

문수는 절박한 눈빛으로 진형을 바라보았다. 하지만 그의 눈가에도 눈물이 그렁그렁 맺혔다.

진형은 천천히 고개를 저었다. 뜨거운 눈물이 또다시 흘러내렸다.

— 다들… 너무 쉽게 말하지 마. 멀쩡한 손으로도 연주는 피를 토하면서 겨우 해내는 거야. 그런데 이 썩어빠진 손으로? 감각도 없는 이 망할 손으로 다시 무대에 서라고? 그딴 소리 지껄일 거면 당장 꺼져. 듣고 있자니 토 나올 것 같으니까.

그의 목소리는 한숨처럼 새어 나왔다.

— 넌 알아? 피아노밖에 모르고 살아온 내게… 이게 무슨 의미인지….

진형의 어조에는 분노보다는 깊은 슬픔이 배어 있었다.

— 이젠 끝이야, 문수야. 모든 게… 다 끝났어….

그의 말은 흐느낌에 묻혀 더 이어지지 못했다.

문수는 흐르는 눈물로 자신의 감정을 대신했다.

— 미안해… 미안해, 진형아….

그는 떨리는 손으로 진형의 어깨를 잡았다. 그의 어깨도 함께 크게 들썩이고 있었다.

— 네가 이런 아픔을 겪다니… 너무 미안해서 어쩔 줄 모르겠어….

문수는 울먹이며 말했다. 물론 그의 잘못이 아니란 걸 둘 다 알고 있었다. 그럼에도 불구하고, 뭐라도 말하지 않으면 안 될 것 같은 심정에 그는 눈물을 떨구며 말을 이었다.

— 너무 억울하고, 너무 속이 무너져서… 나 스스로가 무너질 것 같아. 어떻게 하늘이 너한테 이런 잔인한 시련을 줄 수가 있어…. 도무지 이해할 수가 없어. 마음 한쪽이 계속 울고만 있어, 멈추질 않아….

— 문수야…

진형은 눈물로 범벅이 된 얼굴을 들어 친구를 바라보았다. 문수는 어느새 진형의 왼손을 꼭 붙잡고 있었다. 두 친구는 말을 잃은 채 손을 맞잡고 함께 울었다. 뜨거운 눈물이 침대 시트 위로 뚝뚝 떨어졌다.

얼마 후 문수는 눈물을 훔치며 애써 웃어 보였다.

— 그래도… 우리 다 같이 있으니까. 너 혼자가 아니야. 알지? 친구들도 다 네 곁에 있어.

그는 콧등이 빨개진 채로 말했다.

— 그러니까… 너무 혼자 아파하지 마. 힘들 땐 나나 다른 친구들에게 기대. 응? 우린 언제까지나 네 친구야.

진형은 붉어진 눈으로 그를 바라보다가, 천천히 고개를 끄덕였다. 울음에 목이 메어 어떤 말도 할 수 없었다. 그저 친구의 손을 더욱 꽉 잡을 뿐이었다. 문수는 그렇게 진형의 손을 잡은 채 한참을 더 곁에 머물러 주었다. 그의 눈물도 쉬이 마르지 않았다. 슬픔과 안타까움, 그리고 우정이 뒤섞인 눈물이 조용히 흐르고 또 흘렀다.

이윽고 창밖으로 완연한 어둠이 찾아오고, 희미한 가로등 불빛이 조용히 헤어질 시간이 되었음을 알렸다. 문수는 마지못해 손을 놓았다.

— 내일 또 올게.

그는 쉰 목소리로 말하며 일어섰다. 떠나기 전, 문수는 충혈된 눈으로 다시 한번 진형을 바라봤다.

— 힘내, 진형아… 제발….

마지막까지 떨리는 목소리로 간절히 응원한 뒤, 문수는 천천히 병실을 떠났다.

문이 닫히고, 진형은 다시 혼자가 되었다. 친구의 울먹이는 목소리가 아직 귓가에 생생했다. 진형은 젖은 눈을 깜빡이며 천장만 멍하니 바라봤다. 가슴에는 말로 다 할 수 없는 허망함과 고독이 밀려왔다. 다 끝났다고 생각했는데, 끝나지 않은 고통이 이렇게 깊게 남아 있었다. 진형은 흐르는 눈물을 닦을 힘도 없이 눈을 감았다.

그러자 눈꺼풀 뒤로 느릿하게 어둠이 번져들었다. 시간이 멈춘 듯한 고요 속에서, 진형의 숨소리만이 희미하게 공간을 채웠다. 아무 생각도 하지 않으려 했지만, 머릿속에는 부서진 건반 위에 멈춰 선 손가락들이 자꾸 떠올랐다.

그 순간, 아주 어릴 적 들었던 낡은 피아노 소리가 기억 저편에서 스쳐갔다. 언젠가 그에게 음악이 처음으로 따뜻하게 말을 걸어왔던 날. 진형은 자신도 모르게 미세하게 입술을 꾹 다물었다. 아무것도 보이지 않는 밤이었지만, 마음 깊은 어딘가에 아주 희미한 불빛 하나가, 마치 잊고 있던 약속처럼 조용히 깜빡이고 있었다.

마치 이 고통과 슬픔이 영원하지 않을 거라고 말하는 것 같았다.

제9화

겨울

병실

병실의 정적 속에서 그의 마음 한구석에 아주 작은 떨림이 일고 있었다. 그 떨림은 혼자가 아닐지도 모른다는 막연한 기대, 그리고 다시 삶을 살아보고자 하는 갈망과도 같은 것이었다.

형광등 불빛이 차갑게 내려앉은 겨울 저녁의 병실은 고요했다. 창밖에는 깊은 어둠이 깔려 있었고, 실내에는 희미한 빛과 쓸쓸한 정적만이 가득했다. 가끔씩 복도에서 들려오는 발걸음 소리만이 그 적막을 조용히 흔들었다. 현지는 병실 한편에서 서류를 정리하고 있었다. 키보드에 스치는 사각거리는 소리와 지친 듯 호흡하는 그녀의 희미한 숨소리가 공간을 메우고 있었다.

　　종혁은 딱딱하고 차가운 시트 위에 몸을 뉜 채, 눈을 감고 누워 있었다. 얇은 환자복 사이로 스며드는 한기가 겨울밤의 냉기를 그대로 전해주는 듯했다. 피부에 닿는 시트는 싸늘했고, 병원의 소독약 냄새 섞인 공기는 건조하고도 낯설었다. 팔에는 링거 바늘이 꽂혀 있었지만, 그는 그 감각조차 희미하게 느낄 뿐이었다. 마치 이 몸이 더 이상 자신의 것이 아닌 것마냥, 모든 것이 멀게만 느껴졌다.

　　얼마 전, 아니 어쩌면 오래전부터 그는 이렇게 차가운 바닥 위에 쓰러져 있었던 것만 같았다. 서울역 플랫폼 근처에서 의식을 잃고 쓰러졌을 때, 차디찬 시멘트 바닥의 감촉이 마지막으로 남은 기억이었다. 그리

고 눈을 떠보니 이 하얀 천장과 형광등 불빛 아래였다. 눈을 감은 지금
도, 그의 시야에는 여전히 희뿌연 빛무리가 아른거렸다. 그 빛 너머로
머나먼 기억들이 천천히 떠올랐다.

사람들의 찬사와 조명을 받으며 문단에서 성공 가도를 달리던 시절
이 있었다. 그러나 가장 가까운 친구와 사랑했던 아내의 배신은 마치 한
겨울의 얼음장이 가슴 깊숙이 내려앉는 듯 차갑고 더러운 감정을 남겼
다. 하루아침에 그는 모든 것을 잃었다. 신뢰하던 사람이 등에 칼을 꽂
은 순간, 세상이 송두리째 무너지는 소리를 그는 분명히 들었다.

그날 이후, 그는 모든 것을 버리고 세상에서 사라지듯 떠났다. 펜을
쥐던 손은 칼보다도 날카로운 배신 앞에서 힘없이 떨렸고, 더 이상 한
줄의 글도 쓸 수 없었다. 집을 등지고 거리로 나선 그는 어디에도 속하
지 못한 채 서울역 인근을 떠돌았다. 처음에는 분노와 슬픔으로 술에 취
해 나날을 보냈다. 차가운 콘크리트 바닥 위에서 깨어난 아침이면, 저마
다 분주히 발걸음을 옮기는 사람들의 흐름 속에서 자신만 멈춰 서 있는
듯한 기분에 사로잡혔다.

시간이 흐르고 계절은 몇 번이나 바뀌었어도, 그의 내면에는 끝없
는 겨울만이 계속되었다. 봄에는 꽃이 피고 여름에는 태양이 작열했으
나, 종혁의 마음속엔 언제나 차디찬 바람이 불고 있었다. 거리의 노숙자
들 틈에서 그는 마치 자신만의 고독한 섬에 갇힌 사람처럼 지냈다. 지나
가는 이들의 동정 어린 시선이 느껴질 때도 있었지만, 그는 그마저 피하
듯 고개를 돌렸다. 인간관계란 결국 한순간의 환상에 불과하다는 허무
감이 가슴 깊이 박혀 있었기 때문이다.

노숙 생활 3년 동안, 그는 매일같이 어둠 속을 걸었다. 평생 쓰고도 남을 돈을 가지고 있었지만, 밤이면 서울역 플랫폼 구석진 곳에서 신문지 조각을 덮고 잠들었고, 낮에는 쓰레기통을 뒤져 얻은 빵조각으로 하루를 연명했다. 종혁은 그러한 고통이야말로 자신의 아픔을 치유해 줄 것이라 굳게 믿고 있었다. 그러나 지금 돌아보면, 그 모든 시간은 마치 꿈결처럼 흐릿하게 지나갔다. 때로는 살아 있다는 감각조차 희미했다. 이름을 불러주는 이도, 손을 내밀어 줄 이도 없는 삶 속에서, 그는 자신이 생각했던 것과는 달리, 조금씩 스스로를 잊어가고 있었다.

그의 머릿속에는 간혹 과거의 장면들이 떠올랐다. 따스한 등불 아래에서 원고를 쓰던 밤, 친구와 술잔을 기울이며 문학에 대해 토론하던 시간, 아내의 환한 웃음. 그러나 이제 그 기억들은 모두 먼 별빛처럼 희미하게 반짝일 뿐, 손을 뻗어도 닿을 수 없는 거리가 되어버렸다. 추억을 떠올릴수록 현재의 비참함은 더욱 또렷해졌고, 그는 결국 아무것도 떠올리지 않으려 애쓰게 되었다.

그렇게 무의미한 나날들이 끝을 향해 흐르던 어느 순간, 그는 마침내 완전히 쓰러지고 말았다. 매서운 한파가 몰아치던 어느 겨울 저녁, 서울역 광장 한구석에 쓰러진 그의 곁으로 사람들이 몰려들었고, 구급차의 사이렌 소리가 아득하게 들려왔다. 그리고 지금, 그는 차갑고 밝은 불빛 아래 홀로 누워 있다.

문득 응급실 문이 여닫히는 소리가 들렸다. 이어서 낮은 목소리들이 오갔다. 그는 미세하게 청각을 세웠다. 눈은 감겨 있었지만, 주변의 대화는 뚜렷하게 들려왔다.

─ 종혁 님 보호자분께 연락을 시도해 봤습니다만….

낮은 남자의 목소리였다. 아마도 경찰일 것이다. 종혁은 숨을 죽인 채 가만히 귀를 기울였다.

─ 부인분과 연락이 닿았습니다. 그런데….

현지의 조용한 목소리가 뒤따랐다.

─ 아내분께서 뭐라고 하시던가요?

그녀의 목소리에는 조심스러운 긴장이 묻어났다.

─ 부인께서 이미 몇 년 전에 이혼 절차를 밟으셨다고 합니다. 경찰의 말이 조심스럽게 이어졌다.

─ 종혁 님이 연락이 두절된 지 오래라, 부인께서 법원을 통해 강제로 이혼을 진행하셨다고…. 현재는 전 부인되시는 분도 다른 곳에서 생활하고 계신다고 합니다.

잠시 정적이 흘렀다. 현지가 숨을 들이쉬는 기척이 느껴졌다. 그녀는 낮게 물었다.

─ 그 사실을… 당사자는 모르고 있겠네요.

─ 예, 아마 모르실 겁니다.

남자의 목소리가 씁쓸하게 덧붙여졌다.

─ 저희도 오늘 신원 조회를 하다가 알게 된 거니까요. 가족이라곤 그분 외에는 없는 듯합니다.

종혁은 여전히 눈을 감은 채 미동도 하지 않았다. 마치 잠든 사람처럼, 혹은 깊은 무의식 속에 빠져 아무것도 듣지 못하는 사람처럼 보였을 것이다. 그러나 그의 귀에는 방금 전 경찰의 말이 맴돌고 있었다. 아내가 자신과 강제로 이혼을 했다는 이야기였다.

'이혼.'

그 두 글자가 머릿속에서 둔탁한 메아리처럼 울렸다. 이미 끝난 인연, 이미 사라진 관계. 그렇게 될 걸 알았으면서도, 그는 그동안 마음 어딘가에 남아 있던 마지막 희미한 불씨를 지금까지 놓지 않고 있었는지도 모른다. 언젠가 모든 것이 꿈이었다는 듯 아내와 마주하게 될 날이 올지 모른다는, 현실성 없는 상상을 가끔 하곤 했었다. 하지만 방금 전해 들은 말은 그 불씨를 단호하게 짓밟아 끄고 말았다.

몸속 어딘가 얼어붙은 지점이 또 한 번 꺼져 내리는 느낌이었다. 더이상 무너져 내릴 것도 없다고 생각했던 마음이었지만, 그 순간 사라진 줄 알았던 고통이 되살아나 가슴 깊은 곳을 후벼팠다. 숨이 가빠질 만큼 가슴이 저렸지만, 그는 미동도 하지 않았다. 얼굴 근육 하나 까딱하지 않았고, 숨소리마저 억누른 채 침묵을 지켰다.

현지는 옆에서 깜짝 놀란 듯 작게 숨을 삼키는 소리를 냈다. 그러나 그녀 역시 아무 말도 할 수 없었다. 병실 안에는 묵직한 정적이 내렸다. 경찰은 잠시 말을 멈추고 눈치를 보다가, 조용히 말했다.

— 환자분께서는… 아직 의식이 없으신 거죠?

— 네, 아직….

현지는 얼버무리듯 대답했다. 그녀의 시선이 침대 위 종혁에게로 향했다. 그는 여전히 미동도 없이 누워 있었다. 현지는 혹시 그가 이 말을 들었을지 모른다는 생각에 가슴이 철렁 내려앉았지만, 이내 그의 고요한 얼굴을 보고는 마음을 쓸어내렸다. 깊이 잠들어 있는 듯한 그의 눈꺼풀은 미동조차 없었다.

경찰은 가볍게 한숨을 내쉬었다.

— 일단 신원 확인은 되었으니 다행입니다. 별일 없으면 저희는 이만 돌아가겠습니다. 환자분이 깨어나면, 병원 측에서 잘 설명해 주시겠습니까?

— 알겠습니다. 제가 신경 쓰고 있겠습니다.

현지가 굳은 목소리로 답했다.

경찰이 발걸음을 돌려 병실을 나가자, 다시 문이 닫히는 소리가 작게 울렸다. 뒤이어 복도로 사라져 가는 구두 소리가 점점 멀어졌다. 병실에는 다시 적막이 찾아왔다.

현지는 한동안 침묵한 채 서 있었다. 방금 자신이 들은 이야기가 믿기지 않아 가슴이 먹먹했다. 눈앞에 누워 있는 남자가 겪었을 고통의 깊이를 감히 짐작조차 할 수 없었다. 그는 아무 말도 없었지만, 그 침묵이 오히려 수천 마디의 외침보다도 크게 느껴졌다. 현지는 종혁의 잔잔한 얼굴을 바라보며, 알 수 없는 복합적인 감정에 사로잡혔다. 안쓰러움과 연민, 그리고 이상하게도 존경에 가까운 마음까지. 이토록 큰 상처를 안고도 숨 쉬고 있는 그의 존재 자체가 경이롭게 여겨졌다.

그녀는 조용히 걸음을 옮겨 침대 곁으로 다가갔다. 종혁의 상태를 다시금 살폈다. 그는 아직도 눈을 감은 채 미동도 없었지만, 현지는 왠지 그가 잠들어 있다기보다는 의식적으로 침묵을 지키고 있는 것 같다는 느낌을 받았다. 어쩌면 방금 전 대화를 들은 것이 아닐까 하는 생각에 가슴이 아려왔다. 만약 들었다면, 그는 지금 얼마나 아플까.

현지는 살며시 손을 뻗어 종혁의 이마 위로 헝클어진 머리카락 몇 가닥을 옆으로 넘겨주었다. 그의 이마는 생각보다 뜨겁지 않았다. 쓰러져 왔을 때 저체온 증세가 있었던 터라 따뜻한 담요를 덮어 두었지만 여전히 몸에는 차가운 기운이 남아 있었다. 그녀는 담요 끝자락을 조심스럽게 끌어올려 그의 어깨를 더 덮어 주었다. 그 동작 하나하나에는 마치 깨지기 쉬운 무엇을 다루는 사람의 조심스러움이 배어 있었다.

종혁은 그 미세한 손길을 느꼈다. 이마에 닿았던 부드러운 손가락의 감촉, 그리고 어깨 위로 포근하게 내려오는 담요의 움직임. 오랜 세월 동안 그는 누구의 손길도 받아본 적이 없었다. 거리에서 부딪치는 거친 팔꿈치와 경찰의 단속에 끌려갈 때 붙잡히던 차가운 손아귀, 그것이 전부였다. 하지만 지금, 한 간호사의 조심스러운 손길이 닿은 그 순간, 설명할 수 없는 온기가 그의 마음속에 스며들었다. 마치 꽁꽁 얼어붙은 호수에 작은 돌멩이가 떨어져 파문이 번져 가듯, 미약하지만 분명한 파동이 그의 내면에 일어났다.

현지는 그의 수척한 얼굴선을 바라보았다. 윤곽이 뚜렷한 이마와 내려앉은 눈두덩, 바짝 마른 입술까지, 그 얼굴에는 삶의 무게가 고스란히 새겨져 있었다. 문득 그녀는 자신의 과거 한 조각이 그 위에 겹쳐지는 것을 느꼈다. 사랑하는 이를 떠나보낸 후 홀로 남겨졌던 어느 밤, 거울 속에 비친 자기 자신의 눈망울. 텅 빈 허공을 바라보는 듯한, 고요한 절망. 그리고 지금, 바로 그 눈동자를 가진 사람이 지금 그녀 앞에 누워 있었다.

순간 가슴이 저릿해진 현지는 살며시 주먹을 쥐었다. 그녀는 귓가에 맴도는 어떤 목소리를 떠올렸다.

'결국 다 지나갈 거야. 견뎌 내면 분명 다시 살아갈 수 있어.'

예전에 누군가 자신에게 해주었던 위로의 말이었다. 그 말을 가슴에 새기며 버텨왔던 나날들이 머릿속을 스쳤다. 그리고 지금, 그녀는 그 말을 이 남자에게도 해주고 싶어졌다. 비록 아직 그의 눈을 바라보며 직접 말할 용기는 없었지만. 대신 그녀는 조용히 그의 손목을 잡아 맥박을 짚어보았다. 규칙적이지만 약한 맥박이 손끝에 전해졌다. 다행히 위험한 수준은 아니었지만, 안심하기엔 아직 일렀다. 현지는 그의 손을 잡은 채 한동안 놓지 못했다. 차갑고 거칠어진 피부의 감촉이 마음을 아리게 했다. 저 손으로 한때는 힘을 주어 가족을 부양했을지도 모른다. 그러나 이제 그 손은 상처투성이가 되어 버렸다. 현지는 목이 메는 것을 느끼며 살며시 그의 손을 제자리로 내려놓았다.

종혁의 의식은 아슬아슬한 줄 위에 서 있는 것 같았다. 현실의 고통과 과거의 기억 사이, 그 어딘가에서 그는 떠 있었다. 하지만 손목에 전해진 온기로 인해, 그는 지금 이 순간에 단단히 붙들린 느낌을 받았다. 자신의 맥박을 짚으며 손을 잡아준 현지의 손길은 단순히 환자의 상태를 확인하는 행위 이상이었다. 그에게는 그것이 마치 삶으로 이끄는 한 줄기 빛처럼 느껴졌다.

그는 눈꺼풀 뒤의 어둠 속에서 문득 궁금해졌다. 자신을 돌보고 있는 이 젊은 간호사는 어떤 얼굴을 하고 있을까. 어떤 표정으로 나를 바라보고 있는 걸까. 이제껏 수없이 스쳐 지나간 얼굴들과 달리, 이 순간만큼은 그 낯선 이의 표정을 보고 싶다는 생각이 들었다. 가슴 한편에서 알 수 없는 용기가 피어올랐다. 아주 천천히, 종혁은 눈꺼풀을 떨구던 무거운 힘을 풀었다.

희미한 형광등 불빛이 흐릿하게 시야에 번졌다. 종혁은 오래 닫혀 있던 눈을 겨우 떠, 흐린 초점 너머로 사람의 형체를 인지했다. 침대 머리맡에 서 있는 현지의 모습이 서서히 시야에 들어왔다. 그녀는 놀란 듯 눈을 동그랗게 뜨고 그를 바라보고 있었다.

둘의 시선이 처음으로 마주쳤다. 현지는 당황하여 입술을 떼었다.

— 아… 깨어나셨어요?

그녀의 목소리는 낮았지만 떨림이 묻어났다. 예상보다 빨리 환자가 의식을 찾은 데 대한 놀람과 기쁨, 그리고 어쩐지 모를 부끄러움이 한꺼번에 밀려온 탓이었다.

종혁은 목이 컬컬했지만 가까스로 입술을 떼 보았다. 소리는 거의 나오지 않았다. 대신 그는 입술만 조금 움직였다. 그의 눈빛만으로도 대답은 충분했다. 희미하게 그러나 분명히, 그는 자신을 내려다보는 간호사를 보고 있었다.

현지는 서둘러 침상 위 모니터를 확인하고 호출 버튼을 눌렀다. 곧바로 의사에게 연결되었지만, 그녀의 시선은 다시 그에게로 돌아왔다.

— 불편한 곳은… 없으세요?

아주 상투적인 질문이었다. 그러나 그 속에는 진심 어린 걱정이 진하게 배어 있었다.

종혁은 고개를 약하게 저었다. 말하려 했지만 여전히 목이 말을 허락하지 않았다. 그는 그저 눈을 뜬 채 그녀를 바라보는 것으로 답을 대신했다. 그때 그의 눈가에 맺혀 있던 눈물 한 방울이 터져 나온 감정의 징표처럼 조용히 흘러내렸다. 그는 그제야 자신이 울고 있다는 것을 깨달았다.

현지는 놀라 한 걸음 다가왔다.

— 많이 힘드시면 지금은 말씀 안 하셔도 돼요.

그녀는 당황한 기색으로, 그러나 최대한 부드러운 목소리로 말했다. 주머니에서 깨끗한 손수건을 꺼내 조심스레 그의 눈가를 닦아주었다. 종혁은 그 손길에 다시 한번 가슴이 떨렸다. 눈물 한 방울을 닦아내는 사소한 행동이었지만, 그것은 오래 잊고 지냈던 인간적인 온정의 순간이었다.

그의 눈물이 잦아들자, 현지는 안심한 듯 미소를 지으려 했다. 그러나 입가에 맴돌던 미소는 쉽게 그려지지 않았다. 그녀 역시 울고 싶을 만큼 가슴이 아팠다. 대신 조용히 말했다.

— 지금은 아무 말씀하지 마세요. 곧 의사 선생님 오실 거예요. 괜찮을 거예요.

종혁은 힘겨운 듯 천천히 눈을 한 번 감았다가 떴다. 그것은 고마움과 이해를 담은 짧은 응답처럼 보였다. 두 사람은 더 이상 말을 잇지 않았다. 대신 짧은 순간, 서로의 눈을 들여다보았다. 말 없는 응시 속에서, 현지는 그의 눈동자 깊은 곳에서 끝없이 가라앉는 슬픔과 동시에 희미하지만 따스한 빛을 보았다. 그리고 종혁은 그녀의 눈 속에서 진심 어린 연민과 위로, 그리고 설명할 수 없는 울림을 보았다.

그렇게 몇 초 남짓, 시간이 멈춘 듯했다. 이윽고 복도 끝에서 발걸음

소리가 들려왔다. 담당 의사가 걸어오는 소리였다. 현지는 살짝 몸을 돌려 문 쪽을 바라보았다. 종혁도 함께 시선을 옮겼다. 그 짧은 찰나, 두 사람의 손등 위로 형광등 빛이 하얗게 내려앉았다. 서로 마주 보았던 눈동자는 다른 곳을 향했지만, 방금까지 이어졌던 조용한 교감은 그 빛 속에서 은은한 잔상을 남겼다.

담당 의사가 들어와 분주하게 상태를 확인하고 질문을 쏟아내는 동안, 현지는 잠시 뒤로 물러섰다. 이제는 자신의 차례가 아니라는 것을 알았지만, 마음은 자꾸만 침대 위의 남자에게로 향했다. 쉿소리 같은 목소리로 간신히 대답하는 종혁을 바라보며, 현지는 알 수 없는 안도감과 함께 묘한 상실감을 느꼈다. 그가 깨어났다는 다행스러움에서 비롯된 안도감, 그리고 상실감은… 자신도 이해하지 못할 감정이었다. 마치 자신들만의 조용한 세계가 방해받고 깨져버린 듯한 느낌에서 오는 허탈함이라고 하면 적당할까.

기본적인 조치와 문진이 끝나고 의사가 자리를 뜨자 병실에는 다시 차분한 고요가 내려앉았다. 현지는 천천히 걸음을 옮겨 종혁의 머리맡에 섰다. 그의 눈은 감겨 있었지만, 이제 그것이 깊은 잠이 아니라 잠시 휴식을 취하는 것임을 그녀는 알 수 있었다.

잠깐의 망설임 끝에, 작은 목소리로 말했다.

— 저는… 이 병원 간호사 이현지입니다. 아까는 정신이 없어서 인사를 못 드렸네요.

그녀는 어색하게 웃으며 자신을 소개했다. 그의 상태가 위중해 보이지는 않았기에, 그녀도 조금 마음의 여유를 찾은 참이었다.

종혁은 천천히 눈을 떴다. 여전히 피로에 젖은 눈동자였지만, 이전보다 초점이 분명했다. 그의 시선이 현지의 얼굴을 따라 움직였다. 그는 한동안 그녀를 바라보다가, 아주 희미하게 고개를 끄덕였다. 그리고 낮고 갈라진 목소리로 말했다.

— 이종혁입니다.

자기 이름을 말하는 그 짧은 행위에 현지의 얼굴이 환해졌다.

— 종혁….

그녀는 그의 이름을 따라 조용히 불러보았다. 입술 사이에서 새어 나온 이름이 공기 중에 맴돌았다. 이유는 알 수 없었지만, 그 이름은 낯설지 않게 느껴졌다. 오래전에 신문에서, 혹은 서점 어딘가에서 비슷한 이름을 본 적이 있다. 그러나 지금은 그것보다 눈앞의 사람이 더 중요했다.

그는 지친 눈을 하고도 끝내 예의 바르게 자신을 소개했다. 현지의 가슴 한편이 아릿해졌다.

— 조금이라도 편해지시도록 제가 도와드릴게요. 필요한 게 있으면 언제든 말씀해 주세요.

그녀는 진심을 담아 말했다.

종혁은 다시 고개를 끄덕였다. 그리고 조용히 눈을 감았다. 이제 대화는 충분하다는 듯, 그에게는 휴식이 필요했다. 몸은 여전히 쇠약했고, 정신도 한꺼번에 밀려온 여러 감정으로 지쳐 있었다. 현지는 더 이상 말을 잇지 않고 한 걸음 물러났다.

긴 하루의 끝자락, 병실에는 어느새 깊은 밤의 정적이 찾아들었다.

교대 시간이 다가오자 현지는 마지막으로 침대 쪽을 조용히 돌아보았다. 희미한 조명 아래, 종혁은 여전히 눈을 감고 있었지만, 아까와는 다른 평온이 깃들어 있었다.

마음이 놓이면서도 알 수 없는 아쉬움이 남았다. 마음 같아서는 밤새 그의 곁을 지키고 싶었지만, 근무 시간이 끝나가고 있었다. 그녀는 조용히 인사를 건네듯 가볍게 말을 걸었다.

'내일 저녁에 다시 올게요.'

입 밖으로 큰 소리는 내지 않았지만, 그 약속은 공기 중에 조용히 스며들었다. 그녀는 살며시 미소 짓고 병실을 나섰다. 문이 닫히고 병실에는 고요한 숨소리만 남았다.

종혁은 아주 희미하게 눈을 뜬 채 문 쪽을 바라보았다. 그녀의 모습은 이미 사라졌지만, 방금 전까지 곁에 머물던 온기가 아직 남아 있는 듯했다. 그는 천천히 숨을 내쉬었다. 가슴속 깊은 곳에서부터 뜨거운 것이 차올라 목까지 올라왔다. 처음에는 그것이 슬픔인지 알 수 없었다. 그러나 곧 그것이 슬픔만은 아니라는 것을 느꼈다. 그 속에는 분명 다른 무언가가 섞여 있었다.

'아마도 희미한 희망, 혹은 기다림.'

종혁은 눈을 감으며, 자신의 심장이 천천히 그러나 분명하게 뛰고 있음을 느꼈다. 오랜 시간 잊고 지냈던 감각이었다. 최근 몇 년 동안 단 한 번도 내일을 그리워하거나 기대해 본 적이 없었다. 그런데 지금은 이상하게도, 내일을 기다리고 있었다. 병실의 정적 속에서 그의 마음 한구석에 아주 작은 떨림이 일고 있었다. 그 떨림은 혼자가 아닐지도 모른다는 막연한 기대, 그리고 다시 삶을 살아보고자 하는 갈망과도 같은 것이었다.

깊은 겨울밤, 형광등 불빛 아래에 누운 남자는 그렇게 새로운 내일을 맞이할 준비를 하고 있었다. 그리고 그의 심장은 아픔에서 두근거림으로 바뀌고 있었다.

제10화

무너진

영혼의 밤

종혁의 심장이 한순간 거세게 내려앉았다. 가슴 깊숙한 곳에서 무언가가 뜯겨 나가는 듯한 통증이 몰려왔다. … 남겨진 것은 끝없는 허무와 고통뿐이었다. 처절한 울음소리는 점차 희미해져 갔고, 그의 주위에는 깊은 침묵만이 내려앉았다.

창가에 마주 앉은 두 여자는 한마디 말없이 자리를 지키고 있었다. 눈빛은 어디에도 머물지 못한 채 허공을 떠돌았고, 그 사이에 흐르는 공기는 어색할 만큼 쓸쓸했다. 이유를 설명할 수 없는 끌림에, 그는 자기도 모르게 자꾸만 그들을 바라보게 되었다.

그녀는 아내와는 전혀 다른 결을 지니고 있었다. 환한 얼굴 대신, 무언가 오래된 어둠과 말갛게 마른 슬픔이 그녀의 표정을 채우고 있었다. 그 순간, 언제나 환하게 웃는 아내가 이들과는 다른 사람이라는 사실이 새삼 고마웠다. 그러나 곧, 그런 생각조차 누군가에겐 잔인할 수 있다는 미안함이 밀려왔다.

두 여인이 자리를 털고 일어섰을 때에서야, 종혁은 자신이 한참이나 그 자리에 붙잡혀 있었다는 걸 깨달았다. 괜스레 시선을 피하며, 그 역시 서둘러 자리를 벗어나려 했다.

그런데 우연히 창밖으로 보이는 익숙한 실루엣 두 개가 그의 시선을 붙잡았다. 카페 창가 자리 옆, 아내와 가장 친한 친구가 마주 앉아 있었다. 두 사람은 마치 세상에 단둘만 존재하는 듯 서로를 바라보며 잔잔히 미소 짓고 있었다. 아내의 오른손은 친구의 왼손 위에 포개져 있었고, 주위의 시선을 전혀 의식하지 않은 채 서로의 입술을 맞대며 감정을 나누고 있었다. 그녀의 눈빛에는 종혁과 함께할 때는 볼 수 없었던, 낯설고도 익숙한 감정의 빛이 스며 있었다.

종혁의 심장이 한순간 거세게 내려앉았다. 가슴 깊숙한 곳에서 무언가가 뜯겨 나가는 듯한 통증이 몰려왔다. 믿을 수 없는 광경 앞에서 온몸이 굳어 버렸다. 부정하고 싶었지만, 아내의 환한 웃음소리와 친구의 다정한 눈길이 너무도 생생했다. 숨이 막힌 듯 입술이 떨렸고, 머릿속은 하얗게 비어갔다. 주변의 소음은 삐— 하는 소리와 함께 아득히 멀어지더니 이내 아무것도 들리지 않았다.

그는 본능적으로 한 걸음 뒤로 물러섰다. 손에 들고 있던 작은 선물 상자가 힘없이 바닥으로 떨어졌다. 아내를 위해 준비했던 기념일 선물이었다. 그러나 지금은 산산조각 난 그의 마음처럼 처참하게 흩어졌다. 종혁은 아무 말도 하지 못했다. 목구멍까지 차오른 절규를 꾹 삼킨 채, 조용히 몸을 돌렸다. 눈에는 이미 뜨거운 눈물이 고여 있었고, 발걸음은 점점 더 비틀거렸다.

어떻게 작업실까지 돌아왔는지조차 기억나지 않았다. 문을 열고 들어서자마자 종혁은 소파에 힘없이 주저앉았다. 사방은 어둠에 잠겨 있었고, 적막한 정적만이 그의 주변을 감싸고 있었다. 온몸이 떨렸다. 손은 얼음장처럼 차가웠고 이마에는 식은땀이 맺혀 있었다. 심장은 여전히 불규칙하게 요동쳤고, 숨 쉬는 것조차 고통스러웠다. 머릿속에서는 아내와 친구의 입맞춤 장면이 지워지지 않았다. 한 번 각인된 이미지는 눈을 감아도 떠나지 않았다.

종혁은 작업실 한가운데 서서 멍하니 허공을 바라보았다. 불과 몇 시간 전까지만 해도 따뜻했던 일상이 한순간에 산산조각 나 있었다. 믿었던 사람들에게서 돌아온 잔혹한 배신에, 그는 자신의 모든 것을 부정하고 싶어졌다.

— 이게… 내 삶의 끝인가?

그는 떨리는 목소리로 중얼거렸다. 현실이라고는 도저히 믿을 수 없었다.

— 지금까지 함께 살아온 모든 순간이… 다 거짓이었나?

그의 말이 빈 공간에 메아리쳤다.

곧이어 끅끅거리는 소리가 목에서 터져 나왔다. 종혁은 얼굴을 두 손으로 감싸 쥔 채 그 자리에 무너져 내렸다. 참으려 해도 눈물은 끊임없이 쏟아졌다. 가슴 깊숙한 곳에서 치밀어 오르는 통곡을 더는 막을 수 없었다.

— 으아아악—!

마침내 그는 짐승처럼 울부짖으며 오열하기 시작했다. 텅 빈 작업실에 그의 울음소리가 처절하게 퍼져 나갔다. 그는 엄마 잃은 아이처럼 몸을 흔들며 통곡했다. 그토록 아끼고 사랑했던 아내의 얼굴이 눈앞에 어른거렸다. 믿음으로 함께했던 친구의 웃음소리가 귓가에 맴돌았다. 그 기억들이 칼날이 되어 그의 가슴을 난도질했다.

— 왜… 하필 나야…. 왜 나를….

끊어진 말들이 흐느낌과 함께 쏟아졌다. 종혁은 치솟는 분노와 슬픔을 주체할 수 없어 방바닥을 주먹으로 내리쳤다.

— 내가… 내가 뭘 잘못했냐고!!

울먹이는 소리로 자문했지만 대답해 줄 사람은 아무도 없었다.

— 바보 같은 나… 그동안 전혀 눈치채지도 못하고….

그는 스스로를 책망하며 흐느꼈다. 그의 속에서는 자기 자신을 향한 증오와 절망이 뒤엉켜 치솟았다.

— 차라리… 차라리 내가 없어진다면….

가늘게 새어 나오는 그의 목소리는 절박했다. 자신이 사라져 버리면 이 고통도 끝날 거라는 생각뿐이었다.

그는 흔들리는 시야로 주변을 둘러보았다. 마지막 결심이 굳어진 듯, 종혁은 떨리는 손으로 탁자 위에 놓인 약통을 집어 들었다. 평소 불면증 때문에 처방받아 둔 수면제였다. 그는 흐릿한 눈으로 약통을 바라보다가, 마치 죽음이 유혹이라도 하듯 그 뚜껑을 열었다. 하얀 알약들이 달그락거리며 그의 손바닥에 쏟아졌다. 종혁은 흐느끼는 숨을 내쉬며 알약을 한 움큼 집어삼켰다.

— 이젠… 편해질 거야….

그는 마지막 남은 힘으로 중얼거리며 눈을 감았다.

그러나 지독한 운명은 그의 바람마저 외면했다. 쏟아지는 눈물 속에서 의식을 잃어가던 그는, 얼마 지나지 않아 고통스러운 구역질과 함께 정신을 되찾고 말았다. 약을 토해내며 바닥에 쓰러진 그의 모습은 더없이 처참했다. 죽음마저 그를 거부하자, 종혁은 탈진한 채 바닥에 누워 하염없이 눈물만 흘렸다. 남겨진 것은 끝없는 허무와 고통뿐이었다. 처

세상에서 가장 아름다운 슬픔

절한 울음소리는 점차 희미해져 갔고, 그의 주위에는 깊은 침묵만이 내려앉았다.

얼마의 시간이 흘렀을까. 창밖이 희미하게 밝아 올 무렵, 종혁은 축 처진 몸을 겨우 일으켰다. 바닥에 누운 채 흘러나오던 눈물도 이제 말라 있었다. 거실을 둘러보니, 한쪽 선반 위 결혼사진 속에서 환하게 웃는 아내와 자신의 모습이 눈에 들어왔다. 그 순간 종혁의 가슴에는 알 수 없는 공허한 웃음이 치밀었다. 행복했던 추억들은 이제 잔인한 희극의 한 장면처럼 느껴졌다. 그는 떨리는 손으로 액자를 집어 들었다.

— 이젠… 다 끝났어.

낮게 읊조린 말과 함께 액자가 바닥으로 떨어졌다. 유리가 산산이 부서지는 소리가 정적을 깨뜨렸다.

종혁은 이곳에 더 머물 수 없다는 것을 깨달았다. 사랑도, 우정도, 희망도 남아 있지 않은 공간. 그는 천천히 일어나 문으로 걸음을 옮겼다. 나지막이 한숨을 내쉬며 마지막으로 작업실을 돌아보았다. 수많은 추억이 서린 공간이었지만 이제는 낯설고 차갑게만 느껴졌다. 한때 자신의 전부였던 삶의 터전이 이토록 모욕적일 수 있다는 사실에 그는 쓴웃음을 지었다. 그리고 말없이 문을 열고 밖으로 나왔다. 문이 닫히는 소리가 허무하게 울렸다.

거리로 나온 종혁의 발걸음은 방향을 잃은 나침반처럼 흔들렸다. 차가운 새벽 공기가 그의 뺨을 스쳤지만 아무런 느낌도 들지 않았다. 세상은 여전히 움직이고 있었다. 가로등이 하나둘 꺼지고, 상점들이 셔터를 올렸다. 그러나 종혁에게 그 모든 일상은 먼 별나라의 이야기처럼 아득할 뿐이었다. 눈앞의 세상은 색을 잃었고, 귀를 스치는 소리들은 물속 울음처럼 멍하게 들렸다. 그는 그저 앞을 향해 걸었다. 어디로 가야 할지, 어디에 머물러야 할지 알지 못한 채, 지친 발걸음이 이끄는 대로 한없이 걸어 나갔다.

그날 이후 종혁은 집으로 돌아가지 않았다. 가진 것 하나 없는 사람처럼 거리로 나와, 스스로를 세상에 내던졌다. 노숙자가 된 후로는 낯익었던 거리마저 시간이 흐를수록 점점 낯선 풍경으로 바뀌어 갔다. 날이 저물면 그는 공원 벤치나 지하철역 구석에서 몸을 웅크린 채 밤을 지새웠다. 끼니를 거르는 일이 잦아졌지만 허기조차 제대로 느끼지 못했다. 머리는 헝클어지고 수염은 덥수룩하게 자라 있었으나, 그는 거울을 볼 엄두조차 내지 못했다. 스쳐 지나가는 사람들의 눈에 종혁은 그저 또 하나의 그림자일 뿐이었다.

시간이 얼마나 흘렀는지는 그 자신도 알 수 없었다. 하루하루를 겨우 연명하는 사이, 그의 내면은 완전히 무너져 내렸다. 처음 며칠 동안 그는 거리 모퉁이에서 홀로 울곤 했다. 그러나 눈물도 차츰 말라갔다. 이제 그의 가슴에 남은 것은 울고 싶어도 울 수 없는, 메마른 슬픔뿐이었다. 깊은 밤, 빌딩 불빛 아래 혼자 웅크린 채 깜빡이는 별을 바라보면서도 그는 아무런 소원도 빌지 않았다. 모든 게 부질없었다. 사랑도, 우정도, 삶도, 그에게는 더 이상 붙잡을 만한 것이 아무것도 남아 있지 않았다.

종혁이라는 이름은 어느새 세상 속에서 잊혀 갔다. 한때 이름난 소설가로 환호를 받았던 그의 과거는 먼 꿈결처럼 희미해졌다. 이제 남은 것은 부서진 영혼을 이끌고 떠도는 한 남자의 형체뿐이었다. 그는 오늘도 의미를 잃은 눈빛으로 도시의 거리 한복판을 걷는다. 수많은 사람들 사이에서 아무도 그를 알아보지 못했고, 그 또한 누구에게도 말을 걸지 않았다. 찬 바람이 불어와 그의 낡은 코트를 스쳐 지나갔지만, 종혁은 그저 고개를 숙인 채 터덜터덜 길음을 옮겼다. 그의 그림자는 석양빛 아래 외롭게 드리워져 있었다. 모든 것을 잃은 그는 이제 살아 있으나 살아 있는 존재가 아니었다. 그렇게 종혁은 끝없는 슬픔 속을 정처 없이 떠돌았다.

제11화

다시 찾은

작업실

지난 시간 스스로 숨어 지내는 동안 그는 철저히 혼자였다는 사실을, 그리고 그 누구도 그의 삶을 대신 살아주지 않는다는 당연한 진리를 이제야 받아들이고 있었다.

잠시 옛 생각에 빠져 있던 종혁은 자신이 살던 동네의 작업실 문 앞에 서 있었다. 오랜만에 찾은 이곳은 여전히 옛 모습 그대로였지만, 어딘가 낯설게 느껴졌다. 매서운 겨울바람이 그의 뺨을 스치고 지나갔지만, 문고리에 손을 올린 그의 이마에는 어느새 식은땀이 맺혔다. 주머니 속에서 낡은 열쇠를 꺼내 문을 열기 전, 종혁은 잠시 망설였다. 노숙생활의 흔적이 아직도 지워지지 않은 자신의 몰골이 떠올랐기 때문이다. 이 공간에 다시 발을 들일 자격이 자신에게 있는지, 그는 스스로에게 묻고 있었다. 그러나 결국 작은 한숨과 함께 열쇠를 돌렸다.

문이 열리자 낡은 문이 낮게 삐걱이며 오랜 침묵을 깨뜨렸다. 종혁은 살며시 한 발을 들여놓았다. 닫힌 창문 틈 사이로 스며든 냉기와 먼지 냄새가 코끝을 찔렀다. 방 안에는 몇 년간 쌓인 고요와 먼지가 가득했다. 책상 위와 바닥에는 얇은 먼지가 내려앉아 있었고, 흩어진 서류들과 메모지들은 그 자리에 멈춘 채 세월에 붙들린 모습이었다. 한쪽 구석에 놓여 있던 오래된 컴퓨터 키보드 위 먼지들은, 시간이 흐른 흔적을 조용히 증언하고 있었다. 텅 빈 작업실 안으로는 창밖에서 들어오는 겨울 햇살만이 사선으로 길게 드리워져 있었다. 그 햇살에 드러난 먼지 입자들이 공중에서 천천히 떠돌아다니며, 마치 시간이 눈앞에 보이는 듯한 착각을 일으켰다.

종혁은 문을 닫고 방 한가운데로 천천히 걸음을 옮겼다. 오랜 만에 돌아온 그의 숨소리가 고요한 공간 속에 낮게 울렸다. 종혁은 방 한가운데에 가만히 멈춰 섰다. 이곳을 마지막으로 등졌던, 지나버린 그날이 눈앞에 어른거렸다. 차갑던 겨울날의 공기와 떨리는 손으로 문 손잡이를 놓았던 순간, 등 뒤로 문이 닫히며 모든 것이 멈춘 듯했던 기억까지 생생하게 떠올랐다. 그는 그때 아무 말 없이 이 공간을 떠났고, 홀로 어딘가로 사라졌었다. 당시 그의 가슴 한편에는 언젠가 누군가 자신을 찾아주리라는 실낱같은 기대가 남아 있었다. 혹시라도 자신을 걱정한 아내나 가까운 친구들이 문을 열고 들어오지 않을까 하는 바보 같은 희망이었다.

하지만 지나버린 세월은 그 희망이 얼마나 부질없고 어리석었는지를 여실히 보여주었다. 세상은 그의 부재를 특별히 신경 쓰지 않았고, 아무도 그를 찾아 나서지 않았다. 종혁은 그 사실을 떠올리며 뒤늦게, 그러나 뼈저리게 깨달았다. 지난 시간 스스로 숨어 지내는 동안 그는 철저히 혼자였다는 사실을, 그리고 그 누구도 그의 삶을 대신 살아주지 않는다는 당연한 진리를 이제야 받아들이고 있었다.

생각에 잠겨 서 있던 종혁은 이내 고개를 들어 주변을 둘러보았다. 먼지와 정적에 잠긴 이 작업실을 바라보자, 과거의 잔재들을 더 이상 그대로 두고만 있을 수 없다는 생각이 들었다. 그는 천천히 소매를 걷어붙

세상에서 가장 아름다운 슬픔

이고 방 한구석에 있던 쓰레기봉투를 찾아 꺼냈다. 그리고 한 조각 한 조각, 과거의 흔적들을 치우기 시작했다.

먼저 종혁의 시선이 책상 위에 놓인 유리컵 하나에 멈췄다. 투명하게 빛나던 컵은 이제 먼지에 덮여 희미하게만 빛을 통과시키고 있었다. 컵 안쪽에는 오래전 담겼던 물이나 차의 자국이 시커멓게 말라붙어 있었다. 그는 이 컵으로 새벽까지 작업하며 식은 커피를 마시던 날들을 떠올렸다. 적막한 작업실에서 홀로 밤을 지새우던 그에게, 이 컵은 유일하게 따뜻함을 건네주던 물건이었다. 한겨울 밤, 추위에 곱은 손을 녹이려 이 컵에 뜨거운 차를 따라 두 손으로 감싸 쥐었던 기억도 스쳐갔다. 그때 등 뒤에서 들려왔던 아내의 목소리.

'이제 그만 쉬어 오빠!! 제발….'

걱정스럽게 건네던 말까지 아련히 귓가에 울리는 듯했다. 그러나 이제 그 모든 장면도 먼 과거일 뿐이었다. 종혁은 컵을 두 손에 살며시 쥐었다가, 곧 그것을 쓰레기봉투에 조심스레 넣었다. 유리컵 속에 남아 있던 먼지들이 봉투 안으로 떨어지며 가라앉았다. 종혁은 깊이 숨을 내쉬었다. 따뜻함보다 더 길게 남았던 차가운 고독의 밤들을 이 컵과 함께 보내주기로 마음먹었다.

이번에는 작은 선반 위에 놓인 반쯤 접힌 편지지 한 장이 눈에 들어왔다. 모서리가 누렇게 바래고 먼지가 내려앉은 그 편지지에는 흐릿한 잉크 자국이 남아 있었다. 종혁은 그것을 조심스레 펼쳐보았다. 편지지 위에는 '당신에게'라는 단어만 적혀 있었고, 그 아래로는 한 줄의 문장도 이어지지 못한 채 빈 여백만이 남아 있었다. 이 방을 떠나던 전날 밤,

그가 마지막으로 아내에게 쓰려 했던 편지였다.

종혁은 떨리는 손으로 펜을 들어 전할 말을 써 내려가려 했지만, 몇 마디 적기도 전에 잉크 자국이 번져버리고 말았다. 눈앞의 글자들이 흐려지도록 뜨거운 눈물이 쏟아져 더 이상 써 내려갈 수 없었던 것이다. 결국 그는 편지를 끝맺지 못한 채, 먼지 냄새만 남은 이 방을 등지고 떠났다. 종혁은 그때의 절망과 슬픔이 배어 있는 종이를 고요히 접었다. 그리고 가슴 한편이 쓰라린 채로 그것을 쓰레기봉투에 넣었다. 빈 편지지 조각이 봉투 속으로 미끄러져 떨어지자, 오랫동안 가슴에 맺혀 있던 전하지 못한 말들도 함께 흩어져 사라지는 듯했다.

이번에는 벽 한편에 누렇게 바랜 신문 조각이 붙어 있는 것이 눈에 띄었다. 다 떨어져 가는 테이프 몇 조각이 간신히 그것을 벽에 붙잡아 두고 있었다. 종혁은 잠시 망설이다가 손끝으로 조심스럽게 테이프를 떼어냈다. 바삭한 소리와 함께 신문 조각이 벽에서 떨어져 나와 그의 손에 얹혔다.

빛바랜 신문에는 자신의 이름이 선명하게 인쇄되어 있었다.

'작가 이혁, 시대의 아픔을 그려내다.'

굵은 헤드라인 아래, 그가 발표했던 작품에 대한 호평 기사가 실려 있었다. 실명을 사용하지 않았기에 많은 사람들이 종혁의 진짜 이름을 알지 못했었다.

종혁은 그 기사를 처음 봤던 날의 설렘을 떠올렸다. 아내와 함께 신문을 펼쳐들고 활짝 웃던 장면, 주변 친구들의 축하 전화를 받으며 가슴이 벅차올랐던 순간들이 잇달아 스쳤다. 그때 그는 비로소 세상이 자신

세상에서 가장 아름다운 슬픔

을 알아봐 준다고 느꼈고, 눈부신 미래가 펼쳐질 거라 믿었었다.

그러나 그 기대는 오래가지 못했다. 성공 뒤 찾아온 배신이 그를 급하게 무너뜨렸다. 결국 모든 것을 버리고 달아난 자신이, 기사 옆 환하게 웃고 있는 젊은 작가의 사진과 겹쳐 보였다. 종혁은 잠시 두 눈을 감았다가 뜨고 나서, 손에 쥔 신문 조각을 천천히 접었다. 그리고 그것을 말없이 쓰레기봉투에 넣었다. 빛을 잃은 낡은 활자들과 함께, 그 시절의 영광도 조용히 쓰레기가 되었다.

마지막으로 책장 아래쪽에서 작은 액자 하나를 집어 들었다. 유리면을 덮은 먼지를 손등으로 쓸어내자, 그 뒤로 두 남자가 나란히 서서 활짝 웃고 있는 사진이 나타났다. 하나는 다름 아닌 젊은 시절의 종혁이었고, 나머지 한 명은 그 옆에서 어깨를 걸친 채 웃고 있는 그의 친구였다. 사진 속 종혁은 이십 대 초반의 푸른 시절, 한창 꿈을 이야기하던 때의 밝은 얼굴이었다. 옆의 친구는 대학 시절부터 함께 지내온 소중한 벗이었다. 두 사람은 어느 여름날 공원 벤치에 앉아 서로의 어깨를 감싼 채 카메라를 향해 웃고 있었다. 원고 마감을 끝낸 뒤 처음으로 찾아온 한가로운 오후였다. 둘은 찬 맥주 캔을 부딪치며 장난스럽게 미래의 성공을 다짐했고, 그 순간만큼은 세상이 두렵지 않다고 믿었다. 청춘과 우정이 온전히 빛나던 찰나였다.

종혁은 사진 속 자신을 향해 환히 웃고 있는 친구의 얼굴을 오래도록 바라보았다. 그러다 문득 그 웃음 뒤로 겹쳐지는 배신과 분노를 상상했다. 자신이 홀연히 사라져버린 뒤 남겨진 친구는 얼마나 홀가분하고 행복했을까? 지나버린 세월 동안 단 한 번이라도 용기를 내어 용서의 소식을 전했다면 어땠을까 하는 상상이 가슴을 아리게 했다. 그러나 그 물음에도 답은 없었다. 지나버린 시간은 되돌릴 수 없기에, 남은 것은 그들을 잊거나 복수하는 일뿐이었다. 종혁은 액자에서 사진을 조심스레 꺼내어 손에 들었다. 그리고 이내 굳은 결심으로 사진을 잡아 찢었다. 탁- 하고 작은 소리를 내며 사진이 여러 조각으로 갈라졌다. 그는 바닥에 떨어진 사진 조각들을 하나하나 주워들었다. 한때의 추억을 간직한 조각들이었다. 종혁은 잠시 손바닥 위에 흩어진 추억의 파편들을 들여다보았다. 이윽고 그것들을 모두 쓰레기봉투 깊숙이 밀어 넣었다. 사진 속 추억마저도 이제는 놓아주어야 할 때였다.

모든 정리가 끝났을 때, 작업실은 먼지 대신 맑은 겨울 햇살로 가득 차 있었다. 종혁은 낡은 작업용 의자에 조용히 몸을 맡겼다. 길게 숨을 들이쉴 때마다 차갑지만 상쾌한 공기가 폐 끝까지 스며들었다. 비어 버린 방 안에는 그의 숨소리와 창틈으로 들어오는 바람 소리만이 잔잔하게 퍼지고 있었다. 종혁은 눈을 감은 채 한동안 고요를 음미했다. 긴 시간 쌓였던 먼지를 털어내자 몸은 고단했지만 마음은 그 어느 때보다 가벼웠다. 그는 천천히 눈을 뜨고 깊은 심호흡을 했다. 창밖을 보니 오후의 햇살이 창가를 따라 사선으로 길게 드리워져 있었다. 먼지를 닦아낸 창유리를 통과한 빛은 한층 더 밝고 따뜻하게 느껴졌다. 종혁은 그 빛 속에서 다시 삶을 시작하리라고 굳게 다짐했다. 지나버린 시간 속 상처와 후회를 이 자리에서 털어내고, 남은 삶을 향해 힘차게 걸어나가기로 마음먹은 것이다. 그는 의자에서 일어서서 깨끗해진 작업실 안을 마지막으로 둘러보았다. 과거의 흔적이 사라진 공간은 낯설도록 텅 비어 있었지만, 오히려 새로운 시작을 위한 빈 캔버스처럼 보였다.

종혁은 조용히 문을 열고 작업실을 나섰다. 차갑던 공기가 다시 한 번 그의 뺨을 스쳤지만, 이번에는 그 바람 속에서 묘한 생기가 느껴졌다. 그는 문을 조심스럽게 잠그고 천천히 길을 걸어 나갔다.

이제 현지를 만나러 갈 시간이었다. 무슨 말을 건네야 할지, 그녀가 자신을 보고 어떤 표정을 지을지 두려움과 설렘이 교차했지만 더 이상 피하지 않으리라 마음먹었다. 오랜 겨울 끝에 따스한 봄볕을 맞이하듯, 종혁은 그렇게 새로운 발걸음을 내디뎠다.

제12화   겨울에서

봄
으
로

겨울의 긴 어둠을 지나 마침내 봄날의 환한 빛 속으로 걸어 나오며,
진형은 비로소 깨닫기 시작했다. 상처는 아직 완전히 아물지 않았지
만 그 상처를 안고도 살아갈 수 있다는 것, 그리고 언젠가 다시 피아
노를 연주할 수 있을지도 모른다는 희미한 희망이 마음 깊숙한 곳에
서 움트고 있다는 것을.

진형은 코트 깃을 세운 채 상담실 문 앞에 서 있었다. 눈발이 흩날리는 한겨울 오후, 회색 하늘 아래 그의 마음도 똑같이 얼어붙어 있었다. 문 손잡이를 쥔 손끝은 차갑게 굳어 있었고, 안으로 들어가기를 망설이는 사이 찬 바람이 그의 뺨을 스치고 지나갔다. 마치 바깥세상의 추위가 마음속까지 스며들어, 그의 감정을 단단히 얼려 놓은 것만 같았다.

드디어 문을 열고 한 걸음 들어서자 실내에는 은은한 온기가 감돌고 있었다. 소영은 이미 상담실 안에서 그를 기다리고 있었다. 그녀는 부드러운 미소와 함께 "어서 오세요, 진형 씨" 하고 그를 맞이했다. 낮은 말투와 따뜻한 목소리는 꽁꽁 언 그의 마음에 살며시 스며드는 온기처럼 느껴졌다. 하지만 진형은 미묘한 안도감을 느끼면서도 여전히 경계를 늦추지 않은 채, 소영 앞에 앉았다.

작지만 아늑한 상담실 안에는 여러 가지 색채의 물감과 연필, 캔버스와 스케치북들이 정돈되어 있었다. 벽 한편에는 그가 미처 눈길을 주지 않은 작은 전자피아노가 놓여 있었지만, 진형은 애써 그쪽을 보지 않으려는 듯 시선을 돌렸다. 그것은 그에게 너무나 익숙하면서도 이제는 두렵고 낯선 물건이었다.

— 오늘은 별다른 주제 없이, 그냥 마음 가는 대로 그려보는 걸로 시작해 볼까요?

소영은 책상 위의 스케치북을 그의 앞으로 살며시 밀어놓으며 제안했다. 연필과 몇 가지 색연필도 그의 손이 닿는 거리에 놓았다. 진형은 미동도 하지 않은 채 스케치북을 바라보았다. 그림이라니. 그는 피아노 외에는 제대로 해본 적 없는 일에 영 자신이 없었다. 더구나 자신의 마음을 그림으로 표현한다는 것은 아직 그에게 낯설고도 어려운 일이었다. 진형은 한동안 침묵했다.

소영은 재촉하지 않았다. 그저 조용히 자리에 앉아, 진형이 준비될 때까지 기다려주는 듯했다. 방 안에는 잔잔한 클래식 음악이 낮게 흐르고 있었다. 아이러니하게도, 진형이 한때 좋아했던 피아노 선율이었다. 그는 그 멜로디를 의식하지 않으려 애썼다. 손가락이 저릿한 기분이 들었지만, 이를 악물고 그 감각을 외면했다.

한참의 시간이 흐른 뒤, 진형은 마지못해 연필을 들어 올렸다. 그리고 별 의미 없어 보이는 선을 한 줄 그었다. 연필심이 종이를 긁는 마른 소리가 정적 속에서 유난히 크게 들렸다. 그는 다시 한 줄을 아무렇게나 그었다. 금세 한 페이지에는 무질서한 선 몇 개가 얽힌, 그림이라 부르기에도 어려운 흔적만 남아 있었다.

— 혹시 이 선들에 대해 이야기해 주실 수 있나요?

소영이 조심스럽게 물었다. 그녀의 목소리에는 어떤 판단도 없었다. 그저 그의 마음을 알고 싶어 하는 진심만이 담겨 있었다.

세상에서 가장 아름다운 슬픔

진형은 고개를 저었다.

— 별거 아니에요…. 그냥 선입니다.

차가운 목소리로 단호하게 말을 맺자 그는 다시 입을 굳게 다물었다. 방어벽을 높이 세운 그의 태도에 한기가 서렸다. 하지만 소영은 실망한 기색 없이 부드럽게 고개를 끄덕였다.

— 그렇군요. 괜찮습니다. 오늘은 두 번째 시간이니까요.

그녀는 조용히 말했다.

— 하고 싶은 만큼만 해보셔도 돼요. 천천히 하면 됩니다.

그녀의 이해심 있는 태도에 진형은 약간 의아함을 느꼈다. 자신이 그린 의미 없는 선 몇 개에도 그녀는 마치 소중한 작품을 대하듯 진지하게 대해주었다. 그 눈빛에는 연민도 동정도 아닌, 있는 그대로를 받아들이는 평온함이 담겨 있었다.

짧았던 두 번째 만남을 마치고 나오며, 진형의 뺨은 다시금 찬 공기를 마주했다. 여전히 겨울의 한복판이었다. 그의 마음 역시 꽁꽁 얼어붙은 채 크게 달라진 것은 없었다. 그러다 문득, 자신도 모르게 손에 들고 나온 스케치북 페이지를 구겨버리려다 멈추었다. 그는 종이 위에 뒤엉킨 선들을 바라보았다. 아무 형체도, 뚜렷한 의미도 없는 흔적들이었다. 그럼에도 불구하고 자신이 무언가 그렸다는 사실은 묘하게 생소했다. 한동안 예술이라곤 아예 쳐다보지도 않던 자신이, 비록 마지못해서였지만 연필을 들어 무언가를 남겼다는 그 행위 자체가 낯설게 느껴졌다.

진형은 결국 스케치북 페이지를 구기지 않고 조심스레 접어 가방 속에 넣었다. 발밑의 눈이 뽀드득 소리를 냈다. 여전히 마음속에는 찬바람이 불고 있었지만, 상담실의 은은한 온기가 아주 약하게나마 남아 있는 듯했다. 진형은 얼어붙은 숨을 내쉬며, 다음 주에도 이곳에 와야 한다는 사실을 곱씹었다. 마음은 여전히 내키지 않았지만, 아마도 오게 될 것이다. 그는 그렇게 스스로에게 중얼거리며, 회색 겨울 하늘 아래로 천천히 걸음을 옮겼다.

그 후로 얼마의 시간이 흘렀다. 한 주에 한 번씩, 진형은 어김없이 소영과 마주 앉았다. 여전히 겨울의 냉기가 남아 있었지만, 어느새 창밖으로 내리쬐는 햇살이 조금씩 길어지고 있었다. 차가운 바람 사이로도 가끔은 포근한 기운이 느껴지는 늦겨울, 아니 봄의 초입의 냄새가 코 끝을 건드렸다. 진형의 마음속 얼음도 아주 조금씩 금이 가기 시작했다.

만남 속에서 진형은 여전히 말수가 적었지만, 처음보다 연필을 드는 손은 덜 굳어 있었다. 소영은 그날도 부드럽게 인사를 건네며 책상 위에 여러 가지 색연필을 내어놓았다.

— 오늘은 혹시 색을 좀 써보실까요? 마음에 끌리는 색이 있다면 그 색으로 아무것이나 그려보셔도 좋아요.

그녀는 조심스레 권했다.

진형은 한동안 색연필들을 물끄러미 바라보았다. 빨강, 파랑, 초록, 노랑… 다양한 색들이 그의 앞에 놓여 있었다. 무채색처럼 느껴지던 그의 일상과는 대조적으로, 그 색들은 선명하게 빛났다. 그는 망설이다가 파란색 색연필을 집어 들었다. 특별한 이유가 있었던 것은 아니었다. 다만 그 순간, 그의 손은 차분해 보이는 푸른빛을 향해 있었다.

파란색 색연필이 하얀 종이 위를 움직였다. 그려진 것은 바다인지

하늘인지 모를 푸른 공간과, 그 아래에 작은 검은 점 하나였다. 마치 광활한 어딘가에 고독하게 떠 있는 점처럼 보였다. 그림을 다 그리고 난 후, 소영은 나직이 물었다.

— 혹시 이 그림을 보니 어떤 느낌이 드세요?

진형은 펜 끝을 내려다본 채 어깨를 움츠렸다.

— 모르겠어요. 그냥… 그려봤을 뿐이에요.

여전히 수줍은 듯, 아니 방어하는 듯한 목소리였다. 하지만 지난번처럼 냉랭하게 잘라 말하진 않았다. 소영은 이해한다는 듯 고개를 끄덕이며 그림을 한참 바라보았다.

— 푸른색이 아주 인상적이네요. 차분해 보여요.

그녀는 조용히 이야기했다.

— 그리고 이 작은 점… 혼자 떠 있는 무언가 같기도 하고요.

진형은 그 말을 듣고 살짝 긴장했다. 마치 자신의 고립된 마음을 들킨 것만 같아서였다. 그러나 소영은 더 묻지 않았다. 대신 '이 점에 대해서는 나중에 더 이야기 나눠보고 싶어요. 물론 진형 씨가 편할 때요'라며 미소 지었다. 그녀의 말투에는 여전히 강요가 없었다. 그저 그의 속도를 존중한다는 따뜻함만 있었다.

그다음 주, 그리고 그다음 주에도 진형은 계속해서 그림을 그렸다. 어느새 스케치북 여러 장이 채워졌다. 어떤 날은 종이를 새까맣게 칠해 놓기도 했고, 어떤 날은 의미를 알 수 없는 회색의 나선형을 그리기도 했다. 말없이 그림만 그리고 지나간 세션들도 있었다. 그럴 때마다 소영은 곁에서 차분히 지켜봐 주었다. 때로는 '오늘은 마음이 많이 답답하셨나 봐요'라며 그의 그림에서 느껴지는 감정을 조심스레 짚어주곤 했다. 그러면 진형은 흠칫 놀라 그녀를 바라보았다. 꼭 그의 내면을 꿰뚫어 본 듯한 그녀의 한마디에, 얼어붙은 호수 밑바닥에 잔잔한 물결이 이는 것만 같았다.

시간이 쌓이며, 진형은 조금씩 더 입을 떼기 시작했다. 어느 날 그는 그림을 그리다 말고 연필을 내려놓으며 조용히 말했다.

— 요즘은… 잠을 잘 못 자겠어요.

그가 처음으로 자신의 상태를 털어놓자, 소영은 공감 어린 눈빛으로 그를 바라보았다.

— 악몽을 꾸시나요?

그녀의 조심스러운 질문에 진형은 힘겹게 고개를 끄덕였다.

— 차가 브레이크가 고장 난 것처럼 미끄러지고… 깨어나 보면 숨이 턱 막혀요.

그는 더듬거리며 꿈속의 이미지를 내뱉었다. 그것은 그가 겪었던 사고의 악몽이었다. 진형의 목소리는 떨렸고, 그는 이내 입술을 굳게 다물었다. 이렇게까지 자신의 이야기를 꺼낸 것이 놀랍고도 두려웠다.

소영은 진형이 용기를 내어 말해준 것을 고맙게 여기는 듯 조용히 고개를 끄덕였다.

— 많이 무서우셨겠어요. 그 기억이 아직 마음속에 강하게 남아 있으니까, 꿈으로 나타나는 걸 거예요.

그녀의 말은 조심스러웠지만 진심이었다. 진형은 대답하지 않았지만, 그녀의 추측이 옳다는 것을 알고 있었다.

세상에서 가장 아름다운 슬픔

그렇게 늦겨울의 몇 주가 흘러갔다. 진형의 그림에는 서서히 변화가 나타나기 시작했다. 처음엔 온통 검은색이나 회색으로 뒤덮였던 그림들 속에, 어느 날은 옅은 노란색 한 줄기가 모습을 드러냈다. 진형 자신도 의식하지 못한 새벽 햇살 같은 선이 그림 한 귀퉁이에 그려져 있었다. 소영은 그 변화를 놓치지 않았다.

　　— 오늘 그림에는 밝은색도 있네요.

　　그녀가 미소 지으며 말했을 때, 진형은 괜스레 민망한 듯 고개를 돌렸지만 속으로는 알 수 없는 미묘한 감정을 느꼈다. 그것이 부끄러움인지, 아니면 희미한 안도인지 스스로도 분간할 수 없었다.

　　밖을 보니 눈은 여전히 남아 있지만, 길 가장자리부터 서서히 녹아 물기를 머금고 있었다. 어느새 봄이 가까워오고 있었다. 진형은 문득 창밖을 바라보다가, 나뭇가지 끝에 작은 싹 같은 것이 돋아난 것을 발견했다. 앙상한 가지만 남아 있던 나무가 가늘게나마 새 생명을 품고 있었다. 자신도 모르게 그는 그 장면을 스케치북에 옮겨보았다. 갈색 나무 기둥 위에 연둣빛 새순을 서툴지만 그려 넣었다. 그러고는 멍하니 그 그림을 내려다보았다.

　　소영은 조용히 옆에서 그 그림을 들여다보았다.

　　— 새싹이네요.

　　그녀가 부드럽게 말했다. 진형은 어깨를 살짝 움츠렸지만 이내 고개를 끄덕였다.

　　— 그냥… 보여서요.

　　작게 중얼거린 그의 얼굴에는 약간 쑥스러운 기색이 어려있었다.

그날 세션이 끝나고 돌아가는 길, 진형은 예전과 달리 스케치북을 가방 깊숙이 넣지 않고 손에 든 채 걸었다. 바람은 아직 차가웠지만 햇살에는 어딘가 모르게 봄의 기운이 묻어 나오기 시작했다. 그는 목도리를 고쳐 매며 길게 숨을 내쉬었다. 마음 한편, 아주 작고 연약한 싹 같은 희망이 움트는 느낌이 들었다. 물론 그것이 정말 희망인지 확신할 수는 없었지만, 적어도 예전처럼 완전히 꽁꽁 닫힌 감옥 속에 홀로 갇혀 있는 기분은 아니었다. 소영의 작업실에서 보낸 시간들 속에서, 진형은 자신도 모르게 조금씩 변화하고 있었다.

봄은 조용히 그러나 확실하게 다가오고 있었다. 겨울의 끝자락, 서늘한 바람에도 햇살은 한결 부드러워졌다. 상담실 창가에는 작은 화분에 심긴 새싹들이 고개를 내밀었고, 창밖 거리에는 노란 개나리가 하나둘 피어나기 시작했다. 겨우내 앙상하던 가지마다 연둣빛 잎새가 돋아나고 있었다. 진형이 느끼는 실내 공기도 어쩐지 이전보다 따뜻했다.

어느 날, 진형은 이전과 다른 그림을 그리고 있었다. 그가 스케치북에 천천히 그려낸 것은 피아노였다. 검은 건반과 하얀 건반이 번갈아 나열된 그림 속에서, 몇 개의 건반은 부서져 금이 가 있었다. 진형의 손은 미세하게 떨렸지만 그는 끝까지 그림을 완성했다. 그것은 그의 마음 깊은 곳에 자리한 상처를 처음으로 그림으로 드러낸 것이었다.

소영은 조용히 곁에서 그 과정을 지켜보았다. 진형이 연필을 내려놓자, 그녀는 한참을 그림을 바라본 뒤 부드럽게 입을 열었다.

—피아노네요….

그녀의 목소리는 사려 깊게 낮았다.

— 건반들이 부서져 보여요.

진형은 대답하지 않고 입술만 꾹 다물었다. 가슴속에 무언가가 차올라 목까지 막혀 오는 느낌이었다. 그림을 통해 적나라하게 드러난 자기 자신의 상처를 마주하니 숨이 가빴다. 피아노. 음악. 그것은 한때 그의 전부였다. 그러나 이제는 잃어버린 꿈이자 끔찍한 악몽과 이어져 있는 단어.

소영은 진형의 손이 달싹이지 않는 것을 보고 조심스레 말을 이었다.

— 진형 씨에게 피아노는 어떤 의미였나요?

한동안 침묵이 흘렀다. 벽에 걸린 시계 초침 소리가 또렷하게 들릴 정도로 정적이었다. 진형은 떨리는 숨을 몰아쉬었다. 그리고 마침내, 그동안 가슴 깊숙이 꾹꾹 눌러 담아 두었던 말들이 터져 나오기 시작했다.

— 제 삶이었어요.

진형의 목소리가 갈라졌다.

— 피아노는 제 전부였는데, 이제는… 이제는 두려워요.

그의 눈동자가 흔들렸다.

— 그 소리를 듣는 게, 건반을 만지는 게 너무 무서워요.

소영은 가만히 고개를 끄덕였다. 그의 말에 어떤 평가도 하지 않고, 그저 받아들이는 자세로 바라보았다. 그 시선에 용기를 얻었는지, 진형은 이어서 말을 이었다.

— 사고 이후로 제 손가락이 예전 같지 않아요.

그가 힘겹게 자신의 왼손을 바라보았다. 가늘게 떨리는 손가락들.

— 처음에는 그것 때문에 피아노를 칠 수 없어서 미칠 것 같았어요.

그런데 시간이 지나니까… 이번엔 아예 치고 싶지 않아졌어요. 아니, 치면 안 될 것 같았어요.

그는 목에 걸린 말을 삼키려 했지만 이내 참아왔던 속내가 쏟아져 나왔다.

— 내가… 내가 그날 피아노 연습만 아니었어도, 그렇게 사고가 나지 않았을 거예요.

그의 눈에 뜨거운 눈물이 맺혔다.

— 내가 공연 준비로 예민해져 있지 않았다면, 그래서 그날 연습만 하지 않았다면…!

목소리가 떨리며 높아졌다. 소영은 놀라지 않고 차분히 그의 감정을 받아주었다. 진형은 두 손으로 얼굴을 감싸 쥐었다.

— 모든 게… 내 잘못 같아요.

마침내 그의 눈물 한 방울이 손가락 사이로 뚝 떨어졌다.

— 그날 사고로… 소중한 손을 잃었어요. 내가 죽게 만든 거나 다름 없어요.

흐릿한 울음소리가 그의 입술 사이로 새어 나왔다.

— 나는 살아남았는데….

소영의 눈시울도 붉어졌다. 그녀는 자리에서 일어나 조용히 진형에게 다가갔다. 책상 위에는 진형이 그린 부서진 피아노 그림이 놓여 있었다. 그녀는 말없이 상자에서 부드러운 휴지 한 장을 꺼내 그의 앞에 내밀었다. 진형은 떨리는 손으로 휴지를 받아 들고 눈가를 훔쳤다.

— 말씀해 주셔서 고마워요, 진형 씨.

세상에서 가장 아름다운 슬픔

소영은 조용히 말했다.

— 많이 힘드셨죠…. 그동안 그 힘듦을 혼자서 짊어지고 계시느라 얼마나 괴로우셨을지 제가 다 헤아릴 순 없겠지만, 지금 제 앞에서 용기 내 말씀해 주셔서 정말 감사해요.

진형은 눈물을 닦으며 고개를 떨구었다. 한동안 두 사람은 말이 없었다. 진형의 흐느낌이 조금씩 잦아들고, 상담실에는 다시 고요가 찾아왔다. 창밖에서 햇살이 조용히 방 안으로 스며들고 있었다.

소영은 잠시 망설이는 듯하더니, 차분한 목소리로 입을 열었다.

— 저도 사실… 몇 해 전에 사랑하는 사람을 잃었어요.

그녀의 목소리가 살짝 떨렸다. 진형은 놀란 듯 그녀를 바라보았다. 소영의 눈동자가 슬픈 추억을 떠올리는 듯 허공을 향했다.

— 그 모든 게 제 잘못은 아니었지만, 오랫동안 스스로를 탓했죠. 제가 조금만 더 신경 썼더라면, 조금만 빨리 그 사람의 상태를 알았더라면… 하고요.

그녀가 쓸쓸하게 미소 지었다. 자기개방은 상담사로서 신중하게 다루어야 할 도구였지만 소영은 진형의 고립감과 절망감의 완화를 위해 고민하지 않고 자신의 아픈 과거를 보여 주었다.

— 그래서 진형 씨의 아픔이라는 마음이… 조금은 이해가 돼요.

진형은 숨죽인 채 그녀의 말을 들었다. 소영이 이런 개인적인 이야기를 꺼낼 거라고는 생각지 못했다. 그녀 역시 아픔을 간직하고 있었다니. 진형은 가슴 한편이 저려왔다. 그녀가 자신의 고통을 진심으로 공감해 준 이유를 이제야 알 것 같았다.

— 이젠 그렇게 자책하지 않아요.

소영이 조용히 말을 이었다.

— 시간이 오래 걸렸지만… 저도 누군가의 도움으로 마음을 추스르고 받아들일 수 있었거든요. 그 사람이 내 곁을 떠난 건 제 잘못이 아니라, 단순한 우연이었다고. 그리고 제가 살아가도 있는 데에는 분명히 의미가 있다는 것을….

그녀의 시선이 다시 진형 에게로 돌아왔다.

— 진형 씨도… 너무 자신을 탓하지 않았으면 해요. 그건 진형 씨 잘못이 아니었어요.

이 말에 진형의 눈물이 다시 핑 돌았다. 그는 믿기지 않는 듯 고개를 저었다.

— 모르겠어요…. 머리로는 그렇게 생각하려 해도, 마음이 계속….

소영은 부드럽게 미소 지었다.

— 당장은 어려우실 거예요. 하지만 오늘 이렇게 이야기해 주셨으니, 이젠 혼자가 아니에요. 죄책감과 슬픔을 저와 나누셨잖아요. 그러니 그 짐은 이전보다 조금은 가벼워졌을 거예요.

진형은 그녀의 말을 곱씹었다. 자신이 지고 있던 짐을 누군가와 나눈다는 것. 정말 그럴 수 있을까. 그는 자신도 모르게 깊은 숨을 내쉬었다. 어깨가 한결 가벼워진 듯한 기분이 들었다.

— 음악에 대한 이야기도 해주셔서 고맙습니다.

소영이 조심스레 말을 이었다.

— 피아노를 사랑했지만 두려워하게 되었다고 하셨죠. 너무나 소중

했기에, 잃어버린 상실감도 그만큼 크셨을 거예요.

진형의 얼굴에 쓸쓸한 웃음이 떠올랐다.

— 피아노 때문에 모든 걸 잃었어요. 그래서 미워요. 그런데… 가끔 너무 치고 싶어요. 그럼 또 제 자신이 한심해지죠. 아직도 미련을 못 버렸나 싶고….

그가 떨리는 목소리로 털어놓았다.

소영은 조용히 고개를 저었다.

— 그건 너무나도 자연스러운 마음이에요. 사랑했던 것을 미워하기도 하고, 미워하면서도 그리워하는 것… 진형 씨 잘못이 아니에요. 당연한 감정이에요.

진형은 그녀의 말에 눈을 감았다 뜨며 깊숙이 숨을 들이마셨다. 자신의 내면에서 뒤엉켜 그를 괴롭히던 감정들에 처음으로 누군가 '당연하다'고 말해 주었다. 그 한마디가 가슴에 스며들어 굳어 있던 무언가를 풀어주는 듯했다.

그날 세션을 마치고 나올 때, 진형의 눈가는 붉었지만 표정은 전보다 훨씬 편안해 보였다. 문을 열고 나서자, 완연한 봄 햇살이 얼굴을 감쌌다. 거리에는 벚꽃이 흐드러지게 피기 시작해, 나뭇가지마다 연분홍 빛깔이 번져가고 있었다. 진형은 잠시 눈을 감고 따스한 볕을 만끽했다. 긴 겨울의 터널 끝에서 마침내 봄의 입구에 다다른 기분이었다. 마음속에서 무언가가 천천히 녹아 흐르는 듯했다. 물론 아직 가야 할 길은 남아 있었지만, 그는 처음으로 마음속 깊은 곳에서 조용히 속삭였다. 정말, 이대로 조금씩 나아질 수 있을지도 몰라.

얼마 뒤, 완연한 봄의 한가운데에 접어든 날, 진형은 다시 상담실을 찾았다. 창밖에는 벚꽃이 만개하여 가지를 분홍빛으로 수놓고 있었다. 부드러운 산들바람에 꽃잎이 흩날리며 창문 너머로 보였다. 겨울에 그토록 무겁게만 느껴지던 하늘은 이제 눈부시게 파랗게 빛나고 있었다. 진형은 한결 가벼운 걸음으로 문을 열고 들어섰다.

소영은 환한 미소로 그를 맞았다. 예전과 달리 진형 역시 미소를 지으며 인사를 건넸다. 눈에 띄게 달라진 그의 표정에 소영은 기쁜 듯했다.

— 오늘은 기분이 좀 어떠세요?

그녀가 묻자, 진형은 천천히 숨을 내쉬었다.

— 조금… 편안해진 것 같아요.

그는 솔직하게 답했다.

— 아직 가끔 힘들긴 하지만, 예전만큼 막막하진 않아요.

소영은 고개를 끄덕였다.

— 표정에서 느껴져요. 많이 편안해지신 것 같아요.

그녀의 말에 진형은 쑥스럽다는 듯 살짝 웃으며 이마를 긁적였다.

그날 세션에서도 진형은 그림을 그렸다. 이젠 무엇을 그릴지 묻지 않아도 그의 손은 자연스레 움직였다. 스케치북 위에는 맑은 강줄기가 흐르는 봄 풍경이 그려졌다. 강가에는 작은 새 한 마리가 날개를 펴고 앉아 있었다. 예전이었다면 상상도 못 할 만큼 밝고 평화로운 그림이었다. 진형 스스로도 그림을 완성하고는 놀란 듯 한참을 들여다보았다.

— 제가 이런 걸 그릴 줄은 몰랐네요….

그는 중얼거리듯 말했고, 소영은 따뜻하게 웃었다.

세상에서 가장 아름다운 슬픔

― 정말 멋진 그림이에요. 이제 봄이 되었네요, 진형 씨 마음에도.

그녀의 말에 진형은 창밖을 바라보았다. 화창한 날씨만큼이나 마음속에도 볕이 드는 기분이었다.

세션을 마무리할 시간이 다가왔을 때, 진형은 문득 방 한편에 놓인 작은 전자피아노를 바라보았다. 처음 이곳에 왔을 때부터 그 자리에 있었지만, 그동안 그는 의식적으로 외면해왔다. 그런데 그 피아노가 오늘따라 유난히 눈에 들어왔다. 반짝이는 검은색 표면 위로 햇살이 내려앉아 건반들이 희미하게 빛나고 있었다.

진형은 가만히 자리에서 일어섰다. 소영은 의아한 듯 그의 움직임을 지켜보았다. 진형은 천천히 피아노 앞으로 걸음을 옮겼다. 마치 무언가에 이끌리듯 조심스레 의자에 앉았다. 등받이가 없는 간이 의자가 낯설면서도 묘하게 익숙했다. 눈앞에 펼쳐진 건반들, 도, 레, 미… 익숙한 이름들이 떠오르는 흰색과 검은색 조각들. 그의 가슴속에서 심장이 세차게 뛰기 시작했다.

손이 떨렸다. 진형은 천천히 오른손을 들어 건반 위에 올렸다. 싸늘했던 건반 표면이 손끝에 닿았다. 숨소리마저 고요한 방 안에서 그의 심장 박동 소리가 귓가에 울리는 듯했다. 그는 숨을 들이쉬고 내쉬는 것조차 잊은 채 긴장으로 굳어졌다. 그럼에도 불구하고 진형은 그 자리를 떠나지 않고 그대로 앉아 있었다.

소영은 숨조차 죽이며 그 모습을 지켜보았다. 그녀는 이 순간이 얼마나 소중하고 섬세한지 알기에, 섣불리 어떤 말도 하지 않은 채 그저 그의 곁에 있었다.

진형의 눈앞에는 여러 가지 기억의 파편들이 스쳐 지나갔다. 화려한 조명 아래 홀에서 연주하던 순간, 관객들의 박수 소리, 그리고 그날 밤 어두운 도로 위를 가르던 헤드라이트의 불빛…. 모든 것이 뒤엉켜 가슴을 세차게 두드렸다. 그의 손가락이 살짝 경련하듯 떨렸다. 건반을 누르고 싶었다. 그러나 동시에 누르는 것이 두려웠다. 머릿속에서 수없이 연습했던 곡들의 음표들이 떠올랐다 사라졌다. 공포와 그리움이 교차했다.

그는 마침내 용기를 내어 오른손 검지로 건반 하나를 눌러보았다.

"팅-"

조용한 방 안에 맑은 음 한 소리가 울렸다. 진형의 심장이 덩달아 요동쳤다. 그 소리는 너무나 오랜만에 들어보는 피아노 음이었다. 단 하나의 음이었지만, 그것은 마치 오래 닫혀 있던 마음의 문이 살짝 열린 듯한 소리였다.

손끝의 힘이 빠져나갔다. 그는 더 이상 건반을 누르지 않았다. 대신 다른 왼손도 힘을 주어 건반 위에 올려둔 채, 천천히 눈을 감았다. 방 안에는 방금 울린 음의 여운이 조용히 맴돌았다. 가슴속 깊은 곳에서 뜨거운 무언가가 치밀어 올라 눈물이 되어 흘렀다. 진형은 소리 없이 울기 시작했다. 이번 눈물은 슬픔만이 아닌, 두려움과 안도, 그리움과 희망이 뒤섞여 가슴속 얼음이 녹아내리듯 흘러내리는 눈물이었다.

잠시 후, 진형은 눈물을 닦으며 천천히 눈을 떴다. 옆을 바라보니 어느새 소영이 조용히 다가와 옆에 서 있었다. 그녀의 눈에도 눈물이 그렁그렁 맺혀 있었다. 두 사람의 눈빛이 마주쳤다. 말은 필요하지 않았다.

세상에서 가장 아름다운 슬픔

소영은 환하게 미소 지으며 고개를 끄덕였다. 진형도 눈시울이 붉은 채로 미소를 지어 보였다. 그 미소에는 서로를 향한 깊은 이해와 응원이 담겨 있었다.

진형은 조용히 자리에서 일어나 피아노 뚜껑을 조심스레 닫았다. 그리고 마지막으로 건반 위에 손을 올려 천천히 쓸었다.

'나… 이제 시작해 볼 수 있을지도….'

그는 마음속으로 나지막이 되뇌었다. 비록 아직 피아노를 완전히 다시 칠 수는 없을지라도, 두려움에 맞서 이 자리까지 걸어와 앉았다는 사실만으로도 충분했다. 아니, 그것만으로도 그는 거대한 한 걸음을 내디딘 것이었다.

소영은 그의 곁에서 천천히 박수를 보냈다.

― 정말 잘 하셨어요.

그녀의 목소리가 울먹였다. 진형은 쑥스러운 듯 고개를 저으며 미소를 지었다.

― 고맙습니다…. 선생님.

담담하면서도 진심이 묻어나는 목소리였다. 그 한마디에 담긴 의미를 소영은 온전히 헤아릴 수 있었다. 그녀는 대답하는 대신 그에게 다시 한번 따뜻한 미소를 건넸다.

상담실을 나서는 진형의 발걸음은 한층 가벼웠다. 눈부신 봄 햇살 아래, 떨어지는 벚꽃 잎 몇 장이 그의 어깨에 살포시 내려앉았다가 이내 흩어졌다. 그는 천천히 고개를 들어 하늘을 올려다보았다. 파란 하늘 위로 하얀 구름이 유유히 떠가고 있었다. 그의 마음도 어느덧 저 구름들처럼 한결 가벼워진 기분이었다.

겨울의 긴 어둠을 지나 마침내 봄날의 환한 빛 속으로 걸어 나오며, 진형은 비로소 깨닫기 시작했다. 상처는 아직 완전히 아물지 않았지만 그 상처를 안고도 살아갈 수 있다는 것. 그리고 언젠가 다시 피아노를 연주할 수 있을지도 모른다는 희미한 희망이 마음 깊숙한 곳에서 움트고 있다는 것을. 그때 멀지 않은 곳에서 휴대전화 벨 소리가 울렸다. 진형은 걸음을 멈추고 전화를 받았다. 통화 너머로 들려오는 어머니의 목소리는 한결 밝았다.

— 진형아, 목소리가 전에 비해 많이 편해졌구나?

걱정으로 가득했던 가족들에게도 그의 변화가 전해지고 있었다. 진형은 조용히 웃으며 말했다.

— 응, 많이 좋아지고 있어.

산들바람이 불어와 벚꽃 향기가 주변 공기 속에 퍼졌다.

전화를 끊은 후, 진형은 다시 천천히 걷기 시작했다. 그의 곁에는 보이지 않는 누군가가 함께 걸어가는 듯한 느낌이 들었다. 마음속에는 여전히 소영의 따뜻한 격려가 함께하고 있었다. 봄 햇살 아래를 걸으며, 진형은 혼잣말처럼 조용히 중얼거렸다.

'고마워요.'

누구를 향한 인사인지 분명하지 않았지만, 살아 있음과 다시 살아갈 수 있음에 대한 감사의 표현이었다.

분홍 꽃잎 몇 장이 바람을 타고 휘날려 그의 발 앞에 떨어졌다. 진형은 걸음을 멈추고 허리를 굽혀 그중 한 장을 조심스레 집어 들었다. 연약하지만 아름다운 그 꽃잎을 감각이 부족한 왼 손바닥 위에 올려놓고 한참 바라보다가, 입김을 불어 살며시 날려 보냈다. 꽃잎은 빙글빙글 돌며 위로 떠오르더니, 바람을 타고 멀리 날아갔다.

　진형은 다시 발걸음을 옮겼다. 눈부신 봄날의 거리 끝에서, 언젠가 다시 피아노를 연주하며 환하게 웃고 있는 자신의 모습이 아스라이 떠올랐다. 그리고 그 곁에는 변함없이 따뜻한 미소로 자신을 응원해 줄 소영의 모습도 함께였다. 진형은 그 희미한 상상을 마음에 품은 채 천천히 앞으로 나아갔다. 겨울은 완전히 지나갔고, 봄이 그의 삶에 찾아와 있었다.

제13화 　　　　　　　　　　　만 남

얼마 전까지만 해도 차가운 거리에서 삶의 끝을 생각하던 자신이, 지
금은 누군가와 함께 이 밤을 나누고 있었다. 그 조용한 그림자처럼,
두 사람의 발걸음도 작지만 분명한 시작을 향해 나아가고 있었다.

종혁은 오늘이 자신의 인생에서 가장 단정한 날이라고 생각했다. 거울 속에 비친 모습은 한때 거리에서 방황하던 남자라는 사실을 믿기 어려울 정도였다. 까칠하게 자랐던 수염은 말끔히 면도되어 있었고, 빛바랜 헝겊 조각 같았던 옷 대신 깨끗이 다린 셔츠와 검은 바지가 그의 몸을 감싸고 있었다.

종혁은 옷깃을 한 번 여미며 깊은숨을 내쉬었다. 가슴이 쿵쾅거렸다. 이 차림새로 병원에 들어서는 순간, 마치 전혀 다른 사람이 된 듯한 기분이었다. 그러나 셔츠 깃 아래로 살짝 드러난 목의 흉터와 거칠어진 손등은 여전히 그의 지난 삶을 증언하고 있었다. 그는 그 흔적들을 애써 숨기려는 듯 두 손을 모아 쥔 채, 병원 로비로 천천히 발을 들여놓았다.

로비에는 희미한 소독약 냄새와 함께 사람들의 나직한 말소리가 가득했다. 그는 조심스럽게 주변을 둘러보았다. 흰 가운을 입은 의사들과 간호사들이 분주히 오가고, 휠체어를 탄 환자가 보호자와 함께 지나가는 모습도 눈에 들어왔다. 종혁은 주눅 들지 않으려 애쓰며 등을 곧게 폈다. 몇 달 전, 아니 그리 오래되지도 않은 어느 날 이곳으로 실려 왔던 기억이 떠올라 목덜미가 선득해졌다. 하지만 그는 발걸음을 돌리지 않았다. 오늘 이곳에 온 이유를 잊지 말자고, 스스로에게 조용히 다짐했다.

그는 천천히 복도를 따라 걸었다. 눈에 익숙한 풍경들이 스쳐 지나갔다. 자신이 처음 쓰러졌을 때 실려 갔던 응급실 입구, 간신히 의식을 찾았을 때 누워 있었던 스트레처 침대, 그리고 그 곁에서 걱정스러운 얼굴로 자신을 내려다보던 간호사… 종혁의 가슴 한편이 아릿하게 저려 왔다. 그때 자신의 이름을 부르며 "괜찮으세요?" 하고 물었던 맑은 목소리가 아직도 귀에 선명했다. 그 목소리의 주인공을 만나기 위해, 그는 이렇게 용기를 내어 다시 이 병원을 찾은 것이다.

복도 끝 간호스테이션 근처에 다다랐을 때, 종혁은 멈춰 섰다. 저기, 그녀가 있었다. 그녀는 약간 고개를 숙인 채 환자 차트를 들여다보고 있었다. 단정하게 묶은 머리칼 사이로 흘러내린 잔머리가 이마에 살짝 닿아 있었고, 눈빛은 진지하게 기록에 집중하고 있었다. 종혁은 멀찌감치 그 모습을 바라보았다. 심장이 또 한 번 크게 뛰었다. 저 사람이 바로… 자신의 인생을 바꿔 놓은, 고마운 사람이었다.

한 걸음 더 다가가고 싶었지만, 그는 선뜻 용기가 나지 않았다. 어떻게 말을 꺼낼지 수없이 상상했건만, 막상 그녀를 눈앞에 두자 목이 콱 메인 듯했다. 게다가 그녀는 아직 자신이 온 줄 모르고 있었다.

'내가 누군지 알아볼까?'

그는 잠시 고민했다. 지금의 단정한 모습으로는 아마 못 알아볼지도 모른다는 생각이 스쳤다. 이상하게 가슴 한구석이 서늘해졌다. 조금 서운한 마음이 들었다. 자신에게는 평생 잊지 못할 얼굴인데, 정작 그녀에게 자신은 그저 많은 환자 중 하나에 불과했던 걸까. 그러나 곧, 그런 생각 위로 작은 설렘이 고개를 들었다. 차라리 못 알아보는 편이 나을지도 모른다. 이렇게 멀쩡한 모습으로 나타난 자신을 새롭게 봐줄 수 있을 테니까.

종혁은 일부러 간호스테이션에서 약간 떨어진 의자에 앉았다. 손에는 조그만 종이봉투를 꼭 쥐고 있었다. 그 안에는 몇 시간 전, 근처 꽃 가게에서 산 작은 화분과 편지가 들어 있었다. 여러 날 밤을 새워가며 쓴 편지에는 그녀에 대한 고마움과 그 후 자신의 마음의 변화를 솔직하게 담았다. 하지만 아직 편지를 건넬 용기가 나지 않아, 봉투만 만지작거릴 뿐이었다. 그는 고개를 들어 다시 현지를 바라보았다. 그녀는 이제 컴퓨터에서 눈을 떼고 한숨을 살짝 쉬더니, 옆자리의 동료를 바라보았다.

— 현지야, 잠깐 쉬자. 간식 먹고 해.

옆에 있던 간호사가 미소 지으며 말을 건넸다. 종혁은 그 말을 듣고 얼른 시선을 피했다. 자칫 눈이 마주칠까 봐 가슴이 철렁했다. 다행히 현지는 여전히 그가 있는 쪽은 보지 않은 채 동료와 함께 일어섰다. 그녀는 간호스테이션 한편 테이블에서 과자 봉지를 꺼내며 동료들에게 나누어 주었다.

— 이거 엄마가 보내준 건데 같이 드세요.

그녀가 환한 목소리로 말하며 과자를 건네자, 주변에 있던 다른 간호사 두세 명이 모여들었다. 잠시 후 그들 사이에는 웃음소리가 피어났다. 현지가 무언가 농담을 던진 듯, 모두가 즐겁게 웃었다. 종혁은 멀찍이서 그 모습을 지켜보았다. 그녀가 다른 사람들과 환하게 웃고 이야기하는 장면은 처음 보는 모습이었다. 그의 기억 속 그녀는 언제나 진지하고 조심스러웠다. 그런데 이렇게 웃음을 터뜨릴 때는 또 다른 매력이 있었다.

'저렇게 웃는 사람이었구나…'

그는 새삼스럽게 그녀의 밝은 얼굴에 마음이 뛰는 것을 느꼈다.

시간은 더디게 흘렀다. 간호사들은 짧은 휴식을 끝내고 다시 각자의 업무로 돌아갔고, 현지도 병동을 돌며 환자들을 살폈다.

복도 너머 열린 병실 안에서 현지는 링거를 무서워하며 우는 어린이 환자를 다정하게 달래고 있었다. 아이는 겁에 질려 울음을 터뜨렸지만, 현지는 작은 인형을 들어 보여주며 "금방 끝날 거야. 우리 용감하게 한 번 해보자" 하고 부드럽게 말했다. 그녀의 상냥한 목소리에 아이는 조금씩 진정되었고, 이윽고 현지는 빠른 손놀림으로 링거를 교환해 주었다.

"다 됐다! 잘 참았어요, 정말 잘했어요."

현지가 밝게 칭찬하자, 아이는 눈물을 훔치며 용기를 내어 미소를 보였다. 그 따뜻한 장면을 지켜보던 종혁은 가슴 한편이 뭉클해졌다. 환자 한 사람 한 사람에게 한없이 다정한 그녀의 모습이 그의 마음속에 더욱 깊이 새겨졌다.

종혁은 방해가 되지 않도록 복도 끝자락에 서서 그녀의 움직임을 눈으로 따라갔다. 그녀가 병실로 들어갈 때면 잠시 보이지 않다가, 다시 나올 때면 그는 얼른 시선을 돌렸다. 혹시나 그녀의 눈에 띄어서 이상한 사람으로 보일까 걱정스러웠기 때문이다. 몇 번이나 그냥 돌아갈까

하는 생각이 들었다. 그러나 그때마다 가슴속에서 작은 용기가 그를 붙잡았다.

'오늘 말하지 못하면 다시는 기회가 없을 거야.'

그는 애써 마음을 다잡고 병원 복도 구석에 머물며 기다렸다.

창밖으로 해가 저물 무렵, 병원 안 복도에는 하나둘 불이 켜졌다. 낮 동안 분주히 오가던 사람들로 가득했던 복도는 점차 조용해지기 시작했다. 바쁜 발걸음들은 느릿하게 바뀌었고, 몇몇 보호자들은 병문안을 마치고 돌아가는 모습이었다. 종혁은 창가에 비친 자신의 모습을 보았다. 저녁 어스름 속에 서 있는 자신은 한층 초조해 보였다. 등에 식은땀이 조금 배어 있었고, 그는 손수건을 꺼내 이마를 닦았다. 오늘 하루 종일 아무것도 먹지 못했지만, 긴장 탓인지 배고픔도 느껴지지 않았다. 오직 한 가지 생각뿐이었다.

'현지 간호사에게 제대로 감사 인사를 하고 내 마음을 전하자.'

잠시 후, 멀리서 현지가 간호스테이션에서 나오는 모습이 보였다. 오늘 근무를 마친 듯, 어깨에는 가벼운 가방 하나가 걸려 있었고, 머리는 낮보다 약간 헝클어진 채였다. 피곤할 법도 한데, 그녀는 동료 간호사와 작은 미소를 나누며 인사를 주고받았다.

— 수고했어, 현지야. 내일 봐!

동료의 말에 현지가 손을 흔들었다. 그리고 홀로 복도를 따라 걸어 나오기 시작했다. 집으로 퇴근하는 길인 듯했다.

종혁의 심장이 또다시 요동쳤다.

'지금이야… 지금 말해야 한다.'

그는 숨을 깊게 들이쉬고, 주먹을 꽉 쥐었다가 폈다. 하지만 막상 그녀가 점점 가까워지자 다리가 굳는 듯 움직이지 않았다. 눈앞이 어지러울 만큼 긴장됐다. 그녀가 바로 곁을 지나쳐 가버리면 어쩌나, 오늘 결국 말을 못 걸고 돌아가버리면 어쩌나 하는 두려움이 엄습했다. 현지가 그를 지나치기까지, 이제 불과 몇 걸음밖에 남지 않았다. 더 이상 주저할 시간은 없었다.

― 현지 씨…!

종혁은 용기를 짜내 낮지만 또렷한 목소리로 그녀의 이름을 불렀다. 그의 목소리는 약간 떨렸다. 현지는 걸음을 멈추고 소리가 들려온 방향으로 고개를 돌렸다. 그녀의 눈길이 자신에게 닿는 순간, 종혁의 가슴은 터질 듯 세차게 뛰기 시작했다.

― 저… 이종혁입니다.

그는 가까이 다가서며 조심스럽게 자기 이름을 밝혔다. 그 이름이 그녀의 기억을 불러내길 은근히 기대하면서도, 한편으로는 알아보지 못하면 어쩌나 하는 걱정이 동시에 스쳤다.

현지의 눈이 크게 뜨였다. 그리고 몇 초 동안, 그녀는 눈앞의 남자를 깊이 들여다보았다. 170대 중반의 키에 탄탄한 골격을 지닌 그는, 검은색에 연한 노란색 머리칼이 섬세하게 흩어져 있었고, 그 모습 속에는 남미의 따뜻하고 진한 색감이 묻어났다. 웃을 때면 마치 세상을 품은 듯 크고, 진지한 표정을 짓고 있었지만, 그 속에 숨겨진 깊은 마음은 쉽게 드러나지 않았다. 낯익은 듯하면서도 쉽게 기억나지 않는 얼굴… 종혁은 긴장 속에서 잠자코 그녀의 반응을 기다렸다.

그러다 이내 현지의 얼굴에 환한 빛이 번졌다.

— 아…

그녀는 놀람과 기쁨이 뒤섞인 짧은 탄성을 내뱉었다.

— 혹시… 그때 응급실에 오셨던 종혁 씨… 맞으시죠?

그녀의 목소리는 조심스럽지만 반가움으로 떨렸다. 종혁은 얼굴이 금세 달아오르는 것을 느꼈다. 그녀가 기억해 준 것이다. 그것만으로도 벅찬 감정이 목까지 차올랐다.

— 네… 맞아요.

종혁은 서둘러 고개를 끄덕였다.

— 저를 기억해 주시네요.

그의 목소리는 안도감과 기쁨으로 한층 부드러워졌다. 현지는 미소를 지으며 한 걸음 다가섰다.

— 그때 많이 힘들어 보이셨는데… 그 후 괜찮으셨어요? 어디 다치거나 편찮으신 데는 없었고요?

그녀의 말에는 걱정과 다정함이 묻어났다. 종혁은 순간 목이 메었다. 자신을 향해 건네지는 진심 어린 걱정에 울컥하는 감정이 치밀었다. 몇 달 전, 서울역에서 쓰러져 병원에 실려 왔을 때 그는 이미 삶을 거의 포기한 상태였다. 세상 그 누구도 자신에게는 관심이 없다고 믿고 있었다. 그러나 눈앞의 이 젊은 간호사는, 이렇게 다시 만난 순간에도 자신의 안부를 물으며 걱정해 주고 있었다. 종혁은 간신히 입술을 떼어 대답했다.

— 덕분에 많이 회복했습니다. 그때… 간호사님 덕분에 살아날 수

있었어요. 정말 감사합니다.

그는 깊이 허리를 굽혀 인사했다. 여러 번 마음속으로 연습했던 감사 인사를 이제서야 전할 수 있었다. 현지는 당황한 듯

— 아, 머리 숙이실 필요 없어요!

그의 팔을 살짝 붙잡았다. 그녀의 손길에 종혁은 얼어붙은 듯 굳었다가, 이내 천천히 몸을 일으켰다. 가까이서 본 그녀의 얼굴은 기억했던 것보다 훨씬 따뜻하고 부드러웠다.

— 사실 그 후로 계속 고맙다는 말씀을 드리고 싶었어요.

종혁은 차분히 말을 이었다.

— 그런데 제 처지가 좀 그래서… 바로 찾아뵙진 못했습니다.

그는 쑥스럽다는 듯이 웃어 보였다.

— 그래도… 이렇게라도 인사를 드리고 싶었어요.

— 이렇게 와 주시고 건강한 모습 보여주시기만 해도 정말 기뻐요.

현지는 진심 어린 목소리로 말했다.

— 저는 그저 제 할 일을 했을 뿐인데요, 뭐.

그녀는 머쓱한 듯 웃었다. 이어 그녀의 눈길이 종혁의 차림새를 한 번 훑었다.

— 얼굴이 많이 좋아지셨어요. 처음 뵀을 때랑 많이 다르셔서 바로 못 알아봤어요.

약간 미안한 기색으로 말하는 그녀에게 종혁은 고개를 저었다.

— 아닙니다. 제가 너무 몰라 볼 정도로 변해서… 이해합니다.

그는 부드럽게 웃었다.

세상에서 가장 아름다운 슬픔

— 사실 오늘 이렇게 잘 차려입고 온 건… 현지 씨께 좋은 모습 보여 드리고 싶어서였어요.

고백과 같은 말투에 현지는 눈을 살짝 크게 뜨더니 이내 수줍은 미소를 지었다.

짧은 침묵이 흘렀다. 병원 복도에는 먼 데서 들려오는 휠체어 바퀴 소리와 간간이 울리는 기계음만이 잔잔히 퍼졌다. 두 사람은 마주 선 채 어색하지 않은 정적을 나누었다. 서로에게 전하고 싶은 말이 많았지만, 어떻게 꺼내야 할지 몰라 망설이는 듯했다.

종혁은 손에 쥐고 있던 종이봉투를 슬며시 쳐다보았다. 아직 그녀에게 준비한 선물과 편지를 건네지 못했다. 가슴이 다시 뛰기 시작했다. 지금이야말로 말할 때다. 그는 머릿속으로 여러 문장이 스쳐가는 것을 느꼈다. 준비해 왔던 고백의 말들, 진심을 담은 표현들… 그러나 막상 입을 열려니 모두 망설여졌다. 대신 그는 가슴에 손을 얹고 숨을 한 번 골랐다.

— 현지 씨…

그는 그녀의 이름을 부르며 조용히 말을 꺼냈다.

— 사실 제가 오늘 여기 온 건, 단지 감사 인사만 전하려고 온 게 아닙니다.

그의 목소리는 낮고 조심스럽게 울렸다. 현지는 긴장한 듯 가만히 그를 바라보았다. 종혁은 잠시 말을 멈췄다가, 다시 숨을 고르고 천천히 말을 이었다.

— 그때 제가 느꼈던 고마움이… 요즘 들어서는 조금 다른 감정으

로 변한 것 같아서요.

　마지막 말은 거의 속삭이듯 나왔다. 종혁은 용기를 내어 고개를 들고 그녀의 눈을 바라보았다. 자신의 말이 너무 갑작스러웠던 건 아닐지, 혹시 부담으로 느끼지는 않을지 걱정이 밀려왔다. 종혁은 그녀가 불편해할까 봐, 재빨리 말을 덧붙이려 입술을 열었다.

　─ 물론 제 혼자만의 감정일 수도 있고, 부담 드리려는 건 절대 아닙니다. 다만… 제 마음이 그렇게 흘러가 버렸다는 걸 솔직하게 말씀드리고 싶었어요.

　현지는 순간 숨 쉬는 것도 잊은 듯 가만히 있었다. 그녀의 눈동자가 살짝 흔들리고 있었다. 종혁은 긴장으로 손바닥에 식은땀이 배어드는 것을 느꼈다. 역시 너무 갑작스러웠나. 그의 심장이 쿵쿵거렸다. 그러나 곧, 현지의 얼굴에 천천히 미소가 번져 나갔다. 아주 부드럽고 온화한 미소였다.

　─ 종혁 씨…

　그녀는 그의 이름을 부르며 한 걸음 다가섰다.

　─ 저…

　무슨 말을 하려다 망설이는 듯 보였다. 그러고는 수줍게 고개를 끄덕이며 작게 웃었다.

　─ 사실은 저도 가끔 생각했어요. 종혁 씨 어떻게 지내실까, 건강은 괜찮으실까 하고요.

　예상치 못한 대답에 종혁의 눈이 휘둥그레졌다.

　─ 정말요?

그는 믿을 수 없다는 듯 탄성을 질렀다.

현지는 살짝 고개를 숙이며 말을 이었다.

— 네. 처음 종혁 씨가 병원을 떠나시던 날, 잘 지내시라고 말은 했지만… 계속 마음에 걸렸거든요. 이후에 소식이라도 알 수 있으면 좋겠다 생각했는데 이렇게 직접 찾아와 주실 줄은 몰랐네요.

그녀는 수줍은 미소를 지으며 종혁을 바라보았다.

— 게다가… 그런 마음까지 전해주시니… 제가 다 감사해요.

종혁은 마치 꿈을 꾸는 것 같았다. 그녀도 자신을 기억하고, 또 걱정해 주었다니. 그런데 자신의 고백에 대한 대답이 '감사하다'는 말이라니…. 거절은 아니었지만, 그렇다고 분명한 수락도 아니었다.

그는 순간 마음이 벅차오르면서도, 어딘가 알 수 없는 혼란스러움에 말을 잃었다. 그저 그녀의 눈을 바라보며 믿기지 않는 듯 웃음을 지었다. 가슴 한편이 따뜻하게 물들며, 금세라도 눈물이 차오를 것만 같았다.

— 현지 씨…

그의 목소리가 살짝 잠겼다.

— 정말 감사합니다. 이렇게 제 마음을 이해해 주셔서…

— 커피 한 잔… 하실래요?

현지가 부드럽게 말했다.

— 시간 괜찮으시다면요. 오늘 근무도 끝났고….

그녀는 괜히 가방끈을 만지작거리며 덧붙였다.

— 이야기도 좀 더 나누고 싶고요.

— 네, 좋아요.

종혁은 환하게 웃으며 답했다. 그제야 그의 손에 쥐고 있던 종이봉투가 떠올랐다.

— 아, 이건…

그는 봉투를 내밀었다.

— 별건 아니고… 간호사님, 아니 현지 씨 드리려고 준비했어요.

현지는 호기심 가득한 얼굴로 봉투를 받아 조심스럽게 열었다. 그 안에서 작은 화분이 나왔다. 연보라색 리본으로 묶인 화분이었다. 그리고 접힌 편지 한 장이 함께 들어 있었다. 그녀는 감동한 듯 눈을 깜빡이며 봉투를 품에 안았다.

— 정말 예쁘네요…. 감사합니다.

그녀는 편지도 보았지만 곧바로 펼치지 않고, 가방에 소중히 넣었다. 아마 집에서 천천히 읽어볼 생각인 듯했다.

종혁은 안도의 한숨을 내쉬며 미소 지었다. 마음속에 맺혀 있던 말들을 전하고 나니 한결 가벼웠다. 그녀가 자신의 선물을 받아준 것만으로도 충분했다. 두 사람은 나란히 서서 잠시 말없이 웃었다. 병원의 하얀 형광등 불빛 아래, 서로를 바라보는 눈빛에는 알 수 없는 따뜻한 기운이 감돌았다.

— 나가시죠.

현지가 먼저 말하며 복도 끝 출구 쪽을 가리켰다. 종혁은 자연스럽게 그녀의 옆에 섰다. 그리고 두 사람은 천천히 함께 걸음을 옮기기 시작했다. 긴 하루였다. 처음 병원에 들어섰을 때의 긴장과 망설임은 거짓말처럼 사라지고, 이제는 옆에서 함께 걷는 그녀의 존재가 주는 편안함과 설렘이 가슴을 채웠다.

복도 끝을 향해 천천히 걸어가는 동안, 두 사람은 조용한 목소리로 이야기를 나누었다. 현지는 병동에서 있었던 작은 에피소드들을 전했고, 종혁은 오랜 침묵 끝에 자신이 지나온 시간을 조심스럽게 풀어냈다. 퇴원한 후 노숙 생활을 정리하려 애쓰던 나날들, 그리고 지금은 조금씩 안정을 되찾아가고 있다는 이야기.

그의 말에는 여전히 낯선 세상 속에서 발을 디디려는 조심스러움과, 무엇보다 자신을 붙잡아주던 기억들에 대한 미련이 담겨 있었다. 한때는 작가로 살아왔고, 글을 쓰는 시간이 자신의 유일한 안식처였다는 고백은 무심한 듯 흘러나왔지만, 그 안에는 지워지지 않는 그리움과 상실이 깊게 배어 있었다.

현지는 아무 말 없이 고개를 끄덕이며 그의 이야기를 끝까지 들어주었다. 따뜻한 눈길과 잔잔한 미소에는 말보다 깊은 응원이 담겨 있었다. 간간이 서로를 바라보며 짓는 미소는, 오랜만에 다시 마주한 오래된 시간처럼 자연스러웠다.

병원의 복도는 고요했고, 그 고요를 채우는 건 두 사람의 발소리와 가끔 흘러나오는 낮은 웃음소리뿐이었다.

마침내 복도의 끝, 자동문 앞에 다다르자 위쪽에서 떨어지는 불빛이 두 사람의 뒷모습을 길게 드리웠다. 하얀 병원 벽에 겹쳐진 그림자 두 개는 마치 하나의 실루엣처럼 나란히 흔들리고 있었다. 그 모습은 이제 막 시작된, 두 사람의 새로운 이야기를 예고하는 장면 같았다.

문이 열리자, 바깥의 선선한 밤공기가 밀려들었다. 종혁은 문턱을 넘기 전, 옆에 선 현지를 바라보았다. 이 모든 순간이 믿기지 않을 만큼 낯설고도 따뜻했다. 얼마 전까지만 해도 차가운 거리에서 삶의 끝을 생각하던 자신이, 지금은 누군가와 함께 이 밤을 나누고 있었다.

그의 가슴속에는 잊고 지냈던 따스한 온기가 조용히 번지고 있었다. 병원의 불빛을 뒤로한 채, 두 사람의 그림자는 나란히 밤거리로 이어졌다. 그 조용한 그림자처럼, 두 사람의 발걸음도 작지만 분명한 시작을 향해 나아가고 있었다.

세상에서 가장 아름다운 슬픔

제14화

추억의

사진한장

세상은 어느새 몇 년이라는 세월을 흘려보냈지만, 소영의 마음속 시간은 여전히 엄마가 떠난 그날에 머물러 있었다. … 남겨진 사람에게 주어진 운명이란, 이렇게 끝없는 그리움을 안고도 버텨내는 일인지도 모른다.

오랜만에 방 한구석에서 먼지 쌓인 사진 상자를 꺼냈다. 한 장 한 장 추억이 깃든 사진들을 넘기던 소영의 손길이 문득 멈췄다. 상자 속 깊이 숨어 있던 한 장의 사진. 거기에는 환하게 웃고 있는 엄마가 담겨 있다. 소영의 심장이 순간 세차게 뛰었다. 멈춰 있던 감정의 시계가 갑자기 거칠게 움직이기 시작했다.

2년 전 그날의 기억이 거센 파도처럼 소영을 덮쳐왔다. 소영은 여느 때처럼 상담실에서 근무 중이었다. 엄마는 몇 달째 암 투병으로 병원에 입원해 있었다. 평온했던 오후의 공기는 전화 한 통으로 산산이 부서졌다. 휴대전화 벨 소리가 유난히 날카롭게 울렸고, 소영은 불길한 예감에 얼어붙은 채 전화를 받았다.

수화기 너머 들려오는 목소리는 울먹이며 말을 잇지 못했다. 몇 초간의 정적 끝에, 떨리는 목소리가 어렵사리 입을 열었다.

― 소영 씨… 어머님이… 위험한 상태입니다. 빨리 오셔야 할 것 같아요.

순간 머릿속이 하얘졌다. 소영은 믿을 수 없었다.

— 뭐라고요? 그게 무슨….

되물었지만, 휴대전화 너머의 흐느낌은 이미 모든 것을 말해주고 있었다.

소영은 다리가 풀려 주저앉을 뻔한 몸을 가까스로 지탱하며, 곧장 엄마가 있는 병원으로 달려나갔다. 심장은 터질 듯 뛰고 숨은 가빴다. 머릿속에는 오직 한 가지 생각뿐이었다.

'제발, 제발 아무 일도 일어나지 않았기를. 제발 엄마가 무사하기를.'

어떻게 병원에 도착했는지조차 기억나지 않았다. 정신을 차려보니 소영은 어느새 엄마의 병실 문 앞에 서 있었다. 심호흡할 겨를도 없이 문을 열고 들어간 방 안에는 싸늘한 침묵만 흐르고 있었다. 하얀 시트 위에 누운 엄마의 몸은 너무나 고요했다.

곁에 있던 지인들은 눈물을 머금고 고개를 저을 뿐이었다.

— 죄송합니다…. 이미 손쓸 틈도 없이….

담당 의사가 담담한 목소리로 설명했지만, 그 말은 더 이상 귀에 들어오지 않았다. 소영은 비틀거리며 엄마의 침대로 다가갔다. 믿을 수 없다는 듯 떨리는 손으로 엄마의 뺨을 어루만졌다.

— 엄마…!

울음이 섞인 목소리가 터져 나왔지만 아무 반응도 돌아오지 않았다. 새하얀 시트 위에서 엄마는 그저 깊은 잠에 빠진 사람처럼 눈을 감고 있을 뿐이었다.

소영은 엄마의 손을 붙들었다. 차갑게 식어 있는 손끝의 감촉에 온몸이 무너져 내렸다.

　　　　　세상에서 가장 아름다운 슬픔

— 안 돼… 아니야….

소영은 고개를 저으며 엄마의 가슴에 얼굴을 묻고 오열했다. 마음속으로는 끊임없이 외쳤다.

'거짓말이라고 해줘, 제발 눈을 떠라고, 나를 혼자 두고 가지 말라고.'

그러나 엄마의 가슴에서는 더 이상 어떠한 심장 소리도 들려오지 않았다.

얼마 전까지만 해도 고통에 일그러져 있던 얼굴이 이렇게나 평온해지다니. 소영은 차라리 엄마가 편안히 잠들어 있는 거라고 스스로를 속여보고 싶었다.

얼마나 울었을까. 한참을 그렇게 엄마의 몸을 끌어안고 흐느끼다가, 결국 힘이 풀려 바닥에 주저앉았다. 주변 사람들이 조심스레 소영을 부축했지만, 그녀는 엄마를 떠나보내야 한다는 현실을 도저히 받아들일 수 없었다.

며칠 후 치러진 엄마의 장례식 날, 소영은 마치 영혼이 빠져나간 사람처럼 멍하니 서 있었다. 조문객들이 다가와 손을 잡고 무어라 위로의 말을 건넸지만, 그 말들이 무슨 뜻인지 제대로 들리지 않았다. 귓가에는 오직 자신의 심장 박동 소리와 주위의 희미한 웅성거림만이 울리고 있었다.

영정 사진 속의 엄마는 환하게 미소 짓고 있었다. 생전에 늘 소영에게 보여주던 다정한 웃음이었다. 소영은 그 사진을 보며 현실감 없는 착각에 빠졌다. 지금이라도 사진 속 엄마가 걸어 나와 "왜 그렇게 울고 있어?" 하고 말할 것만 같았다. 그러나 눈을 뜨면 향냄새로 가득한 장례식

장과, 차갑게 비어 있는 공간만이 그녀를 둘러싸고 있을 뿐이었다.

관 속에 누운 엄마의 모습을 마지막으로 마주한 순간, 소영의 가슴은 또 한 번 산산이 부서졌다. 너무나도 익숙한 얼굴인데 이제는 다시는 눈을 뜨지 못한다는 사실이 믿어지지 않았다. 소영은 떨리는 손끝으로 엄마의 이마를 조심스레 쓸어내렸다. 속으로 수없이 말했다.

'그동안 정말 고생 많았지…. 이제 아프지 않아도 돼.'

그러고는 목울대까지 차올랐던 울음을 꾹 삼키며 천천히 뒤로 물러섰다. 영영 닿을 수 없는 곳으로 엄마가 떠나가는 순간이었다.

그 후로 한동안 그녀의 시간은 흐르지 않았다. 하루하루가 엄마를 잃었던 그날에 얼어붙은 듯했다. 아침에 눈을 떠도 살아 있다는 실감이 나지 않았다. 한때는 엄마의 "좋은 아침"이라는 인사로 시작되던 날들이 이제는 적막 속에서 열렸다.

그녀는 마치 기계처럼 몸을 움직이며 하루를 보냈다. 상담실에서는 아무 일도 없었다는 듯 내담자들을 돌보고 동료들과 어울렸다. 겉으로 보기에 그녀는 다시 일상을 살아가는 사람처럼 보였을지도 모른다. 그러나 일에 몰두하던 순간과 순간 사이, 문득 떠올랐다.

'아, 이젠 엄마가 이 세상에 없지.'

그 생각이 스칠 때마다 가슴 한편이 텅 빈 것처럼 아려왔다.

집으로 돌아오면 숨죽여 울었다. 불을 켜지 않은 어두운 방 안, 차디찬 침묵 속에서 베개를 적시며 엄마를 불러보았다.

— 엄마….

그러나 돌아오는 건 대답 없는 정적뿐이었다.

차마 치우지 못한 엄마의 물건들이 아직 방 안 여기저기에 남아 있었다. 소영은 엄마가 즐겨 듣던 음악을 몰래 틀어놓고, 마치 엄마가 곁에 있기라도 한 듯 혼잣말을 하곤 했다. 그러다 끝내 감정을 버티지 못하고 흐느낌으로 무너졌다. 밤새 울다 지쳐 잠이 들고나면, 다음 날 아침 겨우 눈을 뜬 채 다시 같은 하루를 시작했다.

시간은 모두에게 공평하게 흐른다고들 하지만, 그녀에게는 예외였다. 세상은 어느새 몇 년이라는 세월을 흘려보냈지만, 소영의 마음속 시간은 여전히 엄마가 떠난 그날에 머물러 있었다.

처음 몇 달 동안은 동료들과 친구들이 걱정스러운 눈길로 그녀를 지켜봤다. 누군가는 애써 그녀를 웃겨 보려고 농담을 건넸고, 또 다른 이는 힘들 땐 언제든 말하라며 어깨를 다독여 주었다. 그들의 진심 어린 위로에도 소영은 그저 희미한 미소로 답할 뿐이었다.

시간이 지나자 주변 사람들은 이제 그녀가 괜찮아졌다고 생각하는 듯했다. 소영은 예전처럼 일을 해냈고, 가끔은 웃어 보이기도 했으니까. 하지만 아무도 몰랐다. 그녀가 내담자 차트를 정리하다가 마우스를 내려놓은 채 책상 아래로 눈물을 떨어뜨리던 날들을. 회식 자리에서 모두와 함께 웃으면서도 마음 한구석에 짙은 외로움이 번져가던 순간들을. 남들 앞에서는 애써 태연한 척했지만, 속내 깊은 곳에서는 상처가 전혀 아물지 않은 채 그대로 남아 있었다.

어느 날은 친했던 동료가 걱정스레 물었다.

"소영 씨, 이제 정말 괜찮은 거죠? 가끔 보면 아직도 힘들어 보여서…."

소영은 고개를 끄덕이며 환하게 웃어 보였다.

"네, 이제 많이 괜찮아요."

그러나 그날 저녁, 퇴근길에 오른 소영은 한참을 걸으며 울었다.

또 다른 날에는 친구가 농담 섞인 권유를 했다.

"이제 그만 슬퍼하고 새로운 행복을 찾아봐. 네 엄마도 네가 행복하길 바랄 거야."

소영은 그저 웃어넘겼지만, 집에 돌아오는 길 내내 속이 무너지는 것만 같았다. 다른 사람들에게는 몇 년이 충분히 긴 시간일지 몰라도, 그녀에게 몇 년은 엄마 없이 흘려보낸 공허한 세월의 숫자일 뿐이었다. 누구도 그녀가 견디고 있는 상실의 무게를 짐작하지 못했다.

끝없는 슬픔의 바다 한가운데에서도 가끔씩 반짝이는 기억의 파편들이 떠올랐다. 너무나 행복해서 오히려 지금의 소영을 더 아프게 만드는 추억들이었다. 엄마와 함께한 순간들은 하나하나 보석처럼 소중했다.

퇴근 후 오래된 소극장에서 영화를 보던 어느 날도 그중 하나였다. 좁은 객석에 나란히 앉아 팝콘을 나눠 먹으며 시시한 코미디 영화를 봤었다. 엄마는 익살스러운 장면이 나올 때마다 슬쩍 소영을 바라보며 그녀가 웃는지를 확인하곤 했다. 소영이 웃으면 따라 웃고, 그녀가 눈물을 훔치면 걱정스레 손수건을 내밀어 주던 다정한 엄마였다. 영화가 끝난 뒤 극장을 나서며, 엄마는 한 손으로 살며시 소영의 어깨를 감싸안았다. 그 작은 동작 하나에도 소영은 세상을 다 얻은 듯 행복했었다.

처음 함께 여행을 떠났던 날의 기억도 떠올랐다. 봄 햇살이 눈부시던 어느 주말, 모녀는 서해 바닷가로 향했다. 오랜 이동 내내 엄마는 소영의 손을 꼭 잡은 채 함박웃음을 짓곤 했다. 해안에 도착하자마자 엄마는 들뜬 아이처럼 신발을 벗고 모래사장을 뛰어다녔다. 소영은 그런 엄마의 모습을 사진으로 찍으며 까르르 웃음을 터뜨렸다.

해 질 녘, 붉게 물든 하늘 아래에서 엄마는 갑자기 걸음을 멈추더니 소영 앞에 서서 말했다.

— 소영아, 이렇게 아름다운 풍경을 너랑 함께 볼 수 있다니 엄마는 정말 행복하구나. 사랑한다….

그때 엄마의 눈빛이 얼마나 진지하고 반짝였는지, 소영은 지금도 또렷이 기억하고 있었다. 아버지 없이 홀로 딸을 키우느라 여행 한 번 제대로 떠나지 못했던 만큼, 이번 여행이 유난히 특별하다고 엄마는 말했었다. 그 말에 소영의 가슴은 벅차올랐다. 그날 저녁, 노을빛 바다를 배경으로 둘이 함께 찍은 사진 속에서 모녀는 세상 누구보다 행복해 보이는 웃음을 짓고 있었다.

또 어떤 밤 두 사람은 미래를 이야기하곤 했다. 조용한 카페 창가에 마주 앉아 밤이 깊도록 수다를 떨던 날이었다. 엄마는 따뜻한 찻잔을 두 손으로 감싼 채 환한 얼굴로 말했다.

— 나중에 우리, 조용하고 아늑한 작은 집 하나 있으면 좋겠다. 햇살이 포근하게 내려앉는 마당 한편에 네가 좋아하는 라벤더를 잔뜩 심고, 그 옆에서 귀여운 고양이 두 마리가 졸고 있으면 참 좋겠구나.

— 하루하루는 네 눈으로 세상을 담는 날들이 될 거야. 네가 사랑하는 카메라로 평범하지만 찬란한 순간들을 기록하며 살아가는 거야. 아침 햇살이 비치는 찻잔, 창밖을 내다보는 고양이의 모습, 그리고 환하게

웃는 네 얼굴까지… 그런 모든 장면들이 네 사진 속에 차곡차곡 쌓여갈 거야.

— 그때가 되면 우리 곁엔 성격 좋은 사위와 사랑스러운 아기도 함께하겠지. 시간이 흘러 너도 엄마와 아내가 되고, 아마 지금보다 살도 조금 찌고 몸 여기저기에 변화가 생길지도 몰라. 그래도 그 모든 시간은 너라는 사람에게 고스란히 새겨진 소중한 흔적일 테니, 엄마는 그때도 여전히, 아니 지금보다 더욱 깊고 따뜻하게 널 사랑하고 있을 거야.

— 네가 세월 속에서 변해간다 해도, 엄마 마음만은 늘 그 자리에서 널 기다리고, 널 지켜보고, 널 안아줄 거야. 우리 집은 작지만 그 안에 담긴 사랑만은 끝없이 커져서 언제나 널 감싸줄 거야.

소영은 웃으며 고개를 끄덕였다. 엄마의 꿈을 듣고 있자니, 그녀 역시 그 미래를 눈앞에 그릴 수 있었다. 두 사람은 아이가 태어나면 누구를 닮을지, 세월이 흘러 엄마는 어떤 할머니가 되고 소영은 어떤 엄마가 되어 있을지 상상하며 깔깔 웃었다.

카페를 나오던 길에 엄마는 문득 소영의 손을 잡고 걸음을 멈췄다. 그리고 조용히 말했다.

— 소영아, 엄마는 네가 있어서 뭐든 꿈꿀 수 있어.

갑작스러운 엄마의 고백에 소영은 차오르는 눈물을 숨기려 살짝 고개를 돌렸었다. 행복이 가득했던 그 밤의 공기마저, 아직 생생히 기억 속에 남아 있었다.

물론 둘 사이에 작은 다툼이 없었던 것은 아니다. 한 번은 소영이 약속 장소에서 오랫동안 엄마를 기다린 적이 있었다. 예상치 못한 일이 길

세상에서 가장 아름다운 슬픔

어지는 바람에 엄마는 약속 시간을 훌쩍 넘겨서야 헐레벌떡 나타났다. 일찍 와서 기다리던 소영은 엄마가 숨을 몰아쉬며 연신 미안하다고 말해도 좀처럼 마음이 풀리지 않았다.

— 매번 늦을 거면 약속은 왜 했어?

차가운 목소리로 쏘아붙인 소영의 말에, 엄마의 얼굴에는 미안함과 서운함이 스쳤다. 잠시 무거운 침묵이 흘렀다.

— 정말 미안해. 엄마도 일부러 그런 거 아닌 거 알지? 이렇게 오래 기다리게 해서 정말 미안해.

엄마의 진심 어린 사과에 소영의 고집스러운 화도 눈 녹듯 사그라들었다. 그날 두 사람은 근처 아이스크림 가게에 들러 나란히 벤치에 앉아 아이스크림을 핥으며 화해했다. 엄마는 소영의 눈치를 살피다 우스꽝스러운 표정을 지어 보이며 장난스럽게 그녀를 웃기려 했고, 소영은 결국 웃음을 터뜨리고 말았다. 그러자 안도한 듯 같이 따라 웃던 엄마의 얼굴이 지금도 눈에 선했다.

이렇듯 수많은 추억들이 가슴속에서 주마등처럼 스쳐 지나갔다. 사진 속 엄마의 환한 미소가 마치 "그때 참 즐거웠지?" 하고 말하는 듯했다. 하지만 아름다운 기억의 장이 끝날 때마다, 눈앞의 현실이 소영을 아프게 찔러왔다. 이제는 그 모든 순간을 함께 나눌 엄마가, 더 이상 곁에 없다는 사실이.

소영은 흐르는 눈물을 훔치며 사진을 두 손으로 감싸 쥐고 가슴을 짓누르듯 나지막이 말을 걸었다.

— 오늘도… 많이 보고 싶었어 엄마.

물론 사진 속에서 환하게 웃는 엄마의 얼굴은 아무 대답이 없다. 하지만 소영은 엄마가 마치 옆자리에 앉아 조용히 들어주고 있기라도 한 듯, 낮은 목소리로 혼잣말을 이어갔다.

소영의 목소리가 떨려오기 시작했다. 그래도 그녀는 사진 속 엄마를 바라보며 울먹이는 목소리로 솔직한 마음을 털어놓았다.

— 나, 겉으로는 꽤 멀쩡한 척 지내. 상담실에서도 예전처럼 일 잘하고, 가끔은 웃기도 해. 그런데 있잖아…. 그건 다 연기야. 사실 아직도 울고 싶어 미칠 것 같은 날들이 너무 많아. 그래도 꾹 참는 거야. 너무 보고 싶어서 미칠 것 같은데… 제발 한 번만이라도 보여줘, 제발….

— 지난주에 친구가 그러더라. 이제 그만 슬퍼하고 새로운 행복을 찾아보래. 네 엄마도 네가 행복하길 바랄 거라고. 내가 겉으로는 웃으면서 고개를 끄덕였는데, 사실 그 말을 듣는 순간 가슴이 철렁 내려앉는 것 같았어. 아무도 엄마를 대신할 순 없어. 그런데 사람들은 그걸 몰라.

소영의 말끝은 원망으로 떨려 나왔다.

— 세상이 너무 불공평해… 엄마는 아버지도 없이 나 혼자 키우느라 평생 고생만 했는데. 누구보다 따뜻하고 착한 사람이었잖아. 늘 나만 챙겨주고 아껴주던 엄마였는데, 좋은 사람은 왜 이렇게 빨리 떠나가는 걸까?

텅 빈 방 안에 소영의 울분에 찬 흐느낌이 허망하게 울려 퍼졌다.

이내 소영은 사진을 가슴에 꼭 끌어안으며 흐느꼈다.

— 미안해… 정말 미안해….

울음에 잠긴 목소리로 같은 말을 반복했다.

세상에서 가장 아름다운 슬픔

— 그때 엄마 곁에 있어주지 못해서 미안해. 마지막까지 손 꼭 잡아주지 못해서 미안해… 엄마 얼마나 두려웠을까. 혼자 그렇게 떠나게 해서 정말 미안해….

한 마디 한 마디 내뱉을 때마다 가슴이 시리고 숨이 가빠 왔다. 그녀는 사진을 품에 안은 채 한동안 소리 내어 울었다.

한없이 울고 난 뒤, 방 안은 숨죽인 듯 고요했다. 문득 엄마의 목소리가 환청처럼 떠오르는 듯했다. 힘들 때면 늘 "소영아, 엄마는 항상 네 곁에 있어"라고 다정하게 말해주던 사람. 지금도 어딘가에서 내가 우는 모습을 본다면, 분명 그렇게 말해줄 것만 같았다. 하지만 엄마는 이제 볼 수도, 들을 수도 없다. 소영은 그 사실 앞에서 그저 눈물만 흘릴 뿐이었다.

소영은 눈물에 젖은 채로 조용히 중얼거렸다.

— 그래… 엄마 말대로라면, 엄마는 지금도 내 곁에 있겠지.

흐르는 눈물을 닦으며 애써 입가에 웃음을 흘렸다.

— 미안해, 자꾸 울어서. 나 정말 노력해 볼게. 엄마가 사랑해 준 딸이니까, 엄마 대신 나라도 열심히 살아볼게.

목소리가 자꾸만 갈라졌지만, 소영은 사진을 바라보며 다짐하듯 말을 이었다.

— 시간이 좀 더 걸리겠지만… 언젠가 우리 함께 있었을 때처럼 환하게 웃을 수 있는 날이 오겠지. 그때까지 조금만 기다려줘. 하지만 그때가 와도 엄마를 잊는 일은 없을 거야. 난 평생 엄마를 사랑할 테니까.

사진 속 엄마의 미소를 바라보다가, 그녀는 또다시 하염없이 눈물을 쏟았다. 그렇게 얼마나 오랫동안 흐느꼈을까. 정신을 차려보니 창밖으로는 어느덧 깊은 밤의 어둠이 내려앉아 있었다. 까만 하늘에는 수없이 많은 별들이 총총 떠 있었다. 그중 유난히 빛나는 별 하나가, 혹시 엄마는 아닐까 싶어 가슴이 서늘하도록 아려왔다.

몇 년이라는 시간이 흘렀지만, 소영의 마음에 난 상처는 여전히 깊게 팬 채 남아 있었다. 세상이 캄캄한 밤에 잠길수록 엄마의 부재는 더욱 선명하게 다가왔다. 조용하고 헌신적이었던 사람, 누구보다 따뜻한 사랑을 줄 줄 알았던 사람이 이 세상에 없다는 현실이 다시금 그녀를 절망하게 했다.

그럼에도 소영은 그 고통을 품은 채 살아갈 수밖에 없다. 남겨진 사람에게 주어진 운명이란, 이렇게 끝없는 그리움을 안고도 버텨내는 일인지도 모른다. 소영은 붉게 충혈된 눈으로 사진을 어루만지며 속삭였다.

— 영원히 사랑해, 엄마. 엄마 없는 세상이지만… 엄만 늘 내 안에 살아 있어.

그러고는 천천히 두 눈을 감았다. 뜨거운 눈물이 볼을 타고 흘러내려 모든 것이 끝날 것만 같았지만, 그 눈물 속에는 함께했던 날들의 소중한 기억과 끝없는 그리움이 고스란히 담겨 있었다.

그렇게 소영은 멈춰버린 시간 속에서도, 오늘도 여전히 엄마를 사랑하며 살아간다.

세상에서 가장 아름다운 슬픔

제15화   편지와 꽃 속에

피어난 마음

매일같이 무채색으로 흐르던 일상에 어느 순간부터 예고 없이 스며든 파스텔 빛 행복을, 그녀는 이제야 또렷이 느끼고 있었다. 마음속에는 아직 끝나지 않은 문장이 하나 피어오르고 있었다.

현지는 저녁 늦은 시간 집으로 돌아왔다. 손에는 종혁이 건넨 작은 화분과 봉투에 곱게 담긴 편지가 들려 있었다. 조용한 집 안으로 들어서자 그녀는 가장 먼저 불을 켜지 않고 창가에 앉았다. 밖에는 벌써 어둠이 내려앉았지만, 창문 너머 희미한 가로등 불빛이 방 안으로 스며들어 있었다. 화분에서 은은히 퍼지는 향기가 하루 종일 지친 마음을 달래주는 듯했다. 피곤한 어깨를 살짝 으쓱이며, 현지는 화분을 무릎 위에 내려놓고 그 옆에 편지를 조심스레 펼쳐들었다.

현지는 잠시 두 눈을 감았다 뜨며 마음을 가다듬었다. 오랫동안 누구에게서도 받아보지 못한 손 편지였다. 더구나 편지를 건넨 사람은 과거 소설가였던 종혁이었다. 그의 섬세한 언어로 써 내려갔을 마음을 떠올리자 가슴 한편이 울렁였다. 편지 봉투를 여는 순간부터 느껴지던 묵직한 진심의 무게가 그녀를 차분히 압도하고 있었다. 종이 표면을 쓰다듬자 부드럽고 따뜻한 감촉이 손끝으로 전해졌다. 마치 편지 자체가 종혁의 체온과 마음을 머금고 있는 듯했다.

심호흡을 한 번 내쉬고, 현지는 드디어 편지를 읽기 시작했다. 첫 문

장은 정갈한 필체로 이렇게 시작하고 있었다:

'현지 씨에게.

저는 오랫동안 깊은 어둠 속을 헤매었습니다. 사랑하는 사람에게 배반당하고, 제 삶의 일부가 무너져 내린 뒤로 세상은 온통 잿빛으로 보였습니다. 차가운 겨울밤처럼 마음이 식어 버린 채, 하루하루를 그저 견디고만 있었지요.'

현지의 시선이 종이 위를 천천히 따라가며 한 글자 한 글자를 음미했다. 종혁의 편지 속 이야기는 그녀의 가슴을 저릿하게 파고들었다. 그녀 역시 몇 해 전 사랑하는 남자를 잃고 긴 상실의 시간을 보냈기에, 그의 슬픔을 이해할 수 있었다. 편지의 문장마다 배어 있는 쓸쓸함은 곧 그녀 자신의 기억과 겹쳐졌다. 현지는 무심코 숨을 고르며 눈을 깜빡였다. 어느새 눈시울이 뜨거워지고 있었다. 종혁이 겪었을 상실의 나날들이 투명한 잉크처럼 한 줄 한 줄 새겨져, 편지지 위에서 번져가는 듯했다. 그녀는 손등으로 살짝 눈가를 훔쳤다. 떨어질 듯 말 듯 맺힌 눈물이 편지지에 떨어질까 조심스러웠다.

그리고, 그녀는 계속해서 편지를 읽어나갔다.

'그러던 어느 날, 제 앞에 당신이 나타났습니다. 잿빛이던 제 세상에 처음으로 색이 번지는 것을 느꼈습니다. 당신의 작은 미소와 친절한 말 한마디가 마른 땅에 내린 봄비처럼 제 마음에 스며들었지요. 감히 다시는 꽃이 피지 않을 거라 생각했던 제 삶의 정원에, 당신 덕분에 작은

싹 하나가 돋아나는 걸 느꼈습니다.'

현지의 입가에 어느새 옅은 미소가 번졌다. 편지 속 종혁의 차분한 말들이 그녀의 마음에도 따뜻하게 스며들었다. 편지지 가장자리마다 피어 있는 꽃무늬 장식이 마치 그의 마음에 피어난 꽃을 상징하는 듯 보였다. 종혁의 삶에 자신이 그렇게 의미 있는 존재가 되었다는 사실이 놀랍고도 뭉클해서, 그녀는 가슴 깊은 곳이 아릿해지는 감정을 느꼈다. 한편으로는 쑥스럽기도 했다. 스스로를 늘 특별할 것 없는 평범한 사람이라고 여겨왔던 터였다. 그런데 누군가의 세상에 색을 더해 주었다는 고백 앞에서, 그녀는 잠시 말을 잃었다. 현지는 화분 속 한 송이 꽃을 살며시 어루만졌다. 부드러운 꽃잎의 감촉이 편지 속 그의 진심과 닮아 있었다.

편지는 이어서 종혁이 느낀 고마움과 감정의 변화를 담담히 그리고 있었다.

'당신과 함께한 짧은 순간들, 따스한 병실 공기 벽을 앞에 두고 나눈 대화들 속에서 저는 잊고 지냈던 웃음을 되찾았습니다. 제 마음속 어둠을 이해해 준 당신 덕분에, 저는 스스로를 조금씩 용서하기 시작했습니다. 무엇보다도 제가 아직 누군가를 위해 무언가를 할 수 있다는 희망을 다시금 품게 되었습니다.'

현지는 천천히 숨을 내쉬었다. 편지를 쥔 손가락에 들어갔던 힘이 이내 풀렸다. 종혁의 편지에 담긴 감사와 희망의 색채가 그녀의 가슴에도 환한 빛을 불어넣는 듯했다. 그녀는 자신도 모르게 '그래요…' 하고 작은 목소리로 중얼거렸다. 마치 종혁과 대화를 하듯, 그의 마음에 답해 주고 싶은 기분이었다. 방 안은 여전히 고요했지만, 현지의 내면에서는 수많은 감정의 파동이 잔잔히 일고 있었다. 슬픔과 기쁨, 공감과 위로가 서로 섞여 가슴 깊은 곳을 채워나갔다.

병실에서 수없이 주고받았던 시선들, 그리고 시시콜콜하게 나누었던 작은 대화들이 떠올랐다. 그것들은 마치 오래된 영화 필름처럼, 소리 없이 그러나 또렷하게 그녀의 마음속을 지나가고 있었다. 편지의 마지막 부분에 이르렀을 때, 현지는 페이지를 넘기는 손길을 잠시 멈추었다. 혹여 마지막 문장을 읽어버리면 이 벅찬 순간이 끝나버릴 것만 같아서였다. 그녀는 숨을 고르고 마지막 글귀를 눈에 담았다.

'현지 씨… 가끔, 마음이 향하는 방향을 스스로도 의아하게 바라볼 때가 있습니다. 그 끝에 서 있는 이가 누구인지, 이제는 굳이 말하지 않아도 제 안에서는 답이 선명해집니다. 저는 여전히 시간에 묻힌 자국들을 안고 살아갑니다. 그러나 당신이 스쳐 지나간 자리마다 묘하게 고요가 내려앉고, 숨이 조금은 가벼워집니다. 감사합니다. 이 마음을 다 드러내기엔 아직 이른 계절이지만, 언젠가 당신의 하루 어딘가에 제가 작은 쉼표로 머물 수 있기를— 그렇게만, 바라봅니다.'

마지막 문장을 읽는 순간, 현지의 가슴에는 맑은 종소리처럼 울림이 퍼졌다. 손끝이 살짝 떨렸다. 편지지 위에 눈물이 한 방울 뚝 떨어졌다. 이번엔 미처 닦을 새도 없었다. 하지만 그 눈물은 슬픔만이 아닌, 따뜻한 감동과 감사에 흘러나온 것이었다. 그녀는 울면서도 웃고 있었다.

세상에서 가장 아름다운 슬픔

뜨거운 눈물을 닦아내려다, 오히려 웃음이 새어 나와 콧날이 찡해졌다.

현지는 편지를 두 손에 꼭 잡고 한참을 움직이지 않았다. 마음속에서 수많은 감정이 피어올랐다가 잦아들기를 반복했다. 마치 폭풍이 지나간 뒤 고요한 바다처럼, 그녀의 마음에도 잔잔한 평화가 찾아오고 있었다.

문득, 그녀는 깨달았다. 자신이 최근 들어 예전처럼 무기력하지만은 않다는 것을. 아침에 눈을 뜨는 일이 전만큼 힘겹지 않았고, 퇴근 후 집으로 돌아오는 길에 저도 모르게 흥얼거림이 나올 때도 있었다. 이 작은 변화들이 어디서 시작되었는지를 이제야 알 것 같았다. 바로, 종혁이었다. 그가 건네준 따뜻한 말들이 그녀의 굳게 다문 마음을 서서히 녹여주고 있었다.

사랑했던 사람을 잃고 난 뒤 깊은 우울의 바다에 잠겨 있던 자신을, 현지는 오랫동안 스스로 끌어올리지 못했다. 매일같이 무채색으로 흐르던 일상에 어느 순간부터 예고 없이 스며든 파스텔 빛 행복을, 그녀는 이제야 또렷이 느끼고 있었다. 종혁이라는 사람이 가져다준 작은 온기가 그녀의 삶에 이렇게 작은 변화를 만들어낼 줄은 몰랐다. 고작 따뜻한 말 몇 마디, 한 줌의 진심이 이렇게나 멀리 닿을 수 있다는 것이 경이로웠다.

현지는 조용히 자리에서 일어나 창가로 걸어갔다. 창밖을 바라보니 밤하늘에는 희미한 별 하나가 떴다. 그녀는 그 별을 가만히 올려다보았다. 마치 종혁의 눈빛처럼 온화하게 반짝이는 것만 같았다. 현지의 입술이 떨리며 작게 움직였다. 혼자 있는 방 안, 고요한 공기 속에서 그녀는 자신도 모르게 속삭였다.

― 보고 싶다….

소리가 입 밖으로 새어 나온 뒤에야 현지는 스스로 놀라 두 손으로 입을 살짝 가렸다. 가슴이 두근거렸다. 그러나 곧 그녀의 눈매에는 웃음기가 어린 눈물이 맺혔다. 슬픔이나 그리움이 아닌, 희망과 설렘에 가까운 울컥함이었다. 그녀는 편지를 품에 안고 한동안 창밖의 밤하늘을 바라보았다. 차가웠던 방 안 공기는 어느새 그녀의 뜨거운 숨결과 뒤섞여 따스하게 데워진 듯했다. 마음속에는 아직 끝나지 않은 문장이 하나 피어오르고 있었다.

그것은 종혁과 이어질 내일에 대한 작은 희망이자, 사랑이라는 이름의 시작이었다.

제16화   피어나는 선율,

짙
어
지
는

마
음

비로소 인정한 사랑의 무게에 그녀의 가슴이 아려왔지만, 그 아픔은
한편으로 따스하고 소중한 것이기도 했다. 이제야 소영은 자신의 마
음에 그리움이라는 붓으로 진형을 그리기 시작했다.

창가로 부드러운 햇살이 흘러들어오는 미술 상담실 안은 고요했다. 소영은 그 피아노 옆 스툴에 앉아 천천히 숨을 고르고 있는 진형을 바라보았다. 그는 긴장한 듯 굳은 손가락을 풀며 건반 위에 오른손을 올려두고 있었다. 상담을 시작한 지 얼마 되지 않았기에 진형은 아직 한 손으로 단 하나의 음만 내는 것조차 감정적으로 어려워했다. 그날따라 창밖으로 비치는 햇살은 유난히 희미했고, 방 안의 공기는 마치 얇은 얼음막처럼 차분하면서도 깨질 듯한 긴장감으로 둘러싸여 있었다.

진형의 손가락이 조심스레 흰색 건반 하나를 눌렀다. 맑지만 외로운 소리가 방 안에 울려 퍼졌다. 쨍하고 울리는 단음은 물결처럼 퍼져나가다 이내 사그라들었다. 그 소리는 마치 깊은 겨울 끝자락에 문득 돋아난 새싹처럼 연약했지만 분명한 존재감을 지니고 있었다. 소영은 숨을 죽인 채 그 한 음을 들었다. 비록 하나의 음표에 불과했지만, 그것은 진형이 마음의 벽 너머로 보내는 첫인사처럼 느껴졌다. 오랫동안 잃어버렸던 소리의 감각이 그의 손끝에서 조심스레 되살아나는 순간이었다.

진형은 살짝 떨리는 숨을 내쉬며 멈칫했다. 건반 위에 얹었던 손이 미세하게 떨렸다. 그에게 피아노는 오래된 상처이자 닫힌 문과 같았다. 몇 년 전 찾아온 사고 이후로 그는 마음의 소리를 잃어버린 채, 피아노 앞에 다시 앉을 용기를 내지 못하고 있었다. 그럼에도 불구하고 소영의 부드러운 격려와 함께 시작한 미술 치료를 통해, 그는 마침내 다시 건반을 누르기 시작했다.

소영은 미소 지으며 부드럽게 말했다.

— 좋아요, 진형 씨. 천천히, 하나씩 해봐요.

그녀의 목소리는 겨울 햇살만큼이나 포근하게 진형을 감싸주었다. 진형은 고개를 끄덕이고 다시 한번 건반을 눌렀다. 이번에는 아까보다 조금 더 자신감 있는 힘으로. 같은 음이 다시 방 안에 울려 퍼졌고, 곧 잔잔히 가라앉았다.

그렇게 그날의 치료 시간은 단 몇 개의 음으로 채워졌다. 진형은 더 이상 다른 음을 내지 못했지만, 그 몇 개의 음을 반복해서 누르는 것만으로도 땀범벅이 되었다. 소영은 조용히 물을 건네주며 그의 옆에 앉았다. 두 사람 사이에 긴 대화는 없었지만, 건네받은 컵을 들고 숨을 고르는 진형의 눈빛 속에는 말로 표현하지 못할 여러 감정들이 스치고 있었다. 좌절과 두려움, 그리고 아주 희미한 희망. 소영은 그 눈빛을 가만히 받아내며 따뜻한 시선을 보냈다. 말을 아꼈지만, 마음속으로는 자신의 아픔과 마주하고 있는 그의 용기에 조심스레 박수를 보내고 있었다.

봄이 지나 여름 기운이 번져오자, 진형의 연주에도 조금씩 변화의 싹이 텄다. 상담실 창밖으로 보이는 나뭇가지에는 어느새 진초록 나뭇잎이 돋아나고 있었고, 진형의 오른손 선율 옆에는 왼손의 어색한 한두 개 손가락의 화음이 얹히기 시작했다. 당연히 더딘 움직임이었지만, 이제 두 손으로 간단한 멜로디를 이어갈 수 있었다. 처음엔 단조로운 음의 나열에 지나지 않았던 소리가 점차 음악의 형태를 갖추어갔다. 한 음 한 음 이어 붙여진 멜로디는 마치 얼어 있던 호수가 서서히 녹아 물길을 트는 것처럼 진형의 마음속 깊은 곳에 막혀 있던 감정을 흐르게 했다.

어느 맑은 봄날 오후, 진형은 조심스레 익숙한 음악 한 구절을 연주해 보였다. 오른손으로 천천히 선율을 짚어나가자 구부정한 왼손이 따라붙어 단순한 화음을 깔았다. 비록 더듬거리는 연주였지만, 두 손이 만들어내는 소리는 이전과 비교할 수 없을 만큼 풍부하게 방 안을 채웠다. 피아노 위에 얹힌 그의 손가락이 서툴지만 협력하여 움직일 때, 소영은 숨을 잊은 채 그 광경을 지켜보았다. 멜로디는 단출했지만 분명한 시작과 끝을 지니고 있었다. 진형이 마지막 음을 누르고 손을 떼자, 맑은 소리의 잔향이 한동안 둘 사이에 머물렀다.

동시에 소영의 가슴속에도 잔잔한 파문이 일었다. 그녀는 환하게 웃으며 조용히 박수를 쳤다.

— 정말 훌륭해요, 진형 씨.

소영의 눈가는 살짝 붉어져 있었다. 짧은 곡이었지만, 그 안에는 진형의 용기와 노력이 고스란히 담겨 있음을 그녀는 알고 있었다. 진형은 멋쩍은 듯 이마의 땀을 닦으며 미소를 지었다. 그의 눈가에도 약간의 습기가 맺혀 있었다. 그 미소는 몇 년 만에 처음 보는 밝은 표정이었다. 말없이 마주 보는 두 사람의 눈빛 속에는 벅찬 감동과 서로에 대한 감사의 정서가 가득했다. 설명되지 않은 감정의 물결이 잔잔하지만 깊게 서로에게 전해졌다.

그날 이후로 진형은 조금씩 더 많은 곡의 일부를 연습해 나갔다. 아직은 아픈 왼손 탓에 한 곡을 처음부터 끝까지 연주하기에는 무리가 있었지만, 매주 상담실에는 새로운 선율의 단편들이 흘러나왔다. 때로는 밝고 경쾌한 음들이, 때로는 서정적이고 부드러운 음들이 그의 감정에 따라 피아노 위에서 피어났다. 소영은 피아노 뚜껑 위에 악보와 함께 색연필과 스케치북을 올려두곤 했다. 진형이 연주하는 동안 그녀는 조용히 스케치북에 무언가를 그렸다. 그것은 특별한 형태라기보다는, 그의 음악을 들으며 느껴지는 색과 형태를 자유롭게 표현한 추상화였다. 노란색과 초록색의 부드러운 곡선은 희망과 생명을 담고 있었고, 파란색의 잔물결 같은 무늬는 그리움과 슬픔을 머금고 있었다. 진형이 한 소절을 마칠 때마다 소영은 환한 미소로 고개를 끄덕이며 그를 바라보았다. 그녀의 눈길은 '당신의 마음이 이렇게 아름다운 색으로 그려지고 있어요'라고 말하는 듯했다.

두 사람 사이는 눈에 띄게 가까워졌다. 많은 말을 나누지 않아도 서로를 의지하고 있었고, 어쩌면 연인이라 해도 어색하지 않을 만큼의 자연스러운 거리였다. 상담이 거듭될수록 진형과 소영 사이에서 거리라는 것은 더 이상 찾을 수 없었다. 처음에는 피아노 소리를 내는 것조차 두려워하던 진형이었지만, 이제는 소영 앞에서 자신의 슬픔과 기쁨을 음악으로 조금씩 표현할 수 있게 되었다. 연주를 마친 뒤 잠시 휴식을 취할 때면, 둘은 창가에 나란히 앉아 따뜻한 차를 마시며 짧은 담소를 나누기도 했다. 진형은 어느새 소영에게 자신의 지난날 이야기를 더 자

세상에서 가장 아름다운 슬픔

세하게 들려주고 있었다. 피아노를 처음 사랑하게 된 어린 시절의 기억, 음악 속에서 느꼈던 행복한 순간들, 그리고 그 모든 것이 한순간에 꺾여버린 그날의 사고 이야기까지. 말을 잇기 힘들어할 때면, 소영은 살며시 그의 손 위에 자신의 손을 얹었다가 조용히 떼곤 했다. 말로 다독이지 않아도, 그녀의 조용한 손길은 괜찮다는 위로와 함께, 혼자가 아니라는 연대를 전해주었다.

그 사이사이 소영도 자신의 이야기를 들려주었다. 그녀가 왜 미술심리상담사가 되었는지, 사람들의 상처를 치유하는 일이 그녀 자신에게 어떤 의미를 주는지, 그리고 그녀 역시 지나온 아픔이 있다는 사실을 천천히 털어놓았다. 진형은 고개를 끄덕이며 그녀의 말에 조용히 귀 기울였다. 어느새 그의 관심은 자신을 넘어 소영의 마음으로도 향하고 있었다. 그녀가 환하게 웃을 때면 같이 웃고, 그녀의 눈시울이 붉어질 때면 자신도 따라 가슴이 시큰했으며, 그녀가 피곤해 보이는 날에는 걱정 어린 눈빛을 보내기도 했다.

가을볕이 따뜻해지고, 흩날리는 나뭇잎이 떨어지는 계절이 되었다. 미술 상담실 창밖으로 보이는 나뭇잎들이 힘을 잃어 가고 있었다. 어느새 이곳은 진형에게 단순한 치료 공간을 넘어선 의미를 지니게 되었다. 약속된 시간이 되면 그는 설레는 마음으로 상담실을 찾았다. 문을 열고 들어설 때마다 소영이 환한 얼굴로 "어서 와요" 하고 건네는 인사가 그를 행복하게 만들었다. 소영 역시 마찬가지였다.

그녀는 진형이 오기 전, 자신도 모르게 책상 위 작은 꽃병에 들꽃을 한두 송이 꽂아두고 있는 모습을 발견하곤 했다. 그가 오면 좋아할까 생각하며 고른 꽃들이었다. 두 사람 사이에는 어느덧 말로는 설명하기 힘든 특별한 공기가 흘렀다. 내담자와 치료사 이상의, 그러나 아직 누구도 분명히 이름 붙이지 않은 관계. 피아노와 스케치북을 사이에 두고 마주 앉은 시간이 쌓일수록 서로를 향한 시선은 더 오래 머물렀고, 미소에는 더 많은 의미가 담겼다.

그러나 힘없는 나뭇잎이 채 다 흩어지기도 전에, 평온했던 나날은 예고 없이 끝을 향해 기울기 시작했다. 언제나처럼 따스한 늦은 가을 햇살이 비치던 어느 날 오후, 소영은 화병 속 들꽃의 위치를 가지런히 하고 진형을 기다리고 있었다. 하지만 약속된 시간이 지나도 그는 모습을 드러내지 않았다. 시계를 몇 번이고 쳐다본 끝에야 그녀는 그가 조금 늦을지도 모른다고 여겼다. 혹시 오는 길에 차가 막히는 건 아닐까, 급한 용무가 생긴 건 아닐까 스스로를 달래며 기다렸다. 창밖으로 비치는 햇빛은 여전히 밝았지만, 소영의 가슴 한편에는 이유를 알 수 없는 불안이 조용히 고개를 들기 시작했다.

한 시간, 두 시간… 시계의 초침 소리가 유난히 크게 들리는 듯했다. 결국 그날 진형은 끝내 상담실에 모습을 드러내지 않았다. 소영은 서둘러 휴대전화로 전화를 걸었다.

"고객님께서 전화를 받을 수 없어 소리샘으로 연결됩니다." 기계음만이 냉랭하게 돌아왔다. 문자메시지도 보내 보았지만 답은 없었다.

처음에는 그저 무슨 일이 생겼겠거니 애써 생각하려 했다. 누구에게나 급한 사정은 생길 수 있고, 진형 역시 그러할 거라고 애써 믿었다. 하지만 이상하리만치 그의 소식은 그다음 날도, 그 다음 날도 전혀 들려

세상에서 가장 아름다운 슬픔

오지 않았다.

소영은 갈수록 불안과 혼란에 휩싸였다. 혹시 자신의 상담 방식이 그에게 상처를 준 건 아닐까 자책도 해보았다. 아니면 그의 상태에 무슨 급작스러운 변화가 생긴 걸까, 큰 병이라도 생긴 건 아닐까 하는 걱정스러운 상상들이 꼬리를 물었다. 사랑했던 사람을 갑자기 잃은 경험이 있던 소영의 마음속으로, 소스라치는 두려움이 엄습해 왔다. 하루에도 몇 번씩 전화를 걸어보았지만 그저 똑같은 무응답 벨 소리만 귓가를 맴돌았다. 상담실에서 마주했던 그의 미소와 건반 위를 흐르던 선율, 스케치북 위에 그가 그리던 밝은 색채들이 모두 아스라이 멀어져 가는 듯했다. 대신 텅 빈 상담실에는 적막만이 짙게 깔려 있었다. 밝게 빛나던 오후의 상담실은 어느새 해가 저물며 긴 그림자들로 가득 차 있었다. 노을빛에 물든 벽은 쓸쓸하게 보였고, 피아노 건반 위로 떨어진 석양의 빛마저 싸늘하게 느껴졌다.

며칠이 무겁게 흘렀다. 꽃병 속 들꽃은 물이 마르며 고개를 떨궜고, 창밖의 벚꽃 잎들도 거의 자취를 감추었다. 진형의 빈자리는 날이 갈수록 더 크게 느껴졌다. 상담실에 앉은 소영은 그의 생각을 떨칠 수 없었다. 그러다 문득, 피아노 의자 옆에 그가 늘 놓고 가던 악보철이 눈에 들어왔다. 망설임 끝에 그녀는 그것을 집어 들었다.

악보 사이에는 진형이 연습하던 짧은 곡들의 메모와 그가 연주하고 싶다고 말했던 곡의 악보가 끼워져 있었다. 페이지 구석엔 그가 휘갈겨 쓴 듯한 연필 자국이 남아 있었다. 손때 묻은 악보를 매만지자 눈앞이 흐려졌다.

소영은 천천히 피아노 앞에 앉았다. 떨리는 손으로 건반을 눌러보았지만, 엉킨 감정 탓에 제대로 음을 이어갈 수 없었다. 대신 외로움과 슬픔이 뚝뚝 건반 위로 떨어졌다. 조용한 방 안에 그녀의 흐느낌과 함께 몇 개의 음이 불협화음처럼 울렸다. 그것은 진형이 떠난 뒤 처음으로 울린 상담실의 소리였지만, 너무나 슬프고 공허한 소리였다.

소영은 비로소 깨달았다. 그를 향한 자신의 감정이 더 이상 상담사와 내담자 사이의 연민이나 의무감 따위가 아니라는 것을. 진형이 머물던 자리, 그가 남긴 온기와 웃음, 그리고 음악들…. 그것들은 이미 그녀의 삶의 일부가 되어 있었다. 그의 부재로 인해 비로소 드러난 마음의 공허함은, 거꾸로 말하면 그동안 그녀의 마음이 얼마나 그의 존재로 가득 채워져 있었는지를 보여주고 있었다. 아침에 눈을 뜨면 이번 주에는 그가 어떤 곡을 들려줄지 기대했고, 밤이 되면 그날 함께 나눈 대화와 선율을 떠올리며 미소 짓던 자신을 소영은 떠올렸다. 그의 행복이 자신의 행복처럼 느껴지고, 그의 슬픔이 자신의 아픔처럼 다가오던 시간들. 그것은 사랑이 아니고서는 도무지 설명될 수 없는 마음의 상태였다. 그녀는 더 이상 그것을 부정할 수 없었다.

텅 빈 상담실에는 노을만이 희미하게 남아 있었다. 소영은 조용히 피아노 뚜껑을 덮었다. 마치 소중한 무언가를 잠시 접어두는 것처럼. 그리고 창가로 걸어가 커튼을 반쯤 내렸다. 방 안으로 길게 드리운 저녁 햇빛이 서서히 사그라지고 있었다.

벽에 걸린 추상화 한 점이 희미한 빛 속에서 그녀의 시선을 끌었다. 그것은 진형의 음악을 생각하며 그녀가 그렸던 그림 중 하나로, 노랑과 초록의 밝은 색감이 가득한 작품이었다. 이제 그 그림은 빛을 잃은 채 쓸쓸히 걸려 있었다. 하지만 소영은 그 그림 속에서 언젠가 다시 돌아올 봄의 기운을 느끼고 싶었다. 자신의 마음에도 다시 봄날의 햇살이 찾아들 날이 오리라는 희망을 놓고 싶지 않았다. 비록 지금은 상실감에 눈물이 흐르고 있었지만, 그가 남긴 선율은 여전히 그녀의 가슴 어딘가에서 맴돌고 있었다. 소영은 그 선율을 꼭 붙잡았다.

창밖으로 밤의 어스름이 내려앉기 시작했다. 그녀는 마지막으로 텅 빈 방 안을 돌아보았다.

'진형 씨….'

그녀는 그의 이름을 아주 조용히 불러보았다. 대답 없는 정적이 돌아왔지만, 그 순간 그녀의 눈빛에는 이전과 다른 빛이 떠올랐다. 그것은 잃어버린 사람을 애타게 그리워하는 연인의 눈빛이었다. 비로소 인정한 사랑의 무게에 그녀의 가슴이 아려왔지만, 그 아픔은 한편으로 따스하고 소중한 것이기도 했다. 마치 진형이 그녀에게 남기고 간 선물처럼 느껴졌다. 가슴 한구석에 소중히 간직할, 진심 어린 사랑이라는 이름의 선물.

이제야 소영은 자신의 마음에 그리움이라는 붓으로 진형을 그리기 시작했다.

제17화   결심

말해버리면 그녀의 눈물이 발목을 잡을 테고, 마음 약해진 그는 모
든 것을 포기해 버릴지도 모른다. 그래서 그는 아무 말도 하지 않은
채 떠나기로 했다. … 마침내 바퀴가 지면을 박차고 솟구치는 순간,
그의 눈앞으로 뜨겁게 번진 눈물 한 줄기가 떨어졌다. 그리고 그 순
간, 진형의 진짜 사랑은 차가운 슬픔과 함께 시작되었다.

초겨울 같은 늦은 가을 새벽, 창밖의 싸늘한 공기가 방 안으로 스며들었다. 희미한 가로등 불빛이 실내를 어럼풋이 비추는 가운데, 진형은 여행 가방 앞에 멍하니 서 있었다. 방 안에는 적막이 가득했다. 침대 위에는 옷가지와 자잘한 물건들이 흐트러져 있었고, 그는 손에 든 스웨터 한 벌을 천천히 접었다. 그러다 동작을 멈춘 채, 깊은 한숨을 내쉬었다.

짐을 싸는 그의 손길은 자꾸만 느려졌다. 가방 속에 넣으려던 책 한 권을 들고 한참을 서성였다. 그러다 책갈피 사이로 오래전에 소영과 함께 찍은 사진 한 장이 삐져나와 있는 것을 보았다. 두 사람이 나란히 서서 환하게 웃고 있는 사진이었다. 가슴 한편이 저릿하게 아파왔다. 그날의 따스한 햇살과 그녀의 맑은 웃음소리가 귓가에 맴도는 듯했다. 진형은 사진 위를 천천히 손가락을 훑다가, 이내 조심스레 책 속에 도로 넣었다. 추억이 깃든 물건을 하나둘 가방에 넣을 때마다 가슴이 저몄다.

서랍을 열었을 때 한편에 곱게 개어 두었던 목도리가 눈에 띄었다. 진한 자주색 울 목도리였다. 얼마 전, 소영이 직접 떠준 것이었다. 진형은 잠시 망설이다가 그 목도리를 손에 들었다. 부드러운 털실의 감촉과 함께 그녀의 체온과 향이 전해지는 듯했다. 그는 목도리를 얼굴과 코에 깊이 가져가 깊게 숨을 들이마셨다. 아직도 은은한 그녀의 향기가 배어 있는 것 같았다. 울컥 치밀어 오르는 울음을 삼키려는 듯, 진형은 입술을 질끈 깨물었다. 그리고 천천히, 조심스럽게 그 목도리를 목에 감았다. 아마도 이번 여정에서 가장 필요한 것은 옷이나 여권이 아니라, 그녀의 온기일 테니까.

가방은 거의 다 챙겼지만 그의 마음은 끝내 결심을 붙들지 못한 채 흔들리고 있었다. 방구석에 놓인 피아노가 어둠 속에서 희미한 윤곽을 드러냈다. 뚜껑을 닫은 피아노는 조용히 잠들어 있는 듯했다. 한때 그의 손끝에서 아름다운 선율을 쏟아내던 악기였다. 그러나 이제 그는 망가져 버린 왼손과 십 퍼센트도 채 되지 않는 성공 확률의 수술을 앞두고 그 건반이 두려웠다. 그럼에도 불구하고 그는 다시 피아노를 울릴 수 있기를, 그리고 그녀를 다시 만날 수 있기를 간절히 바라고 있었다.

'소영 씨, 꼭 다시 연주를 들려줄게요.'

마음속으로 조용히 속삭이며 그는 이를 악물었다. 결국 떠나기로 한 이상 망설임은 사치일 뿐이었다. 진형은 눈을 질끈 감았다가 떴다. 그리고 캐리어의 지퍼를 힘주어 끝까지 끌어올리며 스스로를 다잡았다. 그래, 가야만 한다. 말해버리면 그녀의 눈물이 발목을 잡을 테고, 마음 약해진 그는 모든 것을 포기해 버릴지도 모른다. 그래서 그는 아무 말도 하지 않은 채 떠나기로 했다. 그녀에게 작별을 고하지 못하는 비겁함에 가슴이 쓰라렸지만 달리 길이 없었다. 훗날 돌이킬 수 없는 후회가 남더라도 지금은 가는 수밖에 없었다.

이제 떠날 시간이었다. 진형은 캐리어 손잡이를 잡은 채 조용히 상담실 내부를 떠올렸다. 소영과 함께 차를 마시며 담소를 나누던 공간, 창가에 나란히 앉아 오랫동안 이야기꽃을 피우던 소파, 그리고 문득 그녀가 활짝 웃으며 반갑게 자신을 바라보던 모든 풍경이 생생하게 떠올랐다. 구석구석에 그녀와의 추억이 배어 있었다. 깊은 상상에서 현실로 돌아온 진형은 심장이 터질 듯 아팠지만 끝내 등을 돌렸다.

진형은 차디찬 새벽 거리로 나섰다. 을씨년스러운 매서운 공기가 그의 뺨을 때렸다. 그는 옷깃을 여미고 계절에 어울리지 않게 목도리를 꺼내 목에 감았다. 소영이 선물로 준 따뜻한 목도리가 그의 빈 가슴을 간신히 감싸 주었다. 골목길을 한 걸음 한 걸음 내디딜 때마다 발밑에서 마른 낙엽과 자갈이 바스락거렸다. 서울의 새벽 거리는 유령처럼 텅 비어 있었다. 온 세상이 깊은 잠에 빠져 있는 시간, 깨어 있는 것은 차가운 바람과 가로수 잎들뿐이었다. 가로등 불빛 아래 팔랑이는 낙엽 한 장이 진형의 발끝에 와닿았다. 그는 잠시 걸음을 멈추고 아래를 내려다보았다. 가지를 떠나 바닥에 나뒹구는 잎새 하나. 홀로 남겨진 자신의 모습 같아 가슴이 먹먹해졌다.

적막한 거리를 터벅터벅 걸으며 그는 애써 마음을 무디게 만들려 했다. 그러나 몇 시간 뒤면 이 도시에도, 그녀 곁에도 더 이상 자신은 없게 되리라는 실감이 점점 강하게 밀려와 가슴을 짓눌렀다. 혹시 소영의 기억 속에서 자신이 잊힐까 봐 두려웠다. 발걸음이 점점 무거워져 몇 번이고 멈춰 서고 싶었지만, 잠시라도 멈추는 순간 그대로 돌아서 그녀에게로 달려가 버릴 것만 같았다. 그는 눈을 감고 깊이 숨을 들이쉰 뒤 내뱉기를 반복하며 겨우 걸음을 뗴었다. 이별의 아픔이 새벽 공기처럼 뼛속까지 스며들었다. 차가운 이마엔 어느새 송골송골 땀이 맺혔다.

골목 끝 큰길에 이르자 마침 빈 택시 한 대가 다가왔다. 진형은 힘겹게 손을 들어 차를 세웠다. 뒷좌석에 몸을 싣고 문을 닫자, 운전기사가 텅 빈 도로 위를 천천히 몰며 물었다.

— 어디로 모실까요?

진형은 한순간 목이 메었으나 가까스로 입을 열었다.

— 인천공항 제2터미널로 가 주세요.

금세라도 갈라질 듯한 가느다란 목소리가 허공에 흩어졌다. 운전기사는 가볍게 고개를 끄덕였을 뿐 더 이상 묻지 않았다. 택시는 이내 부드럽게 가속하며 새벽 거리를 가르고 나아갔다.

창밖으로 보이는 서울의 풍경이 천천히 흘러갔다. 불이 모두 꺼진 상가들 사이로 적막한 거리가 텅 빈 채 이어졌다. 이른 새벽의 도시는 마치 정지된 그림처럼 고요했다. 간혹 눈에 들어오는 가로등 불빛과 신호등의 붉은빛만이 살아 있었다. 진형은 창에 살짝 기대어 바깥을 바라보았다. 투명한 유리 위로 그의 창백한 옆얼굴이 어슴푸레 비쳤다. 그 속의 눈동자는 슬픈 짐승처럼 떨리고 있었다. 그는 천천히 눈을 감았다가 다시 떴다. 스쳐 지나가는 모든 것이 왠지 모르게 낯설게 느껴졌다. 늘 보아 오던 평범한 풍경인데도, 오늘은 하나하나가 마지막 인사라도 건네는 양 눈길을 끌었다.

차는 이윽고 한강 다리 위를 지나고 있었다. 칠흑 같은 강물 위로 희뿌연 새벽안개가 자욱이 깔려 있었다. 다리 난간 너머로 멀리 남산타워

세상에서 가장 아름다운 슬픔

의 불빛이 희미하게 사그라드는 것이 보였다. 진형은 고개를 돌려 등 뒤 멀어져 가는 서울 도심을 바라보았다. 동도 트지 않은 잿빛 하늘 아래, 빌딩 숲의 윤곽이 어슴푸레하게 잠들어 있었다. 저기 어딘가에서 그녀 역시 아직 이 밤 속에 머물고 있으리라. 자신이 떠나는 줄도 모른 채 평온히 잠들어 있을 그녀를 떠올리자 목이 저려왔다. 그는 괜스레 주먹을 꽉 쥐었다가 천천히 풀었다. 손끝이 싸늘했다.

다리를 건너자 택시는 서서히 도시의 경계를 벗어나 고속도로로 접어들었다. 까만 아스팔트 위로 헤드라이트 불빛이 길게 뻗어 나갔다. 창 너머로 빌딩 숲은 점차 낮아지고, 대신 황량한 벌판과 가로등이 끝없이 이어졌다. 서울의 마지막 불빛들은 이내 하나둘씩 등 뒤로 사라져 갔다. 진형은 창밖을 바라보며 속으로 조용히 작별을 고했다. 사랑하는 사람과 함께 꿈을 키워 온 이 도시의 익숙한 품을, 지금은 떠나야만 한다고 스스로를 달랬다. 새벽빛이 차오르기 시작한 하늘과 들판이 눈앞에 펼쳐졌지만, 그의 두 눈에는 아무것도 또렷이 들어오지 않았다. 흐려진 시야 너머로 흘러가는 풍경은 벌써부터 먼 훗날의 기억인 양 아득했다.

한참을 달린 끝에 택시는 인천공항 출발층에 도착했다. 진형은 멍한 표정으로 차창 밖 거대한 터미널 건물을 올려다보았다. 눈부신 조명 아래 공항 입구는 벌써 분주했다. 그는 요금을 치른 뒤 나지막이 인사를 건넸다.

― 고맙습니다….

그러나 감사의 인사는 바람에 실려 금세 흩어지고 말았다. 캐리어를 끌고 인도에 내린 그는 한순간 망설이듯 공항 건너편 희끄무레한 하늘을 올려다봤다. 동틀 무렵, 창백한 여명이 하늘 가장자리에 번지고 있었다. 그 아래 아스라이 떠오르는 도시의 윤곽을 보며, 그곳 어딘가에 있을 소영을 향해 마음속으로 다시 한번 미안하다고 속삭였다. 쓸쓸한 새벽바람이 귓가를 스쳐 지나갔다.

유리문 안으로 들어서자 포근한 실내 공기가 그를 감쌌다. 사방이 환한 불빛과 사람들의 웅성거림으로 가득했다. 이른 시각임에도 공항은 활기가 넘쳤다. 그러나 진형의 머릿속은 텅 빈 듯 멍했고, 주위의 어떤 소리도 제대로 귀에 들어오지 않았다. 마치 커다란 유리 어항 속에 혼자 떠 있는 기분이었다. 그는 자동문을 지나 드높은 천장의 터미널 내부로 천천히 걸음을 옮겼다. 전광판에 적힌 항공편 정보가 흐릿하게만 보였다. 모든 현실감이 사라져 버린 채 꿈속을 헤매는 사람처럼 그는 비현실적인 공간을 떠돌았다.

진형은 셀프 체크인 기계 앞에서 발길을 멈추었다. 몇 번이나 해 본 익숙한 절차였건만, 손가락이 떨려 화면을 제대로 누를 수가 없었다. 떨리는 왼손을 오른손으로 꼭 감싸 쥐고 천천히 숨을 고른 뒤에야 겨우 탑승권을 출력했다. 마치 울음을 삼키는 사람처럼 그의 어깨가 자꾸 들썩였다. 혹시라도 누가 볼까 고개를 푹 숙인 채, 그는 서둘러 수하물을 부치는 카운터로 향했다.

짐을 부치고 보안 검색대를 통과하는 동안에도 그는 거의 무의식 속에서 움직였다. 직원들의 안내에 몸을 맡긴 채 기계적으로 걸음을 옮겼다. 가방을 올리고 금속 탐지기를 지날 때조차 머릿속은 하얗게 비어 있었다.

세상에서 가장 아름다운 슬픔

'이제 정말 돌이킬 수 없구나.'

문득 그런 생각이 스치자 가슴 한구석이 싸늘하게 식었다. 이곳까지 그녀의 흔적은 더 이상 따라오지 않았다. 오롯이 자신 혼자만이, 낯선 여정의 출발점에 서 있었다.

출국 심사를 지나 넓은 면세 구역에 들어서자, 머리 위로 잔잔한 음악이 흘러나왔다. 낯익은 멜로디였다. 어릴 적 즐겨 연주하던 쇼팽의 녹턴. 그러나 지금의 진형에게 그 피아노 선율은 아득히 먼 곳의 울림처럼 들릴 뿐이었다. 그는 걸음을 멈추고 한동안 귀를 기울였다. 손끝으로 저음부 건반을 누르던 감각, 페달을 밟을 때의 진동, 그리고 연주를 들으며 환하게 웃던 사람들의 얼굴이 어렴풋이 떠올랐다. 가슴 한복판이 저려왔다. 진형은 이내 고개를 저으며 다시 발걸음을 뗐다. 더는 그 선율을 견딜 수가 없었다.

탑승 게이트 앞 대기 구역에는 드문드문 몇 사람만 자리를 채우고 있었다. 진형은 구석진 의자 하나에 누가 떠밀기라도 한 듯 털썩 몸을 내려놓았다. 긴장이 풀리자 다리가 와들와들 떨렸다. 밤새 한숨도 자지 못한 데다 극도의 긴장이 겹쳐 온몸이 탈진한 느낌이었다. 그는 멍한 눈으로 손목시계를 바라보았다. 비행기 출발 시각까지는 아직도 한참 남아 있었다. 이 기다림마저도 고통스럽게 느껴졌다. 마치 사형 선고를 받고 집행을 기다리는 죄인처럼 초조한 마음을 다잡으려 했지만, 가슴 깊은 곳에서는 불안이 끊임없이 피어올랐다. 눈을 감았다 뜨기를 몇 번이나 반복했는지 모른다. 그렇게 몇십 분이 흘렀을 것이다. 멍하니 앉아만 있으려니 밀려오는 슬픔이 파도처럼 가슴을 쳤다.

'지금 이 자리 옆에 소영이 함께 있어 준다면 얼마나 좋을까. 아니, 애초에 그녀를 두고 떠나지 않았더라면 이렇게 아프진 않았을 텐데….'

생각할수록 심장이 저렸다. 진형은 차오르는 괴로움에 이마를 손으로 짚었다. 멍하니 고개를 숙이고 있던 진형은 문득 주머니 속 휴대전화의 존재를 느꼈다. 그는 천천히 휴대전화를 꺼내들었다. 흐릿한 화면 위로 잠금 해제 배경에 찍힌 소영의 사진이 떠올랐다. 환하게 웃고 있는 그녀의 얼굴을 보는 순간, 진형의 가슴이 세차게 요동쳤다. 허락도 구하지 못한 채 집을 떠나기 전, 급히 저장한 사진이었다. 그럼에도 그는 이 사진이 자신을 지켜줄 것이라 믿었고, 스스로에게 끝없는 위로를 건넸다. 손끝이 떨렸다.

'그녀에게 마지막으로 연락한 게 언제였더라.'

별일 없냐는 평범한 인사를 주고받았던 어제저녁이 떠올랐다. 오늘도 아무것도 모른 채 자신을 기다리고 있을 그녀를 생각하니 미안함이 가슴을 파고들었다. 이렇게 중대한 결심을 하면서, 아무 말도 해 주지 못한 자신이 한없이 미웠다. 지금이라도 메시지를 보내야 할까. 그녀가 눈을 뜨기 전, 멀리 날아가 버리기 전, 진심을 전할 마지막 기회일지도 모른다.

진형은 떨리는 손가락으로 메시지 창을 열었다. '소영 씨'라고 타이핑을 시작하는 순간, 하얀 입력창 위에 떠 있는 그녀의 이름을 바라보고 있자니 눈앞이 흐려졌다.

'미안해요. 그리고…'

간단한 문장이 머릿속에 맴돌았다. 그러나 차마 다음 글자를 이어나갈 수가 없었다. 보내는 순간 그녀가 받을 충격이 눈앞에 선명히 그려졌다. 지금 이 시간, 그녀는 아마 포근한 이불 속에서 평온히 잠들어 있을 것이다. 곧 깨어나 이 메시지를 본다면 얼마나 놀라고 가슴 아파할까. 몇 번이고 화면 위에 떼었다 붙였다 하는 손가락 끝에서 땀이 났다.

'좋아합니다.'

짧은 문장이 화면에 남았다. 하지만 전송 버튼을 누르지 못한 채, 한동안 망설였다.

그때 탑승 안내 방송이 흘러나왔다. 드디어 비행기에 오를 시간이 온 것이다. 진형은 고개를 들어 게이트 쪽을 바라보았다. 승무원들이 탑승권을 확인하며 줄을 안내하고 있었다. 그는 휴대전화 화면을 멍하니 바라보다가, 길게 한숨을 내쉬고 결국 메시지 창을 닫았다. 보내지 못한 문장이 휴대전화 속에 덧없이 남겨졌다. 차갑게 식은 전화기를 주머니 깊숙이 넣으며, 진형은 비척이는 걸음으로 일어나 탑승구로 향했다.

비행기 좌석에 몸을 맡기자마자 진형은 깊이 한숨을 내쉬었다. 창가 자리였지만 차마 창밖을 바로 보지 못하고 고개를 숙였다. 조금 전까지 수많은 감정과 생각이 소용돌이쳤건만, 막상 비행기에 오르자 머릿속이 텅 빈 듯 멍해졌다. 이륙 준비를 알리는 안전벨트 사인이 켜지고, 승무원들은 무표정한 얼굴로 안전 수칙을 시연했다. 진형은 기계적으로 안전벨트를 매었지만 그들의 말이 하나도 들리지 않았다. 창밖으로는 새벽빛이 아스라이 밝아오고 있었다. 그제야 '드디어 정말 떠나는구나' 하는 실감이 서서히 밀려왔다.

비행기가 천천히 활주로를 향해 움직이기 시작했다. 진형은 용기를 내어 창밖을 바라봤다. 어둠이 채 가시지 않은 활주로 가장자리로 붉은 등화들이 길게 늘어서 있었다. 멀리 공항 터미널의 불빛과 바깥세상이 시야에서 조금씩 멀어져 갔다. 이 순간 이후로는 어떤 말도 전할 수 없다는 생각이 그의 가슴을 아프게 파고들었다. 그는 두 주먹을 불끈 쥐었다 풀면서, 마음속으로 간절히 외쳤다.

'소영 씨….'

창밖으로 끝없이 펼쳐진 새벽하늘을 응시하며 그는 속으로 그녀의 이름을 불렀다.

'소영 씨… 미안해요. 정말 미안해요. 그리고….'

그의 눈시울이 뜨겁게 달아올랐다. 아직 입 밖으로는 꺼내지 못한 말들이 가슴속에서 북받쳐 올랐다.

'내가 돌아올 때까지, 부디 건강하게 잘 지내 줘요.'

진형은 목이 메어 더는 말을 잇지 못했다. 두 뺨을 타고 뜨거운 눈물이 흘러내렸다. 비행기가 이륙 활주로에 진입하며 엔진 소리가 커졌지만, 그의 마음속 고백은 또렷하고도 낮은 울림으로 맴돌고 있었다. 마침내 바퀴가 지면을 박차고 솟구치는 순간, 그의 눈앞으로 뜨겁게 번진 눈물 한 줄기가 떨어졌다.

그리고 그 순간, 진형의 진짜 사랑은 차가운 슬픔과 함께 시작되었다.

세상에서 가장 아름다운 슬픔

제18화

한 걸음,

다시 시작

상처의 기억은 아직 깊은 곳에 남아 있었지만, 이제는 그 아픔을 딛고 앞으로 나아가려는 힘이 그를 지탱했다. … 오랜 상처로 얼어붙었던 그의 내면에는 이제 서서히 새 생명의 숨결이 돌기 시작했다.

다시 방문한 작업실 창문 너머로 봄 햇살이 부드럽게 쏟아져 들어왔다. 한동안 문을 닫아둔 탓에 청소를 하긴 했지만 책장과 책상 위에는 얇은 먼지가 내려앉아 있었다. 종혁은 그 낡은 책상 앞에 앉아, 오랜만에 노트북의 전원을 켰다.

먼지 쌓인 팬이 돌아가며 내는 묵직한 소음 때문인지, 키보드 위의 손가락이 선뜻 움직이지 못했다. 잉크가 말라버린 만년필처럼, 그의 이야기 역시 한동안 멈춰 있었기 때문이다. 그는 천천히 숨을 들이쉬었다가 내쉬며 요동치는 심장을 진정시켜 보았다. 그러나 여전히 가슴 한편에는 망설임과 두려움이 가득했다. 글쓰기를 멈춘 채 살아온 공백의 시간들, 그 속에서 겪어야 했던 절망과 상처들이 마음속 이야기들을 누르고 있는 듯했다.

종혁의 시선이 창밖으로 향했다. 봄바람에 흔들리는 나뭇가지 사이로 어렴풋이 보이는 하늘은 맑고도 눈부셨다. 저 하늘 아래 거리에서는 꽃이 피어나고 사람들은 각자의 삶을 살고 있을 터였다. 그러나 자신은 오랫동안 그 흐름에서 벗어나 있었다는 생각이 스쳤다. 세상은 변해 왔지만, 이 작은 작업실 안에 갇힌 그의 시간은 몇 년째 멈춘 그대로였다. 그 정체된 시간의 먼지 위로 이제야 따스한 빛이 내려앉기 시작한 것이다.

책상 구석 위에는 마지막으로 쓰다 만 소설 원고 뭉치가 그대로 놓여 있었다. 그는 조심스럽게 그 위에 손을 얹었다. 바삭거리는 종이 감촉과 함께 가슴 한구석이 찌릿했다. 보통 컴퓨터로 작업을 했지만, 민감한 부분을 작업할 때는 꼭 펜으로 써 내려가곤 했다.

펜을 놓았던 날의 기억이 되살아났다. 믿었던 사람에게 배신당하고, 세상의 모든 빛이 꺼져버린 것만 같았던 날. 그 충격과 절망 속에서 그는 펜을 꺾듯 손에서 놓아버렸다. 그 후로 얼마나 긴 세월을 거리에서 방황하며 보냈던가. 스스로를 내던져 버렸던 시간…

종혁은 천천히 키보드에 손을 올렸다. 키보드에 닿은 손끝이 미세하게 떨렸다. 머릿속에는 수많은 말들이 맴돌았지만, 막상 한 줄의 문장으로 적어 내려가려니 쉽지 않았다. 어디서부터 다시 시작해야 할지 막막하기만 했다. 문득 그는 얼마 전 만난 현지의 미소를 떠올렸다. 힘든 시간을 버텨온 자신에게 건네던 따뜻하고도 다정한 눈빛. 그 눈빛이 지금 그의 등을 살며시 떠밀고 있는 것만 같았다.

"괜찮아요. 천천히 시작해 봐요."

지난밤, 현지가 조심스레 내뱉던 그 말이 마음속에 맴돌았다. 어느 추운 겨울밤, 세상에 홀로 남겨진 듯 절망에 잠겨 있던 자신에게 그녀가 내밀었던 손. 떨리는 목소리로 "많이 힘드셨죠"라고 묻던 순간, 그리고 그와 함께 건네받았던 따뜻한 차 한 잔의 기억. 종혁은 어쩌면 그때부터

였는지도 모른다고 생각했다. 다시 한번 살아보고 싶다는 희미한 열망이, 아주 조용히 마음속에서 움트기 시작한 것이.

키보드를 누르는 손에 조금씩 힘이 들어갔다. 그는 마침내 첫 줄에 글자를 그려 넣기 시작했다. 손끝이 키보드 위를 움직이며 한 문장을 만들어냈다.

"그녀는 상담실 현관을 나서는 순간 겨울밤의 차가운 공기를 들이마셨다."

종혁은 그렇게 첫 문장을 써 내려가기 시작했다. 멈춰 있던 이야기의 시곗바늘이 비로소 다시 움직이는 순간이었다. 가슴 깊은 곳에서 뜨거운 무언가가 울컥 치밀어 올라, 그는 잠시 눈을 감았다. 붉어진 눈시울 끝에 맺힌 눈물을 재빨리 훔쳤다. 아득했던 어둠 속에서 마침내 새벽의 빛 한 줄기를 발견한 듯한 기분이었다.

문득 책상 옆 휴대전화 화면이 깜박이며 시간을 알려왔다. 곧 정오였다. 종혁은 노트북을 덮고 자리에서 일어섰다. 오늘은 현지와 약속이 있는 날이었다. 그는 조심스럽게 노트북과 메모 수첩을 가방에 챙겼다. 거울 속에는 하늘거리는 먼지 사이로 자신의 수척한 얼굴이 비쳤다. 오랜 세월 묻혀 있던 생기가 그의 얼굴에 희미하게 번지고 있었다. 상처의 기억은 아직 깊은 곳에 남아 있었지만, 이제는 그 아픔을 딛고 앞으로 나아가려는 힘이 그를 지탱했다. 종혁은 천천히 숨을 고른 뒤, 다시금 굳은 빛을 얼굴에 띠운 채 작업실 불을 끄고 문을 나섰다.

낡은 작업실 문을 닫자 봄날의 신선한 공기가 그를 반겼다. 포근한 별과 함께 불어오는 바람에는 은은한 꽃 내음이 실려 있었다. 골목을 따라 걷는 그의 발걸음은 한결 가벼웠다. 길가에는 개나리와 목련이 피어 있어 자연스레 눈길이 갔다. 겨우내 삭막했던 거리에 알록달록한 생명이 돌아온 모습이었다. 종혁은 잠시 걸음을 멈추고 노란 개나리 꽃잎을 바라보았다. 마치 다시 살아보라고 속삭이는 듯한 봄꽃의 속삭임에, 그의 입가에 옅은 미소가 번졌다.

운전을 삼가라는 의사의 조언을 따라, 그는 버스를 타고 현지가 일하는 병원 근처로 향했다. 창밖으로 스쳐 지나가는 풍경을 바라보며 종혁은 가방 속 노트북을 떠올렸다. 아까 작업실에서 시작한 문장을, 이따 카페에서 다시 이어 써볼 생각에 마음이 설 다. 오랫동안 느껴보지 못했던 창작의 기쁨이 서서히 되살아나는 기분이었다. 무엇보다 곧 현지를 만난다는 기대감에 가슴이 뛰었다. 병원 앞 정류장에서 내린 그는 약속 장소인 작은 카페로 발걸음을 옮겼다.

병원 정문 맞은편에는 두 사람이 자주 머물던 아늑한 카페가 있었다. 이름하여 톳(TOT). 향긋한 커피와 부드럽게 퍼지는 빵의 맛은 언제나 그들의 마음을 사로잡곤 했다. 그리고 최근, 그 카페의 주인이 미국 토렌스 인근의 PCH에 또 하나의 지점을 열었다는 소식이 들려오며, 그 이름은 종혁에게 점점 더 특별한 울림으로 다가왔다.

점심시간이라 내부는 어느 정도 붐볐지만, 창가 쪽 한구석 자리가 다행히 비어 있었다. 종혁은 들어가자마자 익숙한 향긋한 커피 냄새에 한숨처럼 숨을 내쉬었다. 카운터에서 현지가 좋아하는 라테와 자신의 따뜻한 아메리카노를 주문한 뒤, 창가 좌석에 자리를 잡았다. 예전 같으

세상에서 가장 아름다운 슬픔

면 아이스 아메리카노를 골랐겠지만, 병원 생활 이후로는 아이스 포비아가 생겨 버린 것 같았다.

테이블 위에 노트북을 꺼내 놓고 전원을 켜자 조용한 윈도우 시작음이 울렸다. 종혁은 잠시 화면을 바라보다가 이내 문서 파일을 열어 문장을 천천히 타이핑했다. 화면에 떠오른 글자를 확인하니 새삼 실감이 났다. 자신이 정말 다시 글을 쓰고 있다는 것. 그는 조용히 미소 지었다. 이윽고 주문했던 음료가 나왔다. 종혁은 컵을 받아들어 현지의 것에는 뚜껑을 덮어 열이 식지 않도록 해두었다.

창밖으로 병원 출입문이 보였다. 구급차 한 대가 사이렌을 울리며 들어섰고, 그 앞에서 누군가 급히 들것을 끌고 뛰어가고 있었다. 유리창 너머로 분주한 병원의 풍경을 바라보며, 종혁은 문득 자신이 앉아 있는 이 평범한 카페 공간이 기적처럼 느껴졌다. 불과 얼마 전까지만 해도 그는 서울역 길바닥에서 하루를 시작하고 끝내던 사람이었다. 그런 자신이 이렇게 아늑한 실내에서, 누군가를 기다리며 커피를 마시고 글을 쓰고 있다니. 그에게 이 작은 일상은 더없이 귀한 선물처럼 느껴졌다.

주변 테이블에서 흘러나오는 사람들의 소곤거림, 머신에서 커피가 내려지는 소리, 잔에 부딪히는 스푼의 맑은 소리가 한때는 너무 멀게만 느껴졌던 '정상적인' 삶의 배경음처럼 들려왔다. 노트북 화면의 커서가 깜박이고 있었다. 종혁은 다시 집중하여 계속해서 문장을 이어 써 내려갔다. 쓰다 만 옛 원고를 떠올리며 그는 천천히 단어 하나하나를 꾸준히 찍어나갔다. 때로는 손가락이 멈추고 눈앞이 흐려지기도 했다. 지나간 세월의 고통이 문장 곳곳에서 되살아났기 때문이다. 그래도 이번에는 피하지 않고 마주 보기로 했다. 아픔마저 글로 써내야 비로소 앞으로 나아갈 수 있으리라 마음먹었다.

얼마쯤 글쓰기에 몰두하고 있는데, 문득 카페 입구 쪽에서 들려오는 익숙한 목소리가 그의 고개를 들게 했다.

— 종혁 씨!

종혁이 고개를 돌리자, 연한 하늘빛 의료복 위에 검정색 가디건을 걸친 현지가 잔잔한 미소를 머금고 다가오고 있었다. 그녀는 병원이라는 공간보다, 어쩌면 조명이 은은하게 내려앉은 콘서트홀이 더 잘 어울릴 듯한 사람이었다. 마치 대형 오케스트라 속에서 첼로의 깊은 선율을 품고, 고요한 집중 속에 솔로 파트를 연주하는 연주자처럼, 그녀의 눈빛과 움직임에는 그런 섬세하면서도 단단한 결이 배어 있었다.

— 현지 씨.

종혁은 반갑게 자리에서 일어섰다.

현지는 그의 맞은편에 자리 잡으며 그가 미리 주문해 둔 라테 잔을 발견했다.

— 역시 종혁 씨가 제 거까지 주문해놓았네요.

그녀가 고마운 듯 말하며 라테 잔을 두 손으로 감싸 쥐었다.

— 오늘은 어때요? 많이 바빴죠?

종혁이 조심스레 물었다.

현지는 가느다랗게 한숨을 내쉬며 고개를 끄덕였다.

— 네, 오전에 환자가 좀 많았어요. 그래도 지금 이렇게 잠깐 쉴 수 있어서 다행이에요.

세상에서 가장 아름다운 슬픔

그녀는 따뜻한 라테를 한 모금 마시고는 잠시 눈을 감았다가, 이내 환하게 웃었다.

— 정말 이 순간이 천국 같네요.

종혁은 그녀의 얼굴을 바라보았다. 피곤함이 엿보이는 눈 밑에 옅은 다크서클이 있었지만, 환하게 웃는 모습은 봄 햇살처럼 포근했다. 그는 문득 자신도 모르게 미소를 지었다. 이렇게 그녀가 웃는 모습을 보는 것만으로도 가슴 한편이 따스해졌다.

— 글은… 좀 써졌어요?

현지가 조심스레 물었다. 그녀의 눈길에는 진심으로 걱정해 주는 마음이 담겨 있었다.

종혁은 잠시 망설이다가 노트북 화면을 그녀에게 살짝 돌려 보여주었다.

— 조금요. 아주 조금 시작해 봤어요.

화면에는 몇 줄 되지 않는 문장이 적혀 있었다. 현지는 그 내용을 천천히 읽었다.

"그녀는 상담실 현관을 나서는 순간 겨울밤의 차가운 공기를 들이마셨다…"

그녀가 조용히 읊조렸다. 그러고는 종혁을 바라보며 부드럽게 웃었다.

— 너무 좋아요.

종혁은 쑥스럽다는 듯 고개를 떨구었다.

— 부끄럽네요. 아직 갈 길이 멀어요.

— 천천히 하면 돼요.

현지는 그의 손등 위에 살짝 자기 손을 포갰다. 따뜻한 온기가 전해져 왔다.

— 시작했으니 된 거예요. 저는 종혁 씨가 계속 글을 쓰는 모습을 볼수 있어서 정말 기뻐요.

종혁은 가슴이 먹먹해졌다. 그 한 마디 한 마디가 그의 마음속 응어리를 조심스럽게 녹여주는 것 같았다. 순간 울컥하는 감정을 애써 삼키며 그는 고개를 들어 현지에게 미소 지어 보였다.

— 정말 고마워요, 현지 씨.

— 고맙긴요.

그녀는 환하게 웃었다.

— 저야말로… 요즘 종혁 씨 덕분에 많이 웃어요.

짧은 고백 같은 그 말에 종혁의 심장이 두근거렸다. 서로가 서로에게 작은 위안이자 행복이 되고 있다는 사실이 또렷이 느껴지는 순간이었다.

그러나 행복한 순간도 잠시, 현지는 아쉬운 듯 시계를 흘깃 보았다.

— 이제 들어가 봐야겠어요…. 금방 오후 회진 시간이네요.

아쉬움이 밀려왔지만 종혁은 이해한다는 듯 고개를 끄덕였다.

— 그래요. 너무 무리하지 말고, 천천히 다녀와요.

현지는 자리에서 일어서며 말했다.

— 아, 종혁 씨. 혹시 오늘 저녁에 시간 괜찮으세요? 제가 퇴근하고 잠깐 볼 수 있을 것 같은데….

종혁의 눈빛이 밝아졌다.

— 네, 괜찮아요. 저야 언제든.

— 그럼…

그녀는 살짝 미소 지으며 이어 말했다.

— 퇴근 때까지 기다려줄래요?

— 물론이죠.

종혁은 주저 없이 대답했다.

— 하지만 시간은 더 걸릴 텐데… 괜히 너무 오래 기다리시는 거 아닌가 해서요.

현지가 걱정스레 말하자, 종혁은 고개를 저었다.

— 저는 괜찮아요. 여기 글도 쓸 수 있고… 그리고 기다리는 건 저도 이제 잘할 수 있어요.

그는 장난스레 웃어 보였지만, 그 말속에는 진심이 담겨 있었다. 현지는 그런 종혁을 잠시 바라보더니 이내 안심한 듯 미소를 지었다.

— 알겠어요. 끝나고 다시 올게요.

그녀는 아쉬운 눈빛으로 그의 귀에 만날 시간을 알려주며 그를 한 번 더 바라보고는 카페를 나섰다.

종혁은 그녀의 뒷모습이 카페에서 사라질 때까지 시선을 떼지 못했다. 그리고 식어가던 아메리카노를 들어 천천히 한 모금 마셨다. 커피의 쌉싸래한 향이 입안에 퍼졌다. 방금 나눈 짧은 대화가 꿈결처럼 따뜻하게 느껴졌다. 그는 자신도 모르게 가슴에 손을 얹었다. 심장이 콩콩 뛰고 있었다. 오래 잊고 지냈던 행복이라는 감정이 조심스레 고개를 내미는 것만 같았다.

종혁은 노트북을 덮고 가방에 넣었다. 그녀에게 간단한 메시지를 보낸 후 자리에서 일어나 천천히 카페를 나섰다. 오후의 햇살은 한결 부드러워져 있었다. 그는 곧장 병동 안으로 발길을 향했다. 약속된 시간까지 아직 여유가 있었다. 그 시간 동안 병원 대기실에서 그녀를 기다리기로 한 것이다.

병원 안으로 들어서니 특유의 소독약 냄새와 함께 차분한 정적이 감돌았다. 오후 시간대의 로비는 비교적 한산했다. 몇몇 환자와 보호자들이 이리저리 걸음을 옮기거나 의자에 앉아 차례를 기다리고 있었다. 종혁은 구석진 의자 하나를 골라 앉았다. 입구 너머로 햇살 한 줄기가 대리석 바닥 위에 길게 드리워지고 있었다. 그는 가방에서 작은 메모 수첩과 펜을 꺼내 들었다. 노트북 대신 수첩을 꺼낸 데에는 거창한 이유가 있었던 것은 아니다. 그냥 이 공간에서는 펜을 움직이고 싶다는 생각이 들었기 때문이다.

주위를 둘러보니 저쪽에는 휠체어에 탄 할머니 곁을 지키고 있는 중년 여성이 보였다. 여성은 할머니의 손을 꼭 잡은 채 무언가를 담담히 이야기하고 있었다. 할머니는 고단한 얼굴이었지만, 곁에 누군가 있다는 것만으로도 안심이 되는 듯 눈을 감고 고개를 끄덕이고 있었다. 또 다른 쪽에는 초조한 얼굴의 젊은 남성이 진료실 문을 바라보며 두 손을 모으고 서 있었다. 아마도 소중한 누군가가 진료를 받고 있는 모양이었다. 병원 대기실에는 이처럼 각자의 사연을 품은 사람들이, 저마다의 희망과 불안을 안고 있었다.

종혁은 그런 풍경들을 바라보다가 수첩의 한 페이지를 펼쳤다. 그리

　　　　　　　　세상에서 가장 아름다운 슬픔

고 천천히 펜을 움직여 몇 줄을 적어나갔다. 아까 카페에서 미처 쓰지 못한 생각들과, 방금 눈앞에서 포착한 장면들을 단편적인 문장으로 남겼다.

"그녀는 거울 속 자신의 모습을 물끄러미 바라보고 있었다. 지친 눈꺼풀 아래 옅게 드리운 다크서클, 그리고 입가에 어색하게 설린 희미한 미소가 그녀의 고단함을 말해주는 듯했다."

수첩 위로 떨어지는 햇살이 눈부셔 종혁은 고개를 살짝 들었다. 마침 안내 방송이 흘러나오며 대기 중인 번호를 호명하고 있었다. 일상적인 병원의 풍경 속에서, 그는 오랜만에 느끼는 편안함에 조용히 숨을 내쉬었다.

얼마나 시간이 흘렀을까. 몰입해서 글을 끄적이던 종혁은 누군가 다가오는 기척에 얼굴을 들었다. 현지였다. 조금 전보다 더 피곤해 보였지만 여전히 미소를 머금고 있었다. 그녀는 손에 작은 음료 캔 두 개를 들고 있었다.

— 메시지 덕분에 찾기 쉬웠어요.

그녀가 낮은 목소리로 말했다.

— 잠깐 짬이 나서요. 너무 오래 기다리게 하는 것 같아 죄송해서….

종혁은 얼른 고개를 저었다.

— 아니에요. 전 괜찮아요. 오히려… 이렇게 기다리는 동안 오랜만에 글도 좀 쓰고, 여러 생각도 정리할 수 있었어요.

그가 들어 보인 메모 수첩을 보자 현지의 얼굴에 환한 빛이 스쳤다.

— 정말요? 다행이에요.

그녀는 안도의 미소를 지으며 캔 하나를 그의 손에 쥐어 주었다.

— 커피는 아까 드셨으니, 이번엔 자몽주스예요. 시원한 거 드시면서 조금만 더 기다려주세요.

종혁은 손에 전해진 서늘한 감촉을 느끼며 캔을 내려다보았다. 밝은 과일 그림이 그려진 주스 캔이었다.

— 고마워요. 현지 씨야말로 쉬지도 못하고… 괜찮아요?

— 전 괜찮아요.

그녀는 이마에 흘러내린 잔머리를 손끝으로 쓸어 넘기며 부드럽게 웃었다.

— 곧 끝나니까요. 금방 다시 올게요.

그러고는 주변 눈치를 살피며 재빨리 종혁의 손과 어깨를 토닥였다.

— 조금만 기다려요.

짧은 응원의 몸짓이었지만 종혁의 마음엔 따뜻한 파동이 일었다. 그는 고마움에 가슴이 벅차올라 아무 말 없이 그녀의 뒷모습을 배웅했다. 손과 어깨를 토닥거릴 때 전해진 작은 온기가 종혁의 가슴을 요동치게 했다.

남은 기다림의 시간은 더 이상 외롭지 않았다. 종혁은 손에 쥔 차가운 주스 캔을 느긋하게 굴리며 다시 수첩을 펼쳤다. 방금 전 현지의 밝은 미소를 떠올리며, 그는 새로운 문장을 적어 내려갔다.

"오늘도 무사히 근무를 마쳤으니, 잘 견뎌냈다고 스스로를 다독이며 시작했다."

문장을 써 내려가던 그의 입가에 잔잔한 미소가 번졌다.

마침내 해가 저물 무렵, 현지가 약속대로 종혁에게로 왔다. 이번에는 모든 업무를 끝마쳤는지, 그녀의 손에는 벗어 둔 겉가운과 앙증맞은 가방이 들려 있었다.

— 많이 기다렸죠?

그녀가 멋쩍게 웃으며 다가오자 종혁은 천천히 자리에서 일어섰다.

— 괜찮아요. 전혀 지루하지 않았어요.

그는 사실대로 말했다. 기다리는 동안에도 그녀의 존재를 느끼며 글을 쓰며 생각에 잠길 수 있었기에, 그 시간은 결코 외로운 공백이 아니었다.

현지는 안심한 듯 미소를 지었다.

— 이제 저녁인데, 같이 식사할래요?

— 좋아요.

종혁은 환하게 웃으며 대답했다. 두 사람은 나란히 병원 로비를 걸어 나왔다.

밖으로 나오자 석양빛이 거리를 물들이고 있었다. 병원 앞 가로수에는 벚꽃 잎이 하나둘 흩날려 길모퉁이에 쌓이고, 저녁 공기에는 아직 봄의 향기가 남아 있었다. 현지는 깊숙이 숨을 들이마시며 기지개를 켰다.

— 하루가 길었네요.

그녀가 살며시 팔을 내리며 말하자, 종혁은 옆에서 고개를 끄덕였다.

— 그러게요. 그래도 끝냈잖아요. 수고 많았어요.

그의 말에 그녀는 밝게 웃었다.

잠시 두 사람 사이에 고요가 흘렀다. 노을로 붉게 물든 하늘 아래, 병원 건물의 유리창들이 부딪히는 바람에 반짝이고 있었다. 종혁은 문득 하늘을 올려다보았다. 희미한 저녁 별 하나가 떠오르고 있었다.

그는 조용히 입을 열었다.

— 현지 씨.

— 네?

그녀가 걸음을 멈추고 그를 바라보았다.

종혁은 순간 목이 메었지만, 곧 차분히 말을 이었다.

— 정말… 고마워요.

현지는 아무 말 없이 미소 지었지만, 그녀의 눈빛만은 그의 마음을 충분히 이해하고 있는 듯했다. 잠시 후, 그녀 역시 나지막이 말했다.

— 저도요.

종혁은 그 순간 깨달았다. 자신의 삶과 글이 다시 이어지며, 스스로 치유되고 있다는 것을. 눈앞에 서 있는 이 사람과 함께라면 앞으로 어떤 고비가 와도 견딜 수 있으리란 믿음이 솟았다. 그리고 그 믿음이야말로 자신이 써 내려갈 이야기의 가장 깊은 힘이 되어주리라는 것을.

두 사람은 천천히 길을 따라 걸어갔다. 서로의 발걸음에 보조를 맞추며, 때로는 조용히 눈빛을 교환하면서. 머리 위로 붉게 타오르던 노을은 점차 잦아들고, 대신 맑은 초저녁 달빛이 모습을 드러냈다. 밤의 공기는 서늘했지만, 종혁의 마음은 어느 때보다도 따뜻했다. 오랜 상처로 얼어붙었던 그의 내면에는 이제 서서히 새 생명의 숨결이 돌기 시작했다. 마치 긴 겨울 끝에 첫 봄기운이 스며들 듯, 그의 삶에 다시 여린 빛의 희망이 고요히 피어오르고 있었다.

제19화 　　　　　　　　마지막

이
별

현지는 무덤을 떠나오는 길 내내 흐르는 눈물을 주체하지 못했지만, 막상 버스 시간이 가까워지자 마음 한편이 이상하리만치 담담해지는 것을 느꼈다. 마치 아주 먼 길을 달려와 끝없는 폭풍 속에서 빠져나온 사람처럼, 그녀의 눈에는 붉게 물든 하늘과 거리의 풍경이 느릿하게만 보였다.

현지는 희뿌연 빗방울이 맺힌 버스 창문을 물끄러미 바라보고 있었다. 달리는 버스의 진동에 따라 작은 물방울들이 창유리를 타고 위아래로 궤적을 만들며 흘러내렸다. 창밖으로 보이는 도시의 풍경은 흐릿한 빛과 함께 서서히 뒤로 밀려났고, 그녀의 시선은 그 흐려진 풍경 너머 어딘가에 머물렀다. 스쳐 지나가는 가로등 불빛과 도심 외곽의 회색빛 건물들, 그리고 빗물에 번져가는 불빛들이 그녀의 기억 저편에 잠들어 있던 과거를 불러일으켰다.

버스가 속도를 줄이며 커브를 돌 때마다 현지의 가슴도 함께 기울어졌다. 그날의 기억이 파도처럼 밀려왔다. 오래전, 사랑했던 남자친구와 함께 이 버스에 올랐던 마지막 날의 모습이 아스라이 떠올랐다. 창밖에 비친 자신의 희미한 윤곽 옆으로, 마치 환영처럼 그의 미소가 어른거리는 듯했다. 그녀는 무심코 창에 비친 자기 모습을 바라보다가, 문득 눈가에 뜨거운 눈물이 맺혀 흐르는 것을 느꼈다. 흔들리는 차창에 기대어 눈을 감자, 귓가에는 버스 엔진 소리 대신 옛 연인의 웃음소리와 속삭임이 아련하게 되살아났다.

그는 늘 창가에 앉아 현지에게 도시를 벗어나면 곧 나타날 푸른 언덕을 가리키며 꿈을 이야기하곤 했다.

"나중에 다 나으면, 우리 저기 가보자."

투병 중에도 희망을 놓지 않던 그의 목소리가 빗소리에 실려 들려오는 듯했다. 하지만 그 약속이 끝내 지켜지지 못했음을, 현지는 창밖으로 스쳐 지나가는 푸르스름한 산등성이를 바라보며 쓰라린 마음으로 되새겼다. 버스 안의 희미한 네온 불빛이 그녀의 눈물 자국을 비추었고, 현지는 애써 입술을 깨물며 흐르는 눈물을 닦아냈다. 오늘 이 여행의 끝에서, 마침내 진정한 이별을 고해야 한다는 결심이 그녀의 가슴 한 구석을 서서히 물들이고 있었다.

빗줄기는 잦아들었지만 잿빛 구름 아래의 공기는 여전히 축축했다. 도시 외곽, 작은 언덕 너머 자리한 묘지는 적막에 휩싸여 있었다. 푸르게 우거진 나무들 사이로 오래된 묘비들이 줄지어 서 있고, 발밑의 잡초들은 이따금 불어오는 바람에 스치는 소리를 냈다. 현지는 잔뜩 젖은 흙길을 따라 천천히 걸음을 옮겼다. 그가 잠들어 있는 곳, 오랫동안 찾지 못했던 옛 남자친구의 무덤이 가까워질수록 그녀의 심장은 점점 빠르게 고동쳤다.

드디어 묘비 앞에 다다랐을 때, 현지는 한동안 아무 말도 하지 못하고 굳은 듯 서 있었다. 비에 씻겨 더욱 선명해진 그의 이름과 날짜들이 묘비에 새겨져 있었다. 그 이름을 보자마자 가슴 깊숙한 곳에서부터 뜨거운 것이 치밀어 올랐다. 현지는 떨리는 손끝으로 묘비를 어루만지며 입술을 달싹였지만, 처음에는 목소리가 나오지 않았다. 마른 잎 하나가

세상에서 가장 아름다운 슬픔

나무에서 떨어져 그녀의 발치에 사뿐히 내려앉았다. 그 순간 마치 누군가 등이 떠민 듯, 숨죽여 참아왔던 감정이 와르르 무너졌다.

— 정말 미안해….

그녀는 떨리는 목소리로 간신히 말을 뗐다.

— 내가… 이제서야 왔어….

이어 한숨처럼 터져 나온 흐느낌이 온몸을 휘감았다. 현지는 두 손으로 얼굴을 가린 채 한 걸음 또 한 걸음 무덤에 가까이 다가갔다. 이마를 차가운 묘비에 대고 어깨를 들썩이며 흐느끼던 그녀는, 마침내 참아왔던 죄책감을 토해내듯 울부짖었다.

— 난… 정말 못된 년이야!

고요한 묘지에 그녀의 절규가 메아리쳤다. 한때 자신의 전부였던 사람을 그렇게 떠나보내고도 살아남아, 어느새 다른 삶을 살아가고 있다는 사실이 그녀를 옥죄고 있었다.

— 널 두고… 나 혼자 행복해지려 했어. 미안해, 정말 미안해. 너는 이렇게 차가운 땅속에 조용히 잠들어 있는데, 나는 살아서, 웃고, 또… 사랑하게 됐어. 처음엔 숨을 쉴 수 있을 것 같았어. 그 사람의 따뜻한 손을 잡고 나니까, 얼어 있던 심장이 조금씩 움직이더라. 근데 그게 너무 고통스러웠어. 행복해질수록… 네가 더 선명해졌거든. 마치 내가 널 두 번 죽이는 것 같아서, 그 죄책감이… 나를 갈가리 찢었어.

— 하지만… 이제는… 너를, 그때의 너를 그리움 속에 가둬두려고 해. 더는 그 기억에 매달려 무너지지 않고 싶어. 널 잊겠다는 게 아니야. 내 생이 다하는 그때 꺼내 보도록, 지금은 너를 놓을게. 내 마음 깊은 곳

에, 아주 조용히 묻어둘게. 잘 있어, 사랑해….

그녀는 흐트러진 머리칼 사이로 눈물에 붉어진 눈을 빛내며 자책했다. 숨이 가쁠 만큼 울음을 쏟아낸 끝에, 다리에 힘이 풀린 현지는 묘 앞에 주저앉았다. 차가운 비바람이 지나간 뒤 찾아온 적막 속에서, 그녀의 흐느낌만이 한동안 묘지 가장자리에서 잦아들지 않고 이어졌다. 무릎 위로 떨어지는 눈물방울들이 한 줌의 흙을 적셨고, 현지는 떨리는 손으로 그 흙을 쥐며 조용히 말했다.

— 정말… 미안해. 이젠 보내줄게…. 이제는 정말 안녕….

그 말과 함께 그녀는 긴 세월 가슴에 묶어 두었던 이별의 인사를 비로소 건넸다.

버스 정류장에 이르렀을 때쯤, 어느새 비구름 사이로 저녁노을의 희미한 빛이 비치고 있었다. 현지는 무덤을 떠나오는 길 내내 흐르는 눈물을 주체하지 못했지만, 막상 버스 시간이 가까워지자 마음 한편이 이상하리만치 담담해지는 것을 느꼈다. 마치 아주 먼 길을 달려와 끝없는 폭풍 속에서 빠져나온 사람처럼, 그녀의 눈에는 붉게 물든 하늘과 거리의 풍경이 느릿하게만 보였다.

한참을 멍하니 노을 진 하늘을 바라보던 현지는 문득 주머니 속 휴대전화를 꺼냈다. 주위에는 저문 빛 아래 귀갓길에 오른 몇 사람들만이 보일 뿐, 그녀의 귓가엔 아직도 묘지에서의 자신의 울음소리가 맴도는 듯했다. 떨리는 손끝으로 번호를 눌러 전화를 걸자, 몇 번의 신호음 끝에 익숙한 음성이 들려왔다.

— 현지 씨?

낮게 울리는 종혁의 목소리에 현지는 그제야 숨을 고르며 입을 뗐다.

— 종혁 씨.

그녀는 잠시 말을 잃은 듯 침묵에 잠겼다. 떨림 섞인 울음소리가 전화기 너머로 스며 나왔다. 그 순간, 미안함과 슬픔이 겹겹이 밀려와 현지의 온 정신을 압도했다.

— 나… 다녀왔어요. 오늘… 거기 다녀왔어요.

마침내 그녀는 떨림을 삼키며 조심스레 고백했다. 순간 전화 건너편에서 아무 말이 없었지만, 대신 전해지는 그의 조용한 숨소리에서 수많은 감정이 느껴졌다. 한참 뒤, 종혁은 아주 부드러운 목소리로 말했다.

— 그래… 잘했어요.

그 한마디에 현지의 눈시울이 다시 뜨거워졌다. 핸드폰을 쥔 손이 가늘게 떨렸다.

— 오늘 저녁에 내가 갈까요?

종혁이 조용히 물었다. 현지는 잠시 하늘을 올려다보았다. 붉은 노을빛이 점차 사그라지고, 회색빛 밤이 밀려오고 있었다. 그녀는 콧등을 훌쩍이며 나지막이 대답했다.

— 네…. 보고 싶어요. 빨리 와주세요. 빨리요….

울먹이는 목소리에 종혁은 단호하면서도 다정하게 답했다.

— 기다려요. 금방 갈게요.

통화를 마치고 전화를 끊자, 현지는 마치 어둠 속에서 등불을 발견한 사람처럼 휴대전화를 가슴에 꼭 끌어안았다. 그리고 멀지 않아 그와 마주하게 될 오늘 밤을 떠올리며, 처음으로 뜨거웠던 눈물 대신 긴 한숨을 내쉬었다.

저녁 무렵, 현지는 약속 장소인 작은 공원 벤치에 앉아 있었다. 가로 등 불빛이 하나둘 켜지기 시작한 어둑한 공원에는 싸늘한 초겨울의 기 운이 감돌았다.

멀리서 다급한 발걸음 소리가 들려오더니, 이내 종혁이 숨을 고르 며 그녀 앞에 멈춰 섰다. 그의 얼굴에는 걱정과 안도가 뒤섞인 표정이 어렸다. 현지는 일어서려 했지만, 종혁은 살며시 그녀의 어깨를 잡고 그 대로 앉아 있도록 했다.

— 많이 기다렸죠?

그의 나지막한 목소리에 현지는 고개를 젓다, 이내 터져 나오는 눈 물을 참지 못하고 오열하기 시작했다.

— 종혁 씨, 난 진짜 이기적인 사람인 것 같아요. 사랑이 어떻게 변해 요? 죽도록 사랑했던 사람을 이렇게 쉽게… 버리듯 두고 왔어요. 난 정 말… 너무나….

그녀는 그를 올려다보았다. 가로등 불빛 아래 드리운 그의 그림자 가 그녀를 포근히 감싸안는 듯했다.

— 나… 나 정말 그 사람하고….

말을 마치는 동시에 현지는 목이 메어 더 이상 말을 잇지 못했다. 금 세 두 볼을 따라 눈물이 주르륵 흘러내렸다.

종혁은 아무 말 없이 두 팔을 벌려 그녀를 단단히 끌어안았다. 현지 는 마치 허물어진 아이처럼 그의 품에 얼굴을 파묻었다. 오열이 다시금 몸을 뒤흔들며 쏟아져 나왔다.

　　　　　　　　　　　　세상에서 가장 아름다운 슬픔

— 흑… 흑… 나 너무 나빴지…. 정말 미안한데… 너무 늦게… 이제
서야….

그녀는 가슴속 깊은 곳에서 끝없이 쏟아져 나오는 슬픔과 미안함을
주저리주저리 토해냈다. 하지만 말의 앞뒤는 흐트러지고 울음에 묻혀
알아듣기 힘들었다. 종혁은 아무 대답도 하지 않은 채, 그녀를 더욱 꼭
끌어안고 등을 천천히 어루만져 주었다. 그의 품은 말없이 따뜻했고, 가
늘게 떨리는 그녀의 어깨를 토닥이는 손길은 그 어떤 말보다도 큰 위로
가 되었다.

얼마나 그렇게 울었을까. 현지는 거의 숨을 쉬지 못할 정도로 한참
을 흐느끼다가, 이윽고 지쳐가는 몸을 느꼈다. 그녀의 울음소리는 점차
훌쩍거림으로 바뀌었고, 종혁의 품속에서 그의 옷깃을 움켜쥔 손도 조
금씩 힘을 풀었다. 종혁은 여전히 말없이 그녀를 품에 안은 채, 눈물이
잦아들 때까지 함께 있었다. 차가운 밤공기가 두 사람 주위로 스며들었
지만, 그의 체온이 그녀에게 전해져 전혀 춥지 않았다.

현지는 겨우 얼굴을 들었다.

— 나… 어떡하지… 이제 나 어떡해요….

그녀가 흐린 눈으로 묻자, 종혁은 젖은 그녀의 눈가를 조심스레 엄
지로 닦아주며 조용히 말했다.

— 이제, 울고 싶을 때 언제든 울어요. 그리고… 내가 옆에 있을 게
요. 언제든 보고 싶을 때 같이 보러 가요. 평생 절대로 그 사람 잊지 마
요. 나도 현지 씨처럼 그 사람 절대로 잊지 않을 게요. 그리고 그 사람에
게 감사하며 살게요. 그 사람에게 약속할게요. 절대로 현지 씨 슬픈 울

음은 나로 인해서는 없을 거라고.

그 몇 마디에 현지는 다시 그의 가슴께로 얼굴을 묻고 말았다. 이번에는 이전처럼 폭발적인 오열이 아니라, 긴 여운처럼 남은 눈물을 천천히 흘렸다. 종혁은 그런 그녀의 등을 말없이 토닥였다.

그날 늦은 밤, 종혁은 끝내 현지가 지쳐 잠들 때까지 곁을 지켜주었다. 그녀의 눈물이 마르고 규칙적인 숨소리가 들려올 때까지, 그는 팔로 그녀를 감싼 채 조용히 속삭였다.

— 괜찮아요…. 이젠 괜찮아요.

수없이 되뇌는 위로의 말이 밤새 그녀의 꿈을 지켜 주길 바라는 마음으로, 그는 단 한순간도 그녀에게서 눈을 떼지 않았다.

새벽녘, 종혁의 작업실 창으로 아주 희미한 빛이 스며들고 있었다. 창문 너머 밤하늘은 깊은 남색에서 서서히 옅은 푸른빛으로 바뀌어 가고, 열린 창 틈 사이로 찬 공기가 밀려와 방안을 맴돌았다. 밤새 내린 겨울비로 젖은 흙 내음과 함께, 멀리서 들려오는 소음 소리가 고요를 채우고 있었다. 종혁은 책상 앞에 앉아 스탠드 불빛 아래 놓인 수첩을 바라보았다. 그의 눈앞에는 조금 전까지도 눈물을 흘리다 지쳐 잠든 현지의 창백한 얼굴이 아른거렸다.

만감이 교차하는 가슴을 붙잡고, 종혁은 천천히 펜을 들어 흰 종이 위에 글을 쓰기 시작했다. 펜촉이 사각거리는 소리가 정적 속에 울렸다. 밤과 새벽 사이의 적막한 공기를 가르며 한 줄 한 줄 글자가 맺혀나갔다.

세상에서 가장 아름다운 슬픔

"병원 건물 밖에는 이미 겨울 저녁의 어둠이 짙게 깔려 있었다. 가로등 불빛이 인도 위에 희끄무레한 원을 그리며 번지고, 길가에는 하루를 마치고 귀가하는 사람들의 발걸음이 하나둘 스쳐 지나갔다. 그녀가 숨을 내쉴 때마다 하얗게 피어오르는 입김이 어둠 속으로 흩어졌다."

글을 쓰는 동안에도 그의 귓가에는 현지의 흐느낌이 아직 남아 있는 듯했고, 가슴 한편이 뻐근히 아려왔다. 그는 잠시 펜을 멈추고 창밖을 바라보았다. 동쪽 하늘에 새로운 빛이 피어나자 새벽 소리가 조금씩 잦아들고, 대신 먼 산 위로 새들의 첫 울음이 들려오는 듯했다. 희미한 새벽빛이 작업실 안을 푸르게 물들였다.

종혁은 다시금 시선을 내려 글귀를 이어나갔다.

"그녀는 걸음을 멈추고 깊게 숨을 들이쉬었다. 차디찬 공기가 폐 깊숙이 파고들자, 비로소 온몸에 남아 있던 긴장이 스르르 풀리는 듯했다."

종이에 적힌 문장이 등불 아래에서 조용히 빛났다. 그는 깊은숨을 내쉬며 속으로 굳게 다짐했다. 현지의 지난 상처를 자신의 온기로 덮고, 그녀가 잃어버린 웃음을 되찾아주겠다고. 그 생각에 이르자, 종혁은 아린 가슴 한편에서 처음으로 잔잔한 희망이 피어오르는 것을 느꼈다.

창문을 통해 들어온 새벽 공기가 그의 뺨을 스쳤다. 종혁은 조용히 자리에서 일어나 창가에 섰다. 밤과 새벽이 교차하는 하늘 아래, 빗방울을 머금은 나뭇잎들이 미약한 바람에 속삭이고 있었다. 도시의 밤은 막을 내리고, 새로운 하루가 서서히 밝아오고 있다. 종혁은 차가우면서도 상쾌한 새벽 공기를 깊이 들이마셨다. 그리고 눈을 감은 채, 마음속으로 다시 한번 속삭였다.

— 이제 그녀의 아픔은 우리의 행복으로 덮을 거야.

그 다짐은 아침 안개처럼 고요하지만 분명하게 그의 가슴속에 퍼져 나갔다. 그렇게 그는 동틀 무렵의 창가에 홀로 서서, 저 멀리 떠오르는 빛을 응시했다. 새벽 기상 소리와 차가운 새벽 공기가 어우러진 적막한 공간 속에서, 종혁의 눈앞에 떠오르는 첫 햇살이 조용히 두 사람의 새로운 시작을 비추고 있었다.

세상에서 가장 아름다운 슬픔

제20화

긴 기다림의

끝
에
서

길고 길었던 기다림 끝에, 두 사람은 마침내 서로를 마주하였다. …
서로의 온기와 숨결을 느끼면서, 두 사람은 한동안 그 자리에서 떨어
지지 않았다. 마치 그러면 지난날의 상처와 외로움이 모두 치유되기
라도 하듯이.

진형은 손끝이 새하얗게 질릴 정도로 주먹을 꽉 쥐고 있었다. 병원 가운 소매 아래로 뻗은 팔이 미세하게 떨렸고, 심장은 고장 난 시계처럼 불규칙하게 뛰었다. 수술실 앞 복도는 소독약 냄새로 가득했고, 차갑게 깔린 바닥 타일의 한기가 발끝으로 스며들었다. 진형은 깊게 들이마신 숨을 천천히 내쉬며 마음을 진정시키려 애썼다. 그러나 머릿속에는 '성공 확률 십 퍼센트 미만'이라는 말이 윙윙거렸다.

　　그는 의료진의 움직임을 멍하니 바라보았다. 저 두꺼운 문 안쪽에서는 곧 자신의 운명을 가를 수술이 시작될 터였다. 수술이 성공할 확률은 고작 열 번 중 한 번도 안 된다는 의사의 말이 귓가를 맴돌고 있었다. 만약 실패하면… 만약 손의 감각을 영영 되찾지 못하면 어쩌나. 손끝이 다시 살아날 가능성은 희박했지만, 그럼에도 진형은 이 수술에 모든 것을 걸기로 했다. 마지막 희망이었다.

　　긴 병원 생활을 위해 짧게 깎은 머리칼 사이로 땀이 배어 나와 이마를 타고 흘렀다. 그는 수술복 차림으로 차가운 복도에 누워 손등으로 이마의 식은땀을 훔쳤다. 오른손의 감각은 정상이었지만, 수술을 받을 왼손의 몇 손가락은 여전히 남의 손처럼 거의 무감각했다. 붕대로 단단히 감싸인 왼손을 내려다보자 가슴 한구석이 서늘해졌다. 혹시 이 감각조차도 평생 돌아오지 않으면 어쩌나, 두려움이 목까지 차올랐다.

하지만 포기할 수 없었다. 진형은 이를 악물고 마음을 다잡았다. 한국에 있는 소영을 만나기 위해. 그리고 결국 그는 마지막 희망을 찾아 미국의 전문 병원까지 왔다. 낯선 땅에서 긴 비행과 온갖 검사를 견뎌내며 버틴 끝에 바로 이 순간에 이르렀다. 이제 여기서 물러설 수는 없었다.

문득 그는 눈을 감았다. 어두운 눈꺼풀 뒤로 자연스레 소영의 얼굴이 떠올랐다. 서울에 두고 온 그녀였다. 언제나 부드럽게 자신을 바라보던 눈빛과 조용한 미소, 긴 생머리, 진형은 속으로 그녀의 이름을 불렀다.

'소영…'

떨리는 입술 사이로 무언의 이름이 흘러나왔다. 그녀와 함께 했던 나날들이 주마등처럼 스쳐 갔다. 반드시 수술이 성공한다면, 다시금 이 손으로 그녀의 손을 잡을 수 있을 것이다. 다시 두려움 없이 건반에 손을 올릴 수 있는 일상으로 돌아갈 수 있을 것이다. 간절한 바람이 가슴을 저미며 피어올랐다.

─ 진형 씨, 준비됐습니다.

부드러운 한국어로 들려온 목소리에 그가 눈을 떴다. 병원에서 배정해 준 통역 간호사였다. 목이 콱 메었지만 진형은 간신히 고개를 끄덕여 보였다. 곧이어 수술실 문이 열리고, 차가운 금속 수술대와 눈부신 조명이 그를 맞았다. 그는 심호흡을 하며 천천히 걸음을 옮겼다. 가슴속 두근거림이 점점 빨라졌다.

세상에서 가장 아름다운 슬픔

수술대에 누워 마취 마스크를 쓰기 전, 진형은 마지막으로 마음속으로 간절히 빌었다.

'꼭 다시 그녀를 볼 수 있게 해주세요…. 제발.'

누구를 향한 기도인지 모를 간구였다. 그 순간 떠오르는 건 오직 소영의 얼굴뿐. 마취제가 투여되자 세상은 서서히 흐릿하게 번져갔다. 의식이 아득해지는 와중에도 진형은 끝까지 소영을 생각했다. 그것만이 그를 버티게 해주는 유일한 빛이었다.

소영은 오늘도 미술 상담실 의자에 조용히 앉아 있었다. 책상 위에는 하얀 도화지와 연필이 놓여 있었지만, 그녀의 시선은 그 너머 허공에 멍하니 고정되어 있었다. 내담자는 바로 곁에서 조용히 그림을 그리고 있었고, 희미한 색연필 소리가 정적을 깼다.

하지만 소영의 마음속에는 다른 소음이 가득했다. 진형의 얼굴, 그의 작은 눈과 미소, 마지막으로 마주했던 날의 떨리는 목소리가 끊임없이 떠올라 그녀의 의식에 파고들었다. 그녀는 고개를 살짝 흔들며 정신을 차리려 애썼다. 지금은 일하는 시간이고, 내담자의 슬픔에 귀 기울여야 한다. 그러나 진형이 어디에 있는지조차 알 수 없다는 불안이 파도처럼 밀려와 그녀의 모든 집중력을 휩쓸어 가곤 했다.

미술 상담실의 공기는 온도가 맞춰져 있음에도 불구하고 이상하게 차갑게 느껴졌다. 그녀는 반사적으로 두 팔을 문지르며 소름 돋은 팔을 쓰다듬었다. 내담자가 그리고 있는 그림 속 푸른색의 나무가 또렷하게 보였지만, 소영의 눈에는 그 색조차 흐릿했다.

마음은 몇 번이고 진형에게로 달려가 있었다. 한 번도 연락이 끊긴

적 없던 그였지만, 지금까지 아무 소식도 들려오지 않았다. 그녀는 수십 번이나 휴대폰을 확인했지만, 화면은 텅 빈 침묵으로 일관할 뿐이었다. 혹시나 문자가 와 있지는 않을까 싶어 다시 폰을 슬쩍 들여다보았으나, 변화 없는 화면을 보고는 실망하며 내려놓았다. 다시 내담자에게 집중하려 애썼지만, 어느새 손끝은 연필을 쥔 채 종이 위를 맴돌고 있었다.

무심결에 연필 끝이 하얀 도화지를 스치며 선을 그리기 시작했다. 처음에는 무의식적인 낙서 같았다. 그러나 몇 번의 연필질 끝에, 희미하게나마 남자의 윤곽이 드러나고 있었다. 날카로운 콧날, 부드럽게 웃을 때 올라가는 입꼬리와 짧은 머리, 그리고 자신을 바라보던 작고 깊은 눈동자… 소영은 진형의 얼굴을 그리고 있다는 것을 깨닫자 가슴이 철렁 내려앉는 느낌이었다. 그녀는 움켜쥔 연필을 멈추고 당황한 듯 그림을 내려다보았다. 도화지 위에 나타난 그의 얼굴이 마치 유령처럼 그녀를 응시하는 것만 같았다. 그 순간, 옆에서 누군가 조심스레 그녀를 불렀다.

— 선생님…?

작고 조심스러운 내담자의 목소리가 그녀의 혼란을 단번에 깨뜨렸다. 소영은 놀란 듯 어깨를 움츠리며 숨을 들이켰다. 연필이 그녀의 손에서 미끄러져 종이를 살짝 긁었다. 그녀는 얼른 도화지를 뒤집으며 내담자를 향해 미소 지으려 애썼다.

— 아, 미안해요. 다 그렸나요?

그녀의 목소리는 다정하려 했으나 미세하게 떨렸다. 내담자는 걱정스러운 눈빛으로 그녀를 바라보았지만, 아무 말 없이 고개를 끄덕였다.

소영은 속으로 깊이 숨을 들이마시며 애써 마음을 가라앉혔다. 다시 내담자의 그림으로 시선을 돌렸지만, 그녀의 눈가에는 어느새 뜨거운 눈물이 맺히려 하고 있었다. 소영은 재빨리 눈을 깜박이며 눈물을 삼켰다. 여기서는 울 수 없다. 지금도 어딘가에서 혼자 마음 아파하고 있지는 않을까? 소영은 가슴속에 차오르는 걱정과 그리움을 필사적으로 누르며, 내담자의 마지막 말에 귀를 기울이려 노력했다.

상담 시간이 끝나자, 소영은 기계적으로 인사를 하고 내담자를 배웅했다. 문이 닫히고 혼자 남은 미술 상담실은 적막했다. 방금 뒤집어 둔 도화지 위로 오후의 창백한 햇살이 내려앉아 있었다. 소영은 천천히 그것을 집어 들었다. 망설이다가 떨리는 손끝으로 도화지를 다시 뒤집었다.

그 위에는 연필 선 몇 개로 대충 그려진 진형의 얼굴이 고스란히 남아 있었다. 그녀는 손끝으로 그의 뺨선이 그려진 부분을 살짝 만져보았다. 종이 위의 서늘한 질감이 손가락에 닿았다. 살아있는 온기가 없어 더욱 쓸쓸했다.

― 진형… 씨.

그녀는 이름을 불러보았지만, 텅 빈 상담실에는 대답 대신 자신의 메아리 같은 숨소리만 맴돌았다.

그날 저녁, 소영은 집으로 돌아왔다. 현관문을 열고 들어서자마자 어둠과 정적이 그녀를 맞았다. 익숙한 정적만이 그녀를 맞이하고 있었다.

그녀는 현관 불을 켠 채 한참을 그 자리에 서 있었다. 차가운 공기가 폐 깊숙이 스며들어 가슴이 시렸다. 두 손을 모아 가슴께에 얹고, 아직도 떨리는 숨을 내쉬었다. 마치 심장이 온몸의 무게를 전부 짊어진 듯 묵직하고 아팠다.

소영은 힘겹게 거실로 걸음을 옮겼다. 집안 곳곳에는 오래된 고독이 무겁게 드리워져 있었다. 소파 위에는 앙상해 보이는 담요가 널브러져 있었고, 식탁 위에는 그가 보이지 않던 그날 저녁 이후로 아무런 생동감도 남아 있지 않았다.

그녀는 머그잔을 가만히 들여다보았다. 말라붙은 커피 자국이 잔 바닥에 희미하게 남아 있었다. 사소한 일상들이 그대로 멈춰버린 채, 그녀를 끝없는 기다림 속에 붙들어 매는 듯했다.

저녁을 차려볼 생각조차 하지 못한 채, 소영은 소파에 주저앉았다. 텅 빈 방 안에는 그녀의 움직임에 따라 작게 삐걱대는 소리만 울렸다. 무릎을 끌어안고 몸을 웅크리자, 쓸쓸함이 한꺼번에 몰려왔다. 밖에서는 밤바람이 창문을 스치며 지나가고 있었다. 소영은 고개를 들어 어둑해진 창문을 바라보았다. 가로등 불빛이 창틀을 따라 길게 번지고, 그 사이로 바람 소리가 새어 들어왔다. 마치 누군가 기도하듯 조용히 속삭이는 소리 같았다. 그녀는 그 희미한 소리를 따라 조용히 중얼거렸다.

— 진형 씨….

그녀의 목소리는 터져 나올 듯한 울음에 섞여 나지막이 번졌다. 참아왔던 눈물이 마침내 흘러내렸다. 울지 않으려고 그렇게 애썼건만, 집에 돌아온 순간부터 이미 버티기 어려웠던 것이다. 소영은 얼굴을 두 손에 묻었다. 뜨겁고도 차가운 눈물이 손바닥 사이로 흘러내려 옷소매를 적셨다. 가슴속 깊은 곳에서부터 흐느낌이 터져 나왔다. 누구를 위해 슬픔을 참아낼 필요 없는 공간, 아무도 보지 않는 이 고요한 집 안에서, 그

　　　　세상에서 가장 아름다운 슬픔

녀는 마음 놓고 무너져 내렸다.

얼마나 그렇게 울었을까. 쏟아낼 수 있는 눈물이 바닥나자, 소영은 힘없이 등을 소파에 기댔다. 흐릿한 시야로 천장을 올려다보았다. 머리가 띵하고 울리는 가운데, 단 하나의 생각만이 선명하게 남아 있었다. 진형이 없는 세상은 견딜 수 없을 것만 같았다. 하지만 그는 지금 그녀 곁에 없다. 그리고 그녀는 그를 기다릴 수밖에 없다.

소영은 천천히 숨을 골랐다. 여전히 가슴은 아팠지만, 울면서 조금은 가벼워진 것 같기도 했다. 그녀는 소매로 눈물을 훔치며 조용히 속삭였다.

— 기다릴게…. 그러니, 꼭 돌아와 줘요.

그녀의 목소리는 말 없는 어둠 속으로 스며들었다. 대답 대신 정적만 돌아왔지만, 소영은 마치 진형에게 닿기를 바라는 기도처럼 다시 한 번 속으로 되뇌었다.

'돌아와 줘, 제발.'

그 순간 눈을 감은 그녀의 뺨 위로, 차가운 눈물 자국을 따라 한 줄기 바람이 스쳐 지나갔다. 어딘가에서 불어온 밤의 바람이었다. 소영은 그 희미한 감촉에 잠시 눈을 뜨고 주변을 둘러보았다. 창문 틈으로 새어든 바람은 머리카락을 살짝 흔들며 곧 사그라졌다. 마치 누군가 다정히 쓰다듬어 주는 손길처럼 느껴졌다.

다시 정적이 찾아왔지만, 방금 전의 바람결이 남긴 속삭임은 그녀의 귓가에 아직도 울리는 듯했다. 소영은 천천히 눈을 감았다. 가슴 한편에 아주 작고 희미한 희망이 불씨처럼 남아 깜빡였다. 그 희망을 품은 채, 그녀는 길고도 고요한 밤의 한가운데서 홀로 그를 기다렸다.

진형은 깊은 어둠 속에서 천천히 떠올랐다. 눈꺼풀이 납처럼 무거웠다. 간신히 실눈을 뜨자 흐릿한 형체들과 형광등 불빛이 어지럽게 겹쳐 보였다. 어디선가 기계음이 규칙적으로 울리고 있었다. 숨을 쉬려고 하니 목이 칼칼했고, 몸을 조금이라도 움직이려 하면 온몸이 뻐근하게 저렸다. 특히 왼손에서 밀려오는 통증은 불에 덴 듯이 강렬했다. 그는 신음 섞인 숨을 내쉬며 고개를 옆으로 힘겹게 돌렸다. 곁에 누군가의 움직임이 느껴졌다.

— 진형 씨, 들리세요?

아련한 목소리가 들려왔다. 통역 간호사가 환한 웃음을 지으며 그의 얼굴을 들여다보고 있었다.

— 수술, 잘 끝났어요. 많이 아프시죠? 지금은 움직이지 마세요.

그녀의 말에 진형은 아주 조금 고개를 끄덕였다. 온몸을 엄습하는 고통 속에서도 마음 한편이 스르르 풀어지는 것 같았다. 무사히 끝났다고 했다. 최소한 목숨은 건졌다는 안도감이 몰려왔다. 진형은 머리맡에서 일정한 리듬으로 울리는 심장박동 모니터 소리를 들으며 다시 천천히 눈을 감았다.

그러나 진짜 싸움은 이제부터 시작이었다.

며칠 뒤, 진형은 통증으로 몇 번이고 의식을 잃을 뻔하면서도 재활 치료를 받기 시작했다. 수술 부위의 붕대를 풀고 처음 왼손을 본 날, 그는 차마 그것을 똑바로 들여다볼 수 없었다. 감각은 여전히 돌아오지 않았고 손가락들은 푸른 기운만 띤 채 굳어 있었다. 의료진은 침착한 목소리로 설명했다.

— 신경이 회복되려면 시간이 걸립니다. 규칙적으로 재활 치료를 받으면 차츰 나아질 거예요.

머리로는 이해했다. 하지만 가슴은 속부터 무너져 내리는 듯했다. 손끝 하나 까딱할 수 없다는 현실에 숨이 막혔다.

그날 밤, 진형은 병실 침대 가장자리에 앉아 혼자 눈물을 떨구었다. 버티고 버티던 감정이 마침내 터져 나왔다. 실패한 것일까. 이 모든 고통을 감수하고도 결국 남는 것은 상처뿐이면 어쩌나. 진형은 조심스레 왼손을 들어 올려 보았지만 축 늘어진 손가락들은 미동도 없었다. 그는 멀쩡한 오른손으로 왼손을 감싸 쥐었다. 따뜻한 온기가 전혀 느껴지지 않는 왼손은 마치 남의 것 같았다. 그는 속으로 수없이 되뇌었다.

'안 돼…. 이렇게 끝낼 순 없어. 이대로 포기할 순 없다.'

절망 끝에서 다시 끌어올린 간절함이었다.

이튿날부터 진형은 이를 악물고 재활 훈련에 매달렸다. 손가락에 미세한 전기 자극을 주며 신경 반응을 깨우는 치료, 따뜻한 물속에서 손을 움직이는 연습, 작은 고무공을 쥐었다 폈다 반복하는 훈련… 처음엔 연필조차 쥘 수 없었지만 그는 포기하지 않았다. 매일 아침 재활실 문이 열리기도 전에 나가 기다렸고, 문이 닫힐 때까지 남아 땀이 식을 틈도 없었다. 통증이 밀려와 이마에 식은땀이 맺혀도, 악문 이를 풀지 않고 참아냈다. 주먹을 쥐려 하면 손바닥 전체가 불붙은 듯 화끈거렸고, 손목을 돌리려 하면 관절 깊숙이 송곳 같은 고통이 파고들었다. 목덜미까지 비명이 차오를 때도 그는 끝끝내 그것을 삼켜냈다.

그에게는 반드시 견뎌야 할 이유가 있었다. 좌절이 밀려들 때마다 진형은 휴대전화에 저장된 소영의 사진을 꺼내 보았다. 환하게 웃고 있는 그녀의 얼굴, 다정한 눈빛.

'반드시 돌아간다. 더 나은 모습으로, 당당하게 그녀 앞에 선다.'

그는 속으로 맹세하며 굳은 오른손가락에 다시 힘을 주었다. 재활치료사가 "오늘은 여기까지입니다"라며 만류해도, 그는 땀에 젖은 이마를 닦으며 떨리는 목소리로 "죄송한데, 조금만 더 하겠습니다"라고 하며 고집스럽게 버텼다. 몸이 부서져라 자신을 몰아붙인 날에는 밤에 열이 나고 수술 부위가 붓기도 했지만, 다음 날이면 다시금 이를 악물고 재활실로 향했다.

조금씩 변화의 조짐이 보이기 시작했다. 어느 겨울 아침, 왼손 엄지에 찌릿한 통증이 느껴졌을 때 진형은 놀라움에 눈물을 흘릴 뻔했다. 통증을 느낄 수 있다는 건, 신경이 다시 이어지고 있다는 뜻이었다. 그날 그는 처음으로 치료사 앞에서 왼손 엄지를 아주 미세하게 움직이는 데 성공했다. 고작 몇 밀리미터였지만 의료진은 그것만으로도 기적이라 말했다. 진형은 울음이 터질 것 같은 웃음을 지었다. 그날 밤, 그는 소영에게 이메일을 쓰려다 이내 멈추었다. 아직은 때가 아니었다. 이 정도 변화로는 그녀의 근심을 지우기에 부족하다고 느꼈다. 대신 그는 병실 책상 위 종이에 왼손으로 천천히 글씨를 써 내려갔다.

삐뚤빼뚤하게 완성된 한 단어,

'소영'.

비록 어설펐지만 분명 자신의 왼손으로 그려 낸 글씨였다. 진형은 그 종이를 두 손에 꼭 쥐고 한참 동안 소리 없이 울었다.

그리고 가을이 지나 초겨울이 올 때까지 그의 재활은 계속되었다. 조금씩 움직임을 되찾은 손가락으로 간단한 그림을 그려보기도 했다. 선은 흔들렸지만 펜을 쥐고 색을 칠할 수 있다는 사실에 가슴이 벅찼다. 팔에 감았던 보호대는 풀렸고, 통증도 차츰 견딜 만해졌다. 그는 마침내 의료진으로부터 귀국해도 좋다는 진단을 받을 때까지 스스로를 채찍질했다.

한국으로 돌아가는 비행기에 오르기 전날, 진형은 병원 옥상 정원에 올라 마지막으로 미국 캘리포니아의 하늘을 바라보았다. 손가락 사이로 스치는 바람을 천천히 느끼며 왼손을 힘껏 펴 보았다. 네 번째 손가락 끝이 아직 약간 저릿했지만, 그는 그 손으로 천천히 주먹을 쥐어 보였다. 기나긴 싸움 끝에 마침내 거머쥔 작은 승리였다. 이제, 돌아갈 시간이다.

이른 아침, 창문 너머로 옅은 새벽빛이 방 안을 푸르게 물들였다. 소영은 잠결에 베갯잇을 더듬다가 휴대폰을 집어 들었다. 밤사이 혹시라도 소식이 와 있을까 하는 한 가닥 희망으로 화면을 켰지만, 아무런 알림도 없었다. 텅 빈 메일함과 메신저 창이 새벽의 적막만큼이나 싸늘하게 느껴졌다. 오늘도 진형에게서 오는 연락은 없었다. 소영은 입술을 꼭 깨물며 조용히 한숨을 내쉬었다. 습관처럼 새로 온 메시지가 없는지 몇 번이고 화면을 위아래로 밀어보다가, 이내 휴대폰을 가슴 위에 내려놓았다. 창밖에는 어느덧 아침 해가 떠올라 희뿌연 하늘에 걸려 있었지만, 그녀의 마음 한구석은 여전히 밤과 다를 바 없이 어두웠다.

진형은 지금 어디에 있을까. 왜 갑자기 사라져 버렸을까. 소영의 머릿속에는 여전히 같은 질문들이 메아리쳤다. 대답을 알 수 없는 물음표들이 가슴 한편에 둥지를 틀고 내려앉았다. 그가 사라진 뒤로 매일 아침 되풀이되는 질문들이었다. 그때마다 돌아오는 것은 어떠한 소식도, 설명도 없는 침묵뿐이었다. 소영은 스스로에게 괜찮다고 수없이 다짐해 보았지만, 그 다짐이 한낱 거짓말에 지나지 않음을 누구보다 잘 알고 있었다.

몇 시간 뒤, 소영은 미술 상담실에서 환자를 맞이하고 있었다. 눈앞의 내담자는 불안한 눈빛으로 하얀 캔버스를 바라보고 있었다. 소영은 부드러운 미소를 띠며 조용한 목소리로 말을 건넸다.

— 천천히 해보셔도 괜찮아요. 마음에 드는 색깔부터 골라볼까요?

그녀의 권유에 내담자는 떨리는 손으로 붓을 들어 물감을 찍었다. 소영은 옆에서 부드럽게 격려의 말을 건네며, 내담자의 손끝에서 서툴지만 진솔한 그림이 조금씩 형태를 갖춰 가는 모습을 지켜보았다. 겉으로는 고개를 끄덕이고 미소를 짓고 있었지만, 마음 한구석에는 '지금 진형 씨라면 어떤 그림을 그리고 있을까? 그도 저 환자처럼 불안에 떨고 있지는 않을까?' 하는 생각이 불쑥 솟았다. 잠깐 스쳐 간 그 상념에 소영의 가슴이 서늘해졌지만, 이내 고개를 젓고 마음을 다잡았다. 그녀는 조용히 숨을 고르며 다시 눈앞의 내담자에게 집중했다. 자신의 속마음을 들키지 않도록, 애써 평온한 얼굴을 유지했다.

점심 무렵, 소영은 상담실 맞은편 작은 카페에 들렀다. 마침 창가에 빈자리가 하나 남아 있었다. 그녀는 아이스 아메리카노를 주문한 후 무겁게 걸음을 옮겨 창밖이 보이는 테이블에 앉았다. 여름 한낮의 바깥세상은 눈부시게 밝았다. 투명한 유리창 너머로 뜨거운 햇살이 쏟아지고, 플라타너스 가로수가 짙푸른 그늘을 길게 드리우고 있었다. 지나가는 사람들은 모두 분주해 보였고, 가게 앞 화단의 꽃들은 태양 아래 선명하게 피어 있었다. 그러나 소영의 눈에는 그런 생기로운 풍경이 도무지 들어오지 않았다. 그녀의 시선은 손에 든 휴대폰 화면에 머물렀다. 혹시나 하는 마음에 메신저 앱을 다시 열어보았지만 여전히 새 소식은 없었다. 진형의 마지막 메시지가 떠 있는 화면만이 고요히 그녀를 응시하고 있을 뿐이었다.

잠시 후 주문한 커피가 나왔다. 투명한 유리컵 안의 갈색 액체 위로 하얀 얼음조각들이 사르르 녹아가고 있었다. 소영은 빨대를 입에 물고도 한 모금도 빨아들이지 않았다. 머릿속에는 온갖 생각이 소용돌이쳤다.

'대체 왜 진형은 그토록 말도 없이 사라져 버린 걸까? 마음이 부담스러웠던 걸까, 아니면 다른 이유가 있었던 걸까. 연락을 할 수 없는 사정이라도 생긴 걸까.'

하루에도 수십 번씩 별별 가능성을 떠올려 보았지만 어떤 추측도 그녀를 안심시키지 못했다.

혹시나 그에게 무슨 큰일이 생긴 건 아닐까 하는 두려움이 가시처럼 돋아나 가슴을 찔렀다. 소영은 그런 상상이 떠오를 때마다 고개를 가로저으며 애써 마음을 다잡곤 했다. 지금 이 자리에서 겁에 질려 눈물을 보인들 아무것도 달라지지 않을 터였다.

그녀는 커피가 든 컵을 두 손으로 감싸 쥐었다. 차가운 유리컵의 감촉이 손바닥을 서늘하게 식혔다. 문득 정신을 차려 보니, 눈앞의 커피는 이미 얼음이 녹아 묽어져 있었다. 소영은 한숨을 내쉬고, 결국 커피를 절반도 비우지 못한 채 자리에서 일어섰다. 다시 업무로 돌아갈 시간이었다.

해 질 무렵, 소영은 하루 일과를 마친 후 천천히 걸어 나오고 있었다. 긴장이 풀리자 종일 버텨왔던 피로가 한꺼번에 몰려드는 듯했다. 창문 너머로 석양빛이 길게 들이치고 있었다. 주황빛 태양이 건물 너머로 기울어가며, 바닥에는 기다란 그림자를 드리웠다. 하루가 저물어가는 시간, 상담실은 적막할 만큼 고요했다. 사람들은 저마다 바쁜 발걸음으로 퇴근을 서두르고 있었지만, 소영은 일부러 느린 걸음으로 걸었다. 잠시 멈춰 선 그녀는, 노을에 물든 하늘을 바라보았다. 저 멀리 새 떼가 집으로 향하는지 낮게 선회하고 있었다. 아름다운 저녁 하늘이었지만, 소영의 마음은 텅 빈 복도처럼 쓸쓸하기만 했다. 오늘도 아무 일 없이 지나가 버렸다. 애써 견뎌 낸 또 하나의 하루가 그렇게 흘러갔건만, 여전히 진형의 소식은 들려오지 않았다. 가방 속 휴대폰은 끝내 침묵을 지킨 채였다.

그 후로도 소식 없는 나날들은 차곡차곡 쌓여 갔다. 무더웠던 여름이 지나가고, 금세 가을이 찾아왔다. 창문 너머로 보이던 푸르던 나뭇잎들은 어느새 노랗고 붉게 물들더니, 바람 부는 날이면 힘없이 떨어져 나갔다. 상담실에 드리우던 햇살의 각도도 조금씩 낮아져, 오후면 긴 그림자를 남기고 사라지곤 했다.

세상에서 가장 아름다운 슬픔

계절이 바뀌어 초겨울의 찬 공기가 찾아오는 동안에도, 소영의 하루들은 비슷한 모습으로 흘러갔다. 아침이면 눈뜨자마자 습관처럼 휴대폰을 확인하며 그의 안부를 궁금해했고, 낮에는 내담자들 앞에서 아무렇지 않은 듯 미소 지었다. 매일같이 새로운 내담자들의 얼굴을 마주하고 수많은 사람이 그녀의 곁을 지나쳐갔지만, 정작 소영이 애타게 그리워하는 그 얼굴만은 어디에서도 나타나지 않았다.

밤이 되면, 소영은 어김없이 그에게 보내지 못할 편지를 쓰다 찢었다. 노트북 자판 위에서 망설이는 손가락, 휴지통을 가득 채운 구겨진 편지지들, 메시지 창에 띄웠다가 지워버린 빼곡한 문자들…. 그렇게나마 마음을 쏟아내고 나서야 그녀는 간신히 잠들 수 있었다. 그러다가도 이불을 뒤집어쓰고 소리 죽여 흐느끼는 날들이 있었다. 한동안 울고 나면 맥이 풀려 잠이 들었고, 이튿날 아침이면 또 아무 일 없는 듯 눈을 뜨는 일이 반복되었다. 감정을 억누르며 버티다가도, 홀로 있을 때면 와르르 무너져 내려 눈물을 떨구는 나날들이 쌓여갔다. 그리움과 불안은 파도처럼 밀려왔다가 썰물처럼 물러나기를 되풀이했고, 소영은 그렇게 하루하루를 견디어 내고 있었다.

그날 밤, 소영은 책상 앞에 앉아 또 한 통의 편지를 써 내려갔다. 이번에도 시작은 짤막한 안부였다. 잘 지내고 있는지, 어디에 있는지, 돌아와 줄 순 없는지. 애절한 속마음이 빼곡히 이어졌다. 마지막 줄을 쓰던 그녀의 손이 잠시 멈칫했다. 이번만은 그 편지를 찢어버리지 않고 조심스레 접어서 서랍 한쪽에 넣어 두었다. 희미한 탁상등 불빛 아래에서 소영은 떨리는 숨을 길게 내쉬었다. 가만히 눈을 감자, 그녀의 뺨 위로 뜨거운 눈물이 한 줄기 흘러내렸다. 그 순간 소영은 깨달았다. 자신도 모르는 사이에, 여전히 매일같이 그를 기다리고 있다는 사실을.

창밖으로 긴 밤의 적막이 내려앉았다. 멀리 가로등 불빛들이 하나 둘 새벽을 향해 희미해지고 있었다. 소영은 진형의 이름을 가만히 입술 사이로 되뇌었다. 기다림으로 채워진 채, 또 한 번의 밤이 그렇게 지나가고 있었다. 그리고 마음속 어딘가에서 아주 작게 속삭이는 소리가 들려오는 듯했다.

'내일도 나는 그를 기다릴 것이다.'

노을이 지는 가을이 지나 초겨울, 진형은 서울의 조용한 골목에서 내렸다. 눈앞에 낯익은 간판이 보였다. 소영이 근무하는 미술 상담실이었다. 창문을 통해 희미한 불빛이 새어 나오고 있었다. 진형의 심장이 다시 요동쳤다. 그는 떨리는 숨을 몰아쉬며 천천히 다가갔다. 유리창 너머를 바라보니, 밝은 조명 아래 익숙한 실루엣이 보였다. 소영이었다.

그녀는 테이블 건너편에 앉은 사람에게 미소 지으며 고개를 끄덕이고 있었다. 아마도 마지막 내담자와 상담을 마무리하는 중인 듯했다. 일 년 만에 보는 그녀의 모습에 진형의 눈앞이 흐려졌다. 소영은 이전보다 조금 야윈 듯 보였지만 여전히 따뜻한 눈빛으로 상대를 바라보고 있었다. 그 크고 아름다운 눈, 그 표정… 모든 것이 그리웠다. 진형은 손에 든 여행 가방 손잡이를 힘주어 쥐었다. 가슴속에서 수많은 감정이 한꺼번에 치밀어 올랐다. 보고 싶었다. 미칠 듯이 그리워했던 얼굴이 바로 코앞에 있었다. 그런데 그는 선뜻 문을 열고 들어갈 수 없었다.

죄책감이 그를 붙잡았다. 일 년 동안 아무런 연락도 없이 그녀를 혼자 두고 떠나온 죄책감, 삶의 불확실한 상황에 그녀를 놓아야 했던 미안함, 연락 한 번 제대로 하지 못한 스스로에 대한 원망까지. 진형은 창문 너머 그녀를 보며 입술을 세게 깨물었다. 저 안으로 들어가 마침내 그녀를 다시 안는다면, 정말 용서받을 수 있을까. 그는 자신이 없었다. 그렇다고 이대로 뒤돌아설 수도 없었다.

상담이 끝난 듯, 소영이 자리에서 일어났다. 내담자는 고개를 숙여 인사한 뒤 상담실을 나섰다. 문이 닫히고, 소영 혼자 방에 남았다. 그녀는 약간 피곤한 얼굴로 책상 정리를 시작했다. 진형은 마른침을 삼켰다. 이제 아니면 기회는 없다. 그는 조용히 문 옆으로 발걸음을 옮겼다. 떨리는 손이 문고리를 스치다 멈칫했다. 심장이 터질 듯 뛰었다. 그는 깊이 숨을 들이쉰 뒤, 문을 열지 않은 채 아주 조용히 그녀의 이름을 불렀다.

— 소영 씨.

조용한 상담실에 울린 익숙한 목소리에 소영의 등이 순간 굳었다. 그녀는 자신이 잘못 들었다고 여겼다. 가슴속에서 맴돌던 목소리가 환청처럼 들린 것이라고 생각했다. 그녀는 불을 끄기 위해 문 쪽으로 다가섰다가 문턱 앞에서 멈춰 섰다. 그리고 그때, 어둑한 복도 끝에 서 있는 한 실루엣이 눈에 들어왔다.

어둠 속에서도 또렷했다. 긴 여행 끝에 지친 듯한 어깨, 그러나 여전히 반듯한 자세. 한 손에 여행 가방을 들고 서 있는 키 큰 남자. 희미한 복도 불빛 아래 드러난 익숙한 얼굴선. 눈물이 차올라 시야가 흐려졌지만, 소영은 단번에 알아볼 수 있었다. 진형이었다.

― 진…형 씨…?

그녀는 입술을 떨며 가까스로 목소리를 밀어냈다. 믿을 수 없다는 듯, 흐린 눈으로 그를 바라보며 조심스레 물었다.

진형은 목이 메어 한동안 말을 잇지 못했다. 북받치는 감정에 목소리가 잠겼다. 대신 그는 천천히 한 걸음, 또 한 걸음을 그녀에게로 내디뎠다. 가까이 다가서자, 소영은 몸을 움직이지 못한 채 굳어 있다가 이내 떨리는 다리로 한 걸음을 내디뎠다. 마침내 몇 걸음 차이로 좁혀진 거리, 소영의 두 눈에서 뜨거운 눈물이 방울져 떨어졌다.

소영은 입을 가리며 흐느꼈다.

― 정말… 진형 씨 맞아요…?

터져 나오듯 새어 나온 그녀의 물음에는 그것이 기쁨인지, 원망인지 분간할 수 없는 감정이 담겨 있었다.

진형은 떨리는 숨을 내쉬며 간신히 입을 열었다.

― 네…. 소영 씨, 저예요.

그의 목소리를 듣는 순간, 소영은 울음과 함께 미소 지었다. 다리가 풀릴 것 같아 휘청이던 그녀는 두 발을 떼어 그에게로 달려갔다. 그리고 와락 진형의 품에 안겼다.

― 미안해요…. 미안해요, 소영 씨….

진형은 그녀를 단단히 끌어안으며 연신 사과했다. 그의 목소리도 이미 눈물에 젖어 있었다.

소영은 그의 가슴에 얼굴을 묻은 채 고개를 저었다.

― 아니에요… 됐어요… 그냥, 살아 있어줘서… 이렇게 돌아와 줘

서 고마워요….

끊어질 듯한 목소리로 겨우 내뱉은 그녀의 말에 진형의 눈가도 뜨겁게 젖었다. 그는 그녀를 더욱 힘껏 안았다. 진형의 왼손이 그녀의 등 위로 포개졌다. 따뜻했다. 살아 있었다. 소영의 체온이 그의 손바닥에 선명히 진해졌다. 진형은 그제야 실감할 수 있었다. 잃어버렸던 손의 감각도, 멀어졌던 그녀도 이렇게 돌아왔음을.

둘은 한동안 말없이 서로를 끌어안았다. 흐느끼는 숨소리와 가쁜 숨결이 고요한 상담실에 가득했다. 그동안 쌓인 그리움과 고통, 불안과 간절함이 눈물에 섞여 흘러내렸다. 소영은 꿈결처럼 느껴지는 그의 체온에 얼굴을 파묻은 채, 하염없이 눈물을 흘렸다. 진형은 품속에서 전해지는 그녀의 울음에 가슴이 저릿했지만, 동시에 뭉클한 행복이 차올랐다. 이 순간을 얼마나 그려 왔던가. 수없이 꿈꾸고 되뇌었던 재회의 장면이 현실이 되어 눈앞에 펼쳐져 있었다.

얼마나 지났을까. 소영은 겨우 고개를 들어 그의 얼굴을 올려다보았다. 눈물로 붉게 물든 두 눈, 수척해진 얼굴, 그러나 이전보다 단단해 보이는 턱선… 일 년의 시간은 그의 모습을 많이 바꾸어 놓았다. 진형도 그녀의 달라진 모습을 조심스레 바라보았다. 조금 야윈 볼과 길어진 머리카락, 그러나 변함없이 사랑스러운 눈매. 서로의 변화를 확인하는 사이, 쏟아져 내리던 눈물은 차츰 잦아들고 있었다.

— 많이 기다리게 했죠….

진형이 먼저 낮게 말했다. 쉰 듯한 목소리에는 다 헤아릴 수 없는 미안함이 서려 있었다.

소영은 고개를 저으며 그의 두 손을 꼭 잡았다. 그녀의 손에 닿은 그의 오른손이 조금 거칠었지만 여전히 따스했다.

— 정말 바보예요… 왜 이제 왔어요….

나무라는 말투였지만 소영의 목소리는 한없이 다정했다.

진형은 그녀의 손을 조심스레 어루만지며 떨리는 숨을 몰아쉬었다.

— 다시는… 다시는 혼자 두지 않을게요.

그의 다짐에 소영의 눈에는 다시금 뜨거운 눈물이 고였다. 그녀는 말없이 고개를 끄덕이며 그의 가슴팍에 이마를 기대었다.

길고 길었던 기다림 끝에, 두 사람은 마침내 서로를 마주하였다. 차가웠던 수술실의 공기와 적막했던 병실의 밤들, 텅 빈 상담실에서 홀로 견뎌야 했던 시간들은 모두 지나갔다. 진형은 조심스레 그녀의 등을 토닥였다. 소영은 그의 고동치는 심장 소리를 들으며 눈을 감았다. 서로의 온기와 숨결을 느끼면서, 두 사람은 한동안 그 자리에서 떨어지지 않았다. 마치 그러면 지난날의 상처와 외로움이 모두 치유되기라도 하듯이.

서울의 가을밤 공기는 차가워지고 있었지만, 상담실 앞에 서 있는 두 사람의 가슴속에는 따스한 온기가 퍼지고 있었다. 오랜 기다림 끝에 찾아온 재회의 순간은, 그동안 가슴속에 맺혀 있던 수많은 감정들을 한꺼번에 터뜨려 놓았다. 그리고 흘러내린 눈물은 새로운 시작을 알리는 따뜻한 빗물이 되어, 서로의 마음속으로 조용히 스며들었다.

세상에서 가장 아름다운 슬픔

제21화

당신이 준

용기

지난날 상처받은 그의 마음에 다가와, 다시 사랑과 신뢰, 믿을 용기를 준 사람이었다. 당신이 준 용기… 그 용기가 있었기에 방금의 재회도 담담히 마무리할 수 있었으리라. … 봄날의 훈풍을 맞으며, 그는 현지가 있는 곳으로 힘찬 걸음을 내디뎠다.

서울 도심의 작은 서점은 한낮에도 조용했다. 커다란 유리창으로 부드럽게 쏟아지는 햇살이 책 사이사이를 포근히 감싸고 있었다. 종혁은 가벼운 한숨과 함께 책 한 권을 꺼내 들었다. 오래된 종이 냄새와 은은한 커피 향이 뒤섞인 공기가 그의 마음을 차분하게 어루만지는 듯했다. 그는 책장을 넘기는 척했지만, 사실 글자는 좀처럼 눈에 들어오지 않았다. 약속 시간까지는 아직 여유가 있었고, 그는 그저 생각을 정리할 겸 이곳에 들른 참이었다.

　　문득, 익숙한 향수가 코끝을 스쳤다. 종혁은 무심코 고개를 들어 그 향기의 근원을 좇았다. 향기는 저만치 떨어진 에세이 코너 앞에 서 있는 한 여자에게서 나는 듯했다. 햇살을 등진 그녀의 실루엣이 눈부시게 빛나 잠시 눈이 부셨다. 심장이 조용히 요동쳤다. 설마… 그는 눈을 깜빡이며 여자의 옆모습을 응시했다. 오랜 시간 가슴속에 남아 있던 그 얼굴이었다. 바로 그의 과거, 그리고 한때는 전부였던 사람, 전 아내였다.

　　종혁은 순간 책장 뒤로 몸을 숨길까 생각했다. 예상치 못한 재회에 심장이 빠르게 뛰었다. 손끝이 살짝 떨렸다. 그리고 자신에게 치욕과 고통을 남겨준 기억이 순간 감정을 흩어 놓았다. 그러나 그는 곧 심호흡을 하며 마음을 다잡았다.

'피할 수만은 없어.'

스스로에게 조용히 말하듯 생각했다. 이제는 달아나지 않기로, 그는 오래전에 다짐했었다. 참았던 숨을 길게 내쉬며 그녀에게로 다가갔다.

— 진수… 오랜만이다.

그가 조심스럽게 말을 건넸다. 가까이에서 본 그녀는 예전과 크게 달라 보이지 않았다. 긴 머리카락도 그대로였고, 책을 바라보는 차분한 눈빛 역시 옛날 모습 그대로였다. 그의 목소리에 그녀가 천천히 고개를 돌렸다. 처음에는 놀란 듯 눈을 크게 뜨더니, 그를 알아보고는 이내 여러 감정이 스쳐 지나가는 듯했다. 당황함, 그리고 어딘가 모를 경계심까지.

— 종혁 씨.

잠시 머뭇거리던 그녀가 그의 이름을 불렀다. 과거의 친밀함 대신 정중한 호칭이 입술 사이로 흘렀다. 종혁은 씁쓸했지만 이해할 수 있었다. 지금의 둘 사이는 그저 오랜 지인에 불과했다.

— 잘 지냈어요?

그녀가 어렵게 입을 열었다.

종혁은 가슴속 요동치는 증오의 떨림을 애써 누르며 희미하게 미소 지었다.

— 네, 그럭저럭 잘 지냈어요.

종혁도 씁쓸한 듯 존댓말로 대답했다.

잠시 말이 끊기자, 그녀도 살며시 눈길을 떨구며 조용히 말했다.

세상에서 가장 아름다운 슬픔

— 나도… 잘 지냈어요.

두 사람은 당장 무슨 말을 더 해야 할지 몰라 서로 시선을 피했다. 책 표지를 매만지거나 바닥의 무늬를 바라보며 어색한 침묵이 흘렀다.

종혁은 그녀의 오른손이 책을 쥔 채 살짝 긴장해 떨고 있는 것을 눈치챘다. 희미하게 반짝이는 링이 보였다. 반지… 그의 가슴이 순간 조이듯 아팠지만, 곧 가라앉았다. 알고 있던 사실이지 않은가. 그는 모든 것을 알면서도 이렇게 마주하기로 선택한 것이었다고, 스스로를 다독였다.

— 혹시 지금도 계속 서울에 있었어요?

그가 조용히 물었다.

— 네…. 쭉 서울에 있었어요.

그녀는 잠깐 망설이다가 대답했다.

— 종혁 씨가 떠난 후에도… 계속.

목소리에 스치듯 서운함이 배어 있었다.

종혁은 그제야 그녀의 얼굴을 똑바로 바라보았다. 조금 야윈 듯한 옆얼굴, 그러나 여전히 단아한 모습. 그녀 역시 힘든 시간을 보냈으리라는 생각이 들었다. 내가 떠나서… 그녀를 아프게 했다. 죄책감이 가슴 한편을 찔렀다. 하지만 동시에, 그 떠남의 이유를 그는 잊지 않고 있었다. 차라리 커피숍에서 소리를 지르고 난동을 부렸더라면 어땠을까 하는 아쉬움이 남았다.

— 미안해요.

종혁이 먼저 입을 열었다. 갑작스러운 사과에 그녀의 눈동자가 살짝 흔들렸다.

— 그때… 아무 말도 없이 떠나서.

"……"

그녀는 잠시 말이 없었다. 책을 쥔 손가락에 힘이 들어가는 것이 눈에 띄었다. 그러다 이내 떨리는 한숨과 함께 입을 열었다.

— 힘들었어요… 저는.

조용한 서점 안, 그녀의 고백은 나직하지만 선명하게 퍼졌다. 종혁은 가슴이 저려왔다. 말없이 듣고만 있었다. 그녀는 겨우 웃음 비슷한 숨을 흘리며 말을 이었다.

— 종혁 씨가 정말로 나를 떠난 줄로만 알았어요. 내가 뭘 잘못했는지도 모른 채… 하루하루가 막막했어요.

그녀의 목소리는 희미하게 떨렸다. 애써 담담한 척했지만, 말끝마다 오래된 상처가 배어 나와 그 평온함이 오히려 거짓처럼 느껴졌다.

종혁은 목이 꽉 막혀 오는 느낌을 받았다. 하지만 차마 "네 잘못이잖아!"라는 말을 입 밖으로 내지 못했다. 사실 그녀에게 말해줄 수 없는 진실이 있었다. 내가 알아버렸다는 걸, 그녀는 아직도 모르고 있다. 씁쓸한 현실에 가슴이 시렸다. 그가 자리를 비운 사이, 그녀와 가까워진 친구의 모습을 우연히 보았던 날, 종혁은 모든 것을 눈치챘다. 그러나 어떤 변명도 듣고 싶지 않아 조용히 물러서는 길을 택했다. 그녀는 끝까지 자신이 상처를 주었다는 사실조차 모른 채, 오히려 버림받았다고 여겼을 터였다.

— 많이 힘들었겠네요.

종혁은 겨우 짧게 공감의 말을 내놓았다. 진심이었다. 그녀가 겪었을 혼란과 아픔이 고스란히 전해지는 듯했다. 그는 더 이상 순간적으로라도 그녀를 원망하고 싶지 않았다.

그녀는 고개를 숙인 채 조용히 덧붙였다.

— 혼자 견디기 어려웠는데, 종혁 씨 친구 태식 씨가 옆에 있어줬어요.

마침내 그녀의 입에서 그 친구의 이름이 흘러나오자, 종혁은 속으로 심장이 철렁 내려앉는 것을 느꼈다. 드디어 언급된 그 사람. 그녀는 아직도 종혁이 자신들과 관련된 진실을 모른다고 믿고 있었다. 그래서일까, 그녀의 목소리는 유난히 담담했다.

— 그래…요.

종혁은 애써 목소리를 고르게 했다.

— 그랬군요.

— 네. 저… 지금 그 사람이랑 함께 살고 있어요.

그녀는 거리낌 없이 말했다. 솔직한 눈빛으로 종혁을 바라보았다. 그 순간만큼은 죄책감보다 안도감이 섞인 얼굴이었다. 마치 "당신이 떠난 뒤에 나도 겨우 행복을 찾았어"라고 말하는 듯했다.

가슴 깊은 곳이 시큰했지만 종혁은 억지로라도 미소를 지으며 고개를 끄덕였다. 그는 알고 있었다. 가장 소중한 이를 배신한 끝에 맺어진 사랑이 오래갈 리 없고, 결국 불행으로 기울 수밖에 없다는 것을. 그 사실을 너무도 잘 알기에, 종혁의 목소리는 비웃음이 아니라 오히려 안쓰러운 응원처럼 들렸다.

— 잘 됐네.

부드러운 목소리로 그는 말했다. 거짓 없는 말이었다. 그녀가 행복하기를 바라는 마음은 진심이 아니었지만, 그토록 가슴 아픈 끝맺음 뒤에도, 그녀가 불행하길 바란 적은 없었다.

그녀는 예상 밖의 그의 반응에 살짝 눈을 크게 떴다. 잠시 입술을 떼지 못한 채 그를 바라보았다. 아마도 상처 입은 듯한 비난이나 원망을 마주하게 될 거라 생각했는지도 몰랐다. 그러나 종혁의 얼굴에서는 원망이라고는 찾아볼 수 없었다. 오히려 어딘지 모를 평온함만이 감돌고 있었다.

— 종혁 씨….

그녀는 무슨 말을 하려다 망설였다. 그의 이름을 다시 한번 부르는 사이에 감정이 섞인 숨소리가 느껴졌다. 종혁은 기다려 주었다. 그녀의 눈동자가 흔들리더니, 이내 조용히 말을 꺼냈다.

— 미안해요….

마침내 터져 나온 한마디, 미안하다는 그녀의 말에 종혁은 잠시 눈을 감았다 뜨며 미소를 지었다. 그녀의 사과를 예상하지 못했던 것은 아니지만, 직접 들으니 가슴 깊이 파고들었다.

— 됐어요.

그는 고개를 저으며 부드럽게 말했다.

— 이미 다 지난 일이에요.

그녀의 눈가에 이슬이 맺히는 것을 본 순간, 종혁은 급히 시선을 돌렸다. 그녀 역시 울먹임을 애써 참는 듯했다. 이렇게 서점 한복판에서 울게 할 수는 없었다.

— 고마워요.

세상에서 가장 아름다운 슬픔

그녀가 나지막이 말했다. 떨리는 목소리에 안도의 빛이 서렸다. 종혁은 다시 그녀를 향해 미소를 지었다.

한참 동안 말없이 서로를 바라보았다. 과거의 애틋함과 슬픔이 교차하는 시선 속에서, 두 사람은 묵묵히 마지막 인사를 나누고 있었다. 더 이상의 말은 필요하지 않았다.

마침 서점 문 쪽에서 문이 열리고 닫히는 방울 소리가 울렸다. 그녀는 그 소리에 잠시 고개를 돌렸다가, 멀어져 가는 오후의 햇살을 향해 시선을 돌렸다.

— 나, 이만 가봐야 할 것 같아요.

그녀가 조용히 말했다.

종혁은 담담히 고개를 끄덕였다.

— 그래요. 나도 가봐야 해요.

그 역시 슬쩍 시계를 확인했다. 약속 시간까지는 그리 많이 남지 않았다.

둘은 다시 마지막으로 마주 섰다. 서점의 적막 속에서 한껏 나눈 눈맞춤에는 긴 시간 동안 끝내 하지 못했던 이야기들이 오가는 듯했다. 종혁은 천천히 입술을 열었다.

— 행복하게 살아요. 태식이에게도 안부 전해줘요.

간결하지만 진심을 담은 작별 인사였다. 그의 낮은 목소리에 그녀의 어깨가 희미하게 떨렸다. 그녀는 입술을 깨물며 고개를 끄덕였다.

— 종혁 씨도… 행복해야 해요.

그녀도 어렵게 답했다.

종혁은 빙그레 웃었다.

— 그럴게요.

그리고 그는 한 걸음 다가서서 아주 잠시 망설이다가, 조심스럽게 그녀의 어깨를 토닥였다. 짧은 위로와 작별의 몸짓이었다. 그녀는 놀란 듯 그를 바라보았지만 이내 고개를 숙이며 작게 웃었다.

종혁은 더 말을 하지 않고 뒤로 한 걸음 물러섰다. 그녀 역시 감정을 애써 감추며 돌아섰다. 서점 출구 쪽으로 걸음을 옮기는 그녀의 뒷모습을, 종혁은 잠시 동안 조용히 지켜보았다. 문이 열리고, 그녀의 모습이 밝은 바깥 햇살 속으로 사라졌다.

서점 안에는 다시 고요함이 찾아왔다. 종혁은 그 자리에 홀로 서서, 방금 전의 대화를 곱씹었다. 가슴속에 묵직하게 남아있던 무언가가 스르르 녹아내리는 기분이었다. 마침내 끝낸 이별에 대한 실감이, 고요히 가슴을 채웠다.

그는 깊게 숨을 들이마셨다가 내쉬었다. 떨리던 손끝도 어느새 잠잠해져 있었다.

"이제 됐다."

스스로에게 조용히 말하며, 종혁은 손에 들었던 책을 제자리에 꽂았다. 책등 위로 가만히 시선을 내리던 그는 문득 입가에 미소를 띠었다. 마음 한구석이 가볍고 편안했다.

종혁은 서점 문을 밀고 밖으로 나왔다. 빌딩 숲 사이로 부드러운 바람이 불어와 그의 뺨을 스쳤다. 거리에는 따뜻한 기운을 즐기는 사람들이 오가고, 잔잔한 분주함이 느껴졌다. 햇빛은 눈부셨지만 따뜻했다. 그는 한 손으로 이마 위를 가리며 잠시 하늘을 올려다보았다. 높푸른 하늘이 한없이 맑았다. 마음속 응어리도 그 하늘처럼 투명하게 펼쳐지는 것만 같았다.

주머니 속 휴대전화가 짧게 진동했다. 종혁은 전화를 꺼내 화면을 바라보았다. '현지', 약속한 사람이었다. 방금 들어온 메시지에는 짧은 문장이 떠 있었다.

'종혁 씨, 아직 서점이에요? 조심히 와요. 기다리고 있을게요.'

문득 종혁은 미소를 머금은 채 천천히 답장을 보내기 시작했다.

'이제 가는 길이에요. 곧 봐요.'

메시지를 보내고 나니, 마음 한편이 뭉클해졌다. 현지… 그녀를 떠올리니 자연스레 따스함이 밀려왔다. 지난날 상처받은 그의 마음에 다가와, 다시 사랑과 신뢰, 믿을 용기를 준 사람이었다. 당신이 준 용기… 그 용기가 있었기에 방금의 재회도 담담히 마무리할 수 있었으리라.

종혁은 휴대전화를 주머니에 넣고 발걸음을 내디뎠다. 현지가 있는 곳까지는 지하철 두 정거장이면 닿는 거리였다. 그는 발걸음을 떼어내며 문득 뒤를 한 번 돌아보았다. 조금 전까지 머물렀던 서점이 눈에 들어왔다. 아직 마음 한구석 아린 감정이 완전히 가시진 않았지만, 후련함이 더 크게 다가왔다.

'이젠 정말 괜찮아.'

그는 속으로 조용히 중얼거렸다. 먼 훗날 언젠가 오늘을 떠올리더라도, 아프기보다 미소 지을 수 있을 것 같았다. 서로의 행복을 빌어주며 마무리된 짧은 대화는, 지난날의 아름다운 마침표처럼 느껴졌다.

종혁은 다시 앞을 향해 걸음을 옮겼다. 오후의 밝은 햇살 속으로 그의 뒷모습이 조용히 녹아들었다. 마음에는 평화가 가득했고, 입가에는 잔잔한 미소가 떠올랐다. 봄날의 훈풍을 맞으며, 그는 현지가 있는 곳으로 힘찬 걸음을 내디뎠다. 새로운 내일을 향해, 그리고 진심 어린 행복을 향해 나아가고 있었다.

세상에서 가장 아름다운 슬픔

제22화

두 개의

커
피
잔

테이블 위에 나란히 놓인 두 잔의 커피는 이미 다 식어 있었지만, 두 사람은 전혀 신경 쓰지 않았다. 그저 서로의 존재가 주는 따뜻함 속에서 오래된 상처가 조금씩 아물고 있음을 느낄 뿐이었다. … 그 희망이 있는 한, 세상에서 가장 아픈 슬픔이라 해도 이겨낼 수 있으리라는 조용한 용기가 그녀의 가슴속에서 천천히 움트고 있었다.

서울 도심의 작은 카페 안으로 부드러운 오후 햇살이 통유리창을 타고 고요히 스며들고 있었다. 창가의 원목 테이블 위에는 따뜻한 햇살이 소영과 현지를 눈부시게 했다. 오랜만에 다시 만난 두 사람은 그 테이블을 사이에 두고 마주 앉아 옅은 미소를 나눴다. 오래 기다린 재회의 순간이 찾아온 것이다. 그러나 반가움과 함께 어디선가 어색함도 살짝 스며들어, 두 사람의 가슴속엔 설렘과 긴장이 잔잔한 파동처럼 일고 있었다.

― 현지야… 잘 지냈어?

소영이 조심스럽게 입을 열었다. 미소를 머금은 그녀의 목소리는 살짝 떨리고 있었다. 너무 오랜 시간 서로 바쁘게 지내며 얼굴을 보지 못한 탓에, 기쁨과 어색함이 뒤섞인 감정이 그녀의 눈빛에 어린다. 현지는 금방이라도 눈물이 맺힐 듯 촉촉해진 눈으로 밝게 웃어 보였다.

― 응, 잘 지냈어. 소영 너는? 이렇게 보니까 정말 반갑다….

말을 잇던 현지는 끝내 작은 한숨과 함께 웃음을 머금었다. 친구의 얼굴을 이렇게 가까이에서 바라보는 게 얼마 만인지 실감이 나지 않아, 그저 꿈처럼 벅차기만 했다.

두 친구는 잠시 말없이 서로를 바라보았다. 향긋한 커피 내음이 두 사람 사이의 공기를 채우고 있었지만, 그 사이로 설명할 수 없는 긴장감이 조용히 흘렀다. 처음엔 무슨 말을 해야 할지 몰라 머뭇거리던 두 사람은 이내 눈이 마주치자 동시에 피식 웃음을 터뜨렸다. 마치 굳었던 얼음이 녹아내리듯 경직되었던 어색함이 풀어지는 순간이었다.

— 나 사실 좀 걱정했는데… 막상 보니까 좋다. 이렇게 얼굴 보니 참 좋네.

현지는 환하게 웃으며 말하더니, 살짝 쑥스러운 듯 머리칼을 귀 뒤로 넘겼다. 이내 그녀의 시선이 카페 창밖을 잠깐 머물다가 다시 소영에게로 돌아왔다.

— 우리 이렇게 마주 앉아 있으니까, 예전에 대학 근처 단골 카페에서 수다 떨던 때 생각나지 않아? 밤늦게까지 이야기 나누곤 했잖아.

— 그러게… 그땐 참 자주 만나서 끝도 없이 이야기하곤 했지.

소영도 부드럽게 웃으며 고개를 끄덕였다. 둘은 동시에 지난날의 한 장면을 떠올렸다. 학교 근처의 자그마한 카페 구석 자리, 서로의 꿈과 고민을 나누던 젊은 날의 밤들…. 익숙하고도 포근한 그 기억들이 현재의 이 순간과 겹쳐지며 두 사람의 마음을 말랑말랑하게 데워주었다.

마침 주문한 커피가 나와 테이블 위에 놓였다. 하얀 거품이 폭신하게 올라간 달콤한 카페라테 한 잔과 풍부한 향의 아메리카노 한 잔이다. 소영은 조심스럽게 라테 잔을 들어 현지 앞으로 살며시 밀어두며 빙긋 웃었다.

— 아직도 라테 좋아하지? 예전에 너 라테만 마셨잖아. 그래서 너 생

세상에서 가장 아름다운 슬픔

각나서 이걸로 시켜봤어.

현지는 눈을 동그랗게 뜨더니 금세 얼굴에 환한 빛이 번졌다.

— 맞아, 내가 라테 좋아하는 거 아직도 기억하고 있었네! 고마워, 소영아.

현지는 따뜻한 라테 잔을 두 손으로 감싸 쥐었다. 잔을 통해 전해지는 온기가 손끝으로 스며들자, 그녀는 천천히 한 모금 맛보았다. 곧 만족스러운 미소와 함께 눈을 살며시 감는다.

— 역시 맛있다… 이 부드러운 맛도, 이 오랜만의 분위기도… 소영아. 정말 보고 싶었어.

마지막으로 조용히 내뱉은 한마디. 살짝 떨리는 현지의 목소리에는 솔직한 진심이 고스란히 묻어 있었다. 그 말을 듣는 순간 소영의 눈시울이 뜨겁게 달아올랐다. 그녀는 답 대신 고개를 끄덕이며 울먹이는 모습으로 간신히 미소 지었다.

— 나도… 나도 보고 싶었어, 현지야.

짧지만 마음을 다해 전한 말이었다. 그 한마디에 남아 있던 서먹함은 눈 녹듯 사르르 자취를 감추었다. 두 사람은 말없이도 통하는 무언가를 느끼며, 마주 보며 웃었다.

둘은 천천히 서로의 근황을 나누기 시작했다. 소영이 먼저 일상의 이야기들을 꺼냈다. 미술 치료사로 일하며 지낸 날들을 담담히 전했다. 말끝마다 보람이 묻어 있었지만, 쉽게 가려지지 않는 피로 또한 스며 있었다.

— 요즘 미술 치료실에서는 여러 사람들을 만나. 우울증을 앓는 아

이들도 있고, 트라우마 때문에 힘들어하는 분들도 있고⋯ 다양해. 그래도 함께 그림을 그리다 보면 마음을 조금씩 열어가는 모습을 보게 돼. 그럴 때마다 큰 보람을 느껴.

현지는 고개를 끄덕이며 경청했다. 친구의 따뜻한 눈빛과 한층 성숙해진 표정에서 그간의 노력과 성장의 시간을 읽을 수 있었다.

— 넌 사람들 마음을 잘 어루만져 줄 거야. 워낙 따뜻한 사람이니까, 다들 너에게서 큰 힘을 얻겠지.

— 에이, 나도 아직 부족한 게 많아. 하지만⋯ 예전엔 그냥 내가 해야하는 일이라고만 생각했던 것들이 이젠 정말 큰 의미로 다가와. 힘들어하는 사람들 곁에 함께 있어 주는 게 얼마나 중요한지 매일 새삼 느끼고 있어.

소영은 창밖으로 시선을 잠시 보내며 조용히 속마음을 털어놓았다. 투명한 유리창 너머로 늦은 오후의 거리 풍경이 잔잔히 흘러가는 가운데, 그녀의 눈빛에는 일에 대한 애정과 사명감이 어리면서도 어딘가 붉은 기운이 비쳤다. 현지는 이해한다는 듯 부드럽게 미소 지었다. 자신도 간호사로 일하며 비슷한 깨달음을 얻었기 때문이다.

— 나도 그래. 병원에서 하루하루 간신히 버티는 분들을 보면서 그저⋯ 곁에서 손잡아 주고 이야기 들어주는 것만으로도 얼마나 큰 힘이 되는지 알게 됐어. 힘들어도 누군가 함께 있어 준다는 사실 하나만으로 버틸 용기가 생기더라고.

말을 마치며 현지는 살며시 한숨을 내쉬듯 미소를 지었다. 두 친구는 잠시 말없이 커피를 음미하며 서로에게 고개를 끄덕여 보였다. 말하지 않아도 통하는 따뜻한 공감이 그들 사이에 형성되는 순간이었다. 비슷한 길을 걸어왔다는 안도감이 두 사람 사이에 은은하게 피어올랐다.

잠깐의 정적 후, 현지가 밝은 얼굴로 입을 열었다.

― 근데… 소영아. 너 얼굴이 예전보다 훨씬 편해 보인다? 혹시 좋은 일이라도 있어?

현지는 장난기 어린 미소를 지으며 슬쩍 물었다. 느닷없는 질문에 소영은 잠시 눈을 크게 뜨더니 이내 부끄러운 듯 웃음을 지었다. 그녀는 손끝으로 머리칼을 귀 뒤로 넘기며 괜스레 시선을 아래로 피했다.

― 좋은 일이라니… 무슨 말이야.

― 음, 내 촉이 말해주는데… 혹시 누가 생긴 거 아니야? 네 얼굴에 빛이 나는 걸.

현지가 눈을 반짝이며 재차 묻자, 소영의 볼이 희미하게 붉어졌다. 그녀는 잠시 머뭇거리다 조용하지만 확실한 목소리로 답했다.

― 그래. 사실은 나, 만나고 있는 사람이 있어.

― 정말? 잘 됐다! 누구인데? 어떻게 알게 된 사람이야?

현지는 자신 일처럼 기뻐하며 몸을 앞으로 조금 숙였다. 조용한 카페 안이라 목소리를 높이지는 않았지만, 두 눈은 호기심과 축하의 빛으로 가득했다. 소영은 수줍게 미소 지으며 천천히 말을 이었다.

― 음… 음악 하는 분이야. 이름은 류진형. 나보다 몇 살 많아서 그런지 나도 모르게 많이 의지하게 됐어. 내가 힘들 때 곁에서 정말 많이 도와줬거든. 나한텐… 참 고마운 사람이야.

소영은 진형을 떠올리자 자연스레 눈길이 부드러워졌다. 그의 따뜻한 격려와 위로로 지탱해 온 지난 시간들이 주마등처럼 스쳐갔다. 현지는 그런 소영의 표정을 흐뭇하게 지켜보았다. 친구의 행복이 곧 자신의 행복인 양 마음이 벅차올랐다.

— 네가 그렇게 편안해 보이는 거 보니 나도 다 좋다. 네 마음을 그렇게 따뜻하게 보듬어 준 분이라니, 진형 씨도 복이 많네. 이렇게 멋진 소영이의 마음을 얻었으니 말이야.

현지는 진심 어린 말투로 축하했다. 소영은 손사래를 치며 쑥스러워했지만, 입가의 미소는 감출 수 없었다.

잠시 후 소영이 반짝이는 눈으로 되물었다.

— 고마워, 현지야… 그런데 너는 어때? 아까부터 내 얘기만 했는데, 혹시 너도 무슨 전할 말 있는 거 아냐?

소영은 일부러 눈웃음 지으며 현지를 살폈다. 그러자 현지 역시 얼굴이 금세 발그레해졌다. 그녀는 살짝 웃으며 고개를 끄덕였다.

— 있어…. 사실 나도 사랑하는 사람이 생겼어.

— 정말? 와, 잘 됐네! 누구야?

이번에는 소영이 두 손을 마주치며 환하게 기뻐했다. 현지는 쑥스럽다는 듯 웃으며 이야기를 이어 나갔다.

— 이종혁이라고… 글 쓰는 사람이야. 조용하고 성실한데 정말 다정한 사람이거든. 무엇보다 내 얘기를 한없이 잘 들어줘. 그리고….

말을 잇던 현지는 행복한 기억이 떠올랐는지 잠시 미소 지었다. 그녀의 눈동자에는 그 사람을 향한 고마움이 촉촉하게 어리고 있었다.

— 그리고 있잖아, 내가 예전에 악몽 꾸고 힘들어했던 거 네가 알잖

아. 한동안 과거 일 때문인지 제대로 잠도 못 자고 했는데, 그 사람 덕분에 많이 괜찮아졌어. 오히려 나보다 더 걱정해 주고 챙겨줄 때가 많아서 가끔은 내가 다 미안할 정도야.

— 정말 잘 됐다, 현지야…. 네 이야기 들으니까, 얼마나 네가 사랑받고 있는지 느껴져서 나까지 다 고맙다.

소영은 가만히 손을 뻗어 테이블 건너편에 놓인 현지의 팔을 토닥여 주었다. 오랫동안 힘든 시간을 버텨 온 친구가 드디어 마음 기댈 곳을 찾았다는 사실에 그녀는 가슴 깊이 안도했다. 그리고 무엇보다도, 이제 친구의 얼굴에 이렇게 환한 웃음꽃이 피어 있는 것이 기쁘고도 뭉클했다. 현지는 감사한 마음에 살며시 자기 손을 들어 소영의 손등을 포개 쥐었다. 두 친구의 눈길이 마주쳤고, 서로를 바라보는 시선에는 말하지 않아도 전해지는 깊은 이해와 축복의 마음이 담겨 있었다. 조용한 카페 안에는 향긋한 커피 향 사이로 두 사람이 나직이 웃는 소리가 따스하게 퍼져나갔다.

그 후로도 한동안 두 사람은 마주 앉아 쉬지 않고 이야기꽃을 피웠다. 새로 시작된 사랑에 대한 설렘, 그동안 놓쳤던 작은 일상들까지도 하나하나 털어놓으며 시간 가는 줄 몰랐다. 낮은 웃음소리와 잦은 탄성이 간간이 흘러나와 평화로운 오후의 카페를 환하게 밝혔다. 그렇게 즐겁고 포근한 대화가 이어지던 중, 문득 소영과 현지는 거의 동시에 말을 멈추었다. 방금 전까지 환하게 웃고 있던 자신들의 모습이 떠올라, 두 사람 모두 잠시 말없이 서로를 바라보았다. 그리고는 누구라고 할 것도 없이 눈시울이 붉어지는 것을 느꼈다. 방금 전 쏟아낸 웃음과 행복감 뒤로 서서히 또 다른 감정이 밀려들고 있었다.

— 우리, 이렇게 함께 웃어본 게 대체 얼마 만이지?

현지가 먼저 낮고 떨리는 목소리로 말했다. 웃음기 어린 부드러운 음성이었지만, 그녀의 눈에는 어느새 눈물이 그렁그렁 맺혀 있었다. 그 말을 듣고서야 소영도 자신이 배를 잡고 깔깔 웃었던 것이 얼마 만의 일인지 떠올렸다. 마음껏 웃어본 기억을 더듬자 가슴 한쪽이 아릿하게 저려왔다. 이내 뜨거운 감정이 소영의 목구멍까지 치밀어 올랐다.

— 글쎄… 정말 오래된 것 같아….

소영도 조용히 답하며 애써 미소를 지었지만, 그 미소는 금세 힘없이 사그라졌다. 현지의 눈물은 이제 막 눈꺼풀을 넘어 떨어질 듯 맺혀 있었다. 소영은 주저하지 않고 손을 뻗어 현지의 손등 위에 자신의 손을 살며시 포갰다. 조금 전까지 따뜻한 커피잔을 감싸 쥐고 있던 현지의 손은 지금 약간 떨리고 있었다. 잠시 두 사람은 아무 말도 하지 않았다. 그러다 마침내 뜨거운 눈물이 한 방울, 현지의 뺨을 타고 또르르 흘러내렸다.

— 미안해… 정말 미안해, 현지야….

소영이 울먹이는 목소리로 먼저 입을 열었다. 그는 여전히 현지의 손을 꼭 잡은 채 고개를 숙였다. 이내 그녀의 두 눈에도 맑은 눈물이 차올랐다.

— 네가 그렇게 힘들어할 때… 네 곁에 있어 주지 못해서 미안해. 그땐 내가 너무 내 아픔에만 갇혀 있었어…. 너한테 신경 쓸 여유조차 없었어.

세상에서 가장 아름다운 슬픔

현지는 힘껏 고개를 저었다. 뜨거운 눈물이 그녀의 뺨을 따라 또 한 줄기 흐르고 있었다.

— 아니야… 소영아, 나야말로 미안해. 너도 많이 힘들었을 텐데… 내가 용기 내서 먼저 연락하지 못했어.

현지의 목소리가 떨려왔다. 그녀는 훌쩍이며 말을 이었다.

— 우리 가장 친한 친구였는데… 서로가 얼마나 힘든지 뻔히 알면서도 그때는… 나도 내 일 감당하기 바빠서 너를 돌볼 여유가 없었어. 그게 두고두고 마음에 걸리고 미안했어. 정말….

그제야 소영의 두 눈에서도 큰 눈물이 주르르 쏟아졌다. 투명한 눈물이 테이블 위에 뚝뚝 떨어져 작은 얼룩을 남겼다. 소영은 잡은 손에 힘을 주며 고개를 들었다. 이미 두 사람의 얼굴은 눈물 범벅이 되어 있었다.

— 그동안 우리… 각자 버티느라 정말 정신없었지. 그래도… 이렇게 다시 만나서 얘기할 수 있어서 얼마나 다행인지 몰라. 정말 다행이야….

소영은 더 말하려 했지만 울컥 솟아오르는 감정에 목이 메어 버렸다. 차오르는 눈물 때문에 더 이상 아무 말도 할 수 없었다. 현지는 울음 속에서도 고개를 끄덕이며 미소 지었다.

— 응… 정말 다행이야. 이렇게 만나서 정말 다행이야, 소영아.

현지는 남은 한 손을 재킷 주머니로 가져가 손수건을 꺼냈다. 그리고 먼저 소영의 눈물을 조심스럽게 닦아주었다. 소영은 살짝 놀란 눈으로 바라보았지만 곧 천천히 눈을 감고 친구의 손길에 얼굴을 맡겼다. 이어 현지는 자신의 눈가에 맺힌 눈물도 훔쳐내었다. 두 사람은 울음 섞인 숨을 길게 내쉬며 동시에 작게 웃음을 터뜨렸다. 서로의 얼굴을 보니 어느새 울면서도 둘 다 웃고 있었다. 반가움과 안도, 미안함과 용서가 뒤섞인 복잡한 감정이 두 친구 사이에 따뜻하게 흐르고 있었다.

— 우리 참 바보 같지… 그렇게 서로 보고 싶어 했으면서도, 그동안 자주 연락도 못 하고….

현지가 눈물을 닦은 손수건을 꼭 쥔 채 멋쩍게 웃으며 말했다. 소영은 코끝이 빨개진 얼굴로 맞장구치듯 웃어 보였다.

— 그러게 말이야… 앞으로는, 나 힘들 때 네게 숨김없이 말할게. 너도 꼭 그러면 좋겠어.

소영이 진심 어린 목소리로 말하며 현지의 손을 다시 한번 꼭 잡았다. 그녀의 젖은 눈망울에는 굳은 결심과 깊은 애정이 함께 떠올라 있었다.

— 네가 혼자 힘든 거, 더 이상 두고 볼 수 없어. 우리 이제 같이 겪자, 응?

현지는 눈물이 맺힌 채로도 활짝 웃음을 지어 보였다. 뜨거운 눈물이 한 방울 또 흘렀지만 이번엔 기쁨에 겨운 눈물이었다.

— 그래… 약속할게. 우리 이제 서로 솔직해지자. 함께 하자.

현지도 같은 마음으로 약속하며, 두 사람은 마주 잡은 손에 더욱 힘을 주었다. 그렇게 마주 잡은 채 한동안 말없이 서로의 얼굴을 바라보았다. 말없이 마주한 눈빛만으로도 충분히 많은 마음이 오가고 있었다. 오랜 시간 이어져 온 우정과 그동안 나누지 못했던 수많은 이야기들이 그 눈 맞춤 속에서 조용히 흐르는 듯했다.

창밖을 보니 어느덧 하늘에는 부드러운 노을빛이 번지고 있었다. 테이블 위에 나란히 놓인 두 잔의 커피는 이미 다 식어 있었지만, 두 사람은 전혀 신경 쓰지 않았다. 그저 서로의 존재가 주는 따뜻함 속에서 오래된 상처가 조금씩 아물고 있음을 느낄 뿐이었다.

잠시 뒤, 현지가 조용히 입을 열었다.

— 소영아… 그동안 많이 힘들었지?

나지막하지만 애틋한 물음이었다. 소영은 잠깐 고개를 숙였다 들면서 희미하게 미소 지었다. 눈가에는 또 눈물이 그렁했지만 이번에는 담담한 표정이었다.

— 응… 힘들었어. 많이 힘들었어. 너도 그랬잖아….

현지는 살며시 입술을 깨물었다. 그리고 지난날들을 떠올리며 담담하게 말을 이었다.

— 나… 가끔 너무 아파서 숨을 쉴 수 없을 때도 있었어. 밤중에 자다가 벌떡 깨서 엉엉 울기도 했고… 병원에서는 환자들 앞에서 늘 괜찮은 척 웃고 있었지만, 혼자만 남는 순간이면 그냥 무너져 내리곤 했어.

솔직하게 꺼내 보이는 그 목소리에는 그동안 얼마나 큰 고통을 눌러 담고 살아왔는지가 담겨 있었다. 소영은 친구의 말을 듣는 내내 천천히 고개를 끄덕였다. 현지가 겪어 온 어둠의 시간을 어렴풋이 짐작하고 있었지만, 이렇게 직접 들으니 가슴 한구석이 저릿하게 아파왔다. 소영의 눈에도 다시금 눈물이 맺혔다.

— 나도… 그랬어. 한동안 사람 만나는 게 두려울 정도였거든. 그림 앞에 서서 혼자 엉엉 운 적도 있었어…. 아무도 없는 작업실에서 그냥

주저앉아 울기만 한 날들도 있었지.

소영은 떨리는 숨을 길게 내쉬며 지난 시간을 털어놓았다. 잠시 먹먹한 침묵이 흘렀지만, 이내 그녀는 눈물을 훔치고 살며시 웃어 보였다.

— 근데 참 신기하지… 우리가 이렇게 마주 앉아서 같이 웃기도 하네. 예전엔 상상도 못 했는데 말이야.

현지도 눈물을 닦으며 따라 미소 지었다.

— 그러게. 정말 놀라울 정도야… 이렇게 웃을 수 있다니.

그녀는 천천히 고개를 끄덕였다.

— 아직 완전히 다 괜찮아진 건 아니지만… 예전의 우리로 조금씩 돌아오고 있는 것 같아. 아니, 어쩌면 예전과는 조금 다르게, 더 강해진 모습으로 돌아오고 있는 건지도 모르지.

소영의 눈빛이 조용히 빛났다.

— 맞아. 나도 그렇게 느껴. 우리 상처가 완전히 아문 건 아니지만… 오히려 그 상처들 덕분에 더 강해졌고, 서로를 더 이해하게 된 것 같아.

소영의 말에 현지는 깊이 공감하며 거듭 고개를 끄덕였다. 둘 사이에 다시 한번 말 없는 따뜻한 이해가 스며들었다.

그러다 현지가 살짝 눈물을 머금은 채 환하게 웃었다.

— 그리고… 고마워.

— 뭐가?

소영이 의아해 묻자, 현지는 조심스럽게 친구의 손을 다시 한번 꼭 잡았다.

— 네가 내 옆에 이렇게 있어줘서. 오늘 만나서 내 얘기 들어주고, 속

이야기 꺼낼 용기도 주고… 정말 고마워, 소영아.

소영은 환한 미소로 답했다.

— 내가 더 고맙지… 다시 나를 찾아줘서. 예전처럼 이렇게 또 같이 웃게 해줘서 말이야.

그녀의 목소리는 아직 울먹임이 남아 있었지만 표정은 한층 밝아져 있었다. 소영은 살며시 현지의 손을 잡은 채 덧붙였다.

— 현지야, 넌 언제나 내게 가장 소중한 친구야. 그건 변함없어.

현지는 눈시울이 다시 붉어졌지만 이번에는 기쁨에 겨운 눈물이었다.

— 소영아….

그녀는 친구의 이름을 불렀지만 더는 말을 잇지 못했다. 그러나 소영은 더 말하지 않아도 그 마음을 충분히 알 수 있었다. 두 사람은 말없이 몸을 기울여 또 한 번 서로를 꼭 끌어안았다. 이번에는 주저함 없는 온전한 포옹이었다. 서로의 따뜻한 체온이 전해지자, 오래도록 마음 한편에 남아 있던 차가운 외로움이 스르르 녹아내리는 듯했다.

얼마 동안 감정을 나눈 뒤, 두 친구는 붉어진 눈가를 가볍게 정리하며 자리에서 몸을 바로 세웠다. 소영은 테이블 위에 놓인 냅킨을 집어 들어 현지에게 내밀었다. 현지는 빙그레 웃으며 그걸 받아들었고, 두 사람은 각자 남은 눈물을 마지막으로 닦아냈다. 현지가 울음과 웃음이 뒤섞인 얼굴로 장난스럽게 중얼거렸다.

— 어휴, 울었더니 화장이 다 번졌네. 잠깐만….

그녀는 가방에서 작은 손거울을 꺼내 소영에게 내밀었다. 소영은 멋쩍은 웃음을 지으며 거울을 받아 들어 자신의 눈가부터 살폈다. 번진 마스카라 자국을 손끝으로 살살 지우며 피식 웃음을 흘렸다.

― 고마워… 너도 이쪽 좀 봐봐.

소영은 티슈를 한 장 뽑아 반으로 접어 현지의 눈 밑을 조심스럽게 눌러 주었다. 둘은 서로의 얼굴을 정돈해 주며 또 한 번 가만히 마주 보고 웃었다. 조금 전의 폭풍 같았던 울음이 지나간 자리에, 한결 가벼워진 분위기와 편안함만이 조용히 내려앉았다.

잠시 후 현지는 얼굴을 환히 밝히며 말했다.

― 있잖아, 우리 다음에는 네 남자친구랑 내 남자친구랑 다 같이 한 번 만나자.

갑작스러운 제안에 소영의 눈이 동그래졌다. 현지는 막 눈물을 닦아낸 얼굴로 기대에 찬 표정을 지었다.

― 네 얘길 듣다 보니까 나도 진형 오빠를 얼른 만나보고 싶어졌어. 내 친구를 이렇게 행복하게 해 준 분이라잖아. 그런 고마운 사람인데, 내가 가만있을 수 없지. 꼭 인사하고 싶어.

소영은 그 말을 듣자 환하게 웃음 지었다.

― 그래, 그러자! 나도 종혁 오빠 꼭 보고 싶어. 내 소중한 친구를 지켜주는 사람이잖아. 직접 뵙고 감사하다고 말해야지.

소영이 힘주어 말하자 현지는 더없이 기쁜 얼굴로 고개를 끄덕였다. 조금 전까지만 해도 눈물을 글썽이던 두 사람의 눈에는 어느새 설렘의 빛이 가득했다.

― 네 사람 다 같이 만나면 분명 재미있을 거야.

현지는 두 손을 마주 잡은 채, 벌써 그 장면을 떠올린 듯한 얼굴로 말

세상에서 가장 아름다운 슬픔

했다. 소영도 미소를 지으며 맞장구쳤다.

— 응, 꼭 더블 데이트 같겠네. 우리끼리만 알고 있던 옛날이야기들도 좀 풀고 말이야.

— 좋지! 그 사람들한테 우리 우정 자랑도 좀 하고.

현지는 장난기 어린 눈빛으로 답했고, 소영은 소리 내어 웃음을 터뜨렸다. 두 친구는 이런저런 상상을 덧붙이며 깔깔 웃음을 주고받았다. 행복한 미래를 그리는 대화 속에서, 둘의 웃음소리는 이전과 달리 한층 여유롭고 명랑하게 카페 안에 퍼져 나갔다. 어느덧 두 사람의 얼굴에는 눈물 대신 환한 웃음과 편안함만이 남아 있었다.

시간이 얼마나 흘렀을까. 창밖 하늘엔 어느새 주황빛 노을이 번지고 있었다. 두 사람은 그제야 자리에서 일어날 생각을 했다. 소영이 계산을 하러 카운터로 가려 하자, 현지가 재빨리 그녀의 팔을 잡았다.

— 잠깐, 이번엔 내가 낼게. 오랜만에 만났으니까 내가 한턱 쏠래.

— 아니야, 오늘 내가 보자고 한 자리니까 당연히 내가 계산해야지.

둘은 사소한 일로 한참을 웃으며 실랑이를 벌이다 결국 서로의 것을 사주는 것으로 타협을 보았다. 나란히 지갑을 꺼내 계산대 앞에 선 그 순간마저도, 마치 옛날로 돌아간 듯 정겹기만 했다.

카페 밖으로 나오자 선선한 늦가을 저녁 공기가 두 사람을 맞았다. 오래 포근한 실내에 있다가 맞는 바깥공기는 약간 싸늘했지만, 코끝을 스치는 찬바람마저 상쾌하게 느껴졌다. 소영과 현지는 카페 문 앞에 나란히 섰다. 헤어질 시간이 되자, 아쉬움에 쉽게 발걸음이 떨어지지 않았다. 서로를 바라보던 두 사람은 잠시 말없이 서 있었다. 저물어가는 하늘 아래 거리에는 주황빛 석양이 드리우고 있었고, 지나가는 사람들의 그림자가 길게 늘어지고 있었다.

─ 조심해서 가. 도착하면 문자하고.

소영이 먼저 부드러운 목소리로 말했다. 현지는 고개를 끄덕이며 답했다.

─ 너도. 들어가서 꼭 연락해.

문 앞에서 곧바로 등을 돌리기에는 아쉬워서였을까. 두 사람은 잠깐 머뭇거리다가 마치 약속이나 한 듯 다시 다가가 또 한 번 꼭 끌어안았다. 짧은 포옹이었지만 그 안에는 재회의 기쁨과 이별의 아쉬움이 조용히 담겨 있었다.

─ 조만간 또 보자, 꼭! 약속이야.

현지가 환하게 웃으며 말했다. 울었던 흔적으로 눈가는 아직 약간 붉었지만, 표정만은 한없이 밝았다. 소영도 활짝 웃으며 고개를 끄덕였다.

─ 그래, 약속. 곧 보자!

현지는 아쉬움을 간직한 채 먼저 천천히 발걸음을 옮겼다. 소영은 그 뒷모습을 따뜻한 눈길로 배웅했다. 몇 발자국쯤 갔을 때, 현지가 뒤돌아서서 멀리서 손을 힘껏 흔들어 보였다. 소영도 두 손을 들어 크게 흔들어 주었다. 멀리서 주고받는 그 손짓에는 말없이 전하는 응원과 사랑이 가득 담겨 있었다.

현지의 뒷모습이 골목 모퉁이를 돌아 완전히 보이지 않게 될 때까지, 소영은 한참 그 자리에 서서 바라보고 있었다. 그리고 천천히 숨을 내쉬었다. 가슴속 깊은 곳에서 벅찬 감정이 한차례 물밀듯 밀려왔다가

세상에서 가장 아름다운 슬픔

잔잔하게 가라앉았다. 소영은 문득 다시 카페 안쪽을 돌아보았다. 통유리창 너머 자신들이 조금 전까지 앉아 있던 창가 테이블이 눈에 들어왔다. 그 위에 나란히 놓였던 커피잔은 보이지 않았지만, 방금 전 두 사람이 함께 나누었던 온기와 향기가 아직도 그 자리에 남아 있는 듯했다. 소영은 천천히, 그리고 행복하게 미소 지었다. 늦은 오후의 부드러운 햇살이 그녀의 어깨 위로 나직이 내려앉아 포근히 감싸주고 있었다.

소영은 조용히 발걸음을 떼어 집으로 향해 걷기 시작했다. 그녀의 마음속에는 아직 완전히 가시지 않은 아픔의 흔적이 남아 있었다. 하지만 오늘, 소중한 친구와 마주 앉아 함께 마신 한 잔의 따뜻한 커피처럼 마음 한편이 포근하게 데워져 있었다. 그리고 이제 그녀에게는 언제든 마음을 나눌 수 있는 소중한 친구와, 조심스럽게 찾아온 사랑하는 사람이 곁에 있었다. 그 사실만으로도, 그녀는 마음속에 조심스레 피어오르는 희망이 자신을 따뜻하게 감싸고 있음을 느꼈다. 그 희망이 있는 한, 세상에서 가장 아픈 슬픔이라 해도 이겨낼 수 있으리라는 조용한 용기가 그녀의 가슴속에서 천천히 움트고 있었다.

제23화

우리라는

이름으로

언젠가 겪었던 가장 차가운 슬픔을 지나, 이제는 누구보다 따뜻한 미소를 나눌 수 있는 사람들이 곁에 있다. 서로의 손을 잡아준 네 사람의 앞날에는 분명 희망의 불빛이 깜박이고 있었다. … 마침내 서로를 '우리'라고 부를 수 있게 된 밤, 그것은 슬픔마저도 가장 따뜻한 추억으로 바꾸어준 소중한 시간이었다.

종혁과 현지, 진형과 소영. 네 사람이 고급 레스토랑 입구에서 마주 섰다. 저녁 어스름 속에서 작은 인사를 나누는 그들의 얼굴에는 어색함과 설렘이 교차했다. 종혁은 살짝 긴장한 듯 넥타이를 만지작거렸고, 현지는 그의 팔짱을 낀 채 미소 지으며 옆에서 힘을 실어주고 있었다. 진형은 소영의 손을 꼭 잡은 채 가벼운 목례로 인사를 건넸다. 소영 역시 부드러운 미소로 답하며, 떨리는 마음을 숨기려는 듯 살짝 숨을 고르고 있었다.

　　— 처음 뵙겠습니다.

　　종혁이 먼저 입을 열었다. 목소리는 낮고 조심스러웠지만 따뜻했다. 옅은 노랑머리와 가르마가 그의 밝은 웃음을 더욱더 강렬하게 만들었다.

　　— 와줘서 감사합니다.

　　진형도 예의 바르게 인사했다.

　　테이블에는 이미 촛불이 은은히 타오르고 있었다. 웨이터의 안내를 받아 자리에 앉자마자, 식전 요리인 아뮤즈 부쉬가 작고 예쁜 접시에 담겨 나왔다. 한 입 크기의 크래커 위에 훈제 연어와 크림치즈가 올려진

아기자기한 요리였다. 네 사람은 동시에

'우와' 하고 감탄 어린 숨소리를 냈다. 작고 섬세한 한 조각이 마치 오늘 만남의 시작처럼 조심스럽고 아름다웠다.

— 정말 예쁘네요. 먹기 아까울 정도예요.

소영이 조용히 말했다. 그녀는 조명 아래 빛나는 크래커를 바라보다가, 살짝 눈을 들어 다른 세 사람을 마주 봤다. 종혁과 현지, 진형까지 모두 동의하듯 고개를 끄덕였다.

현지가 웃으며 말을 보탰다.

— 이런 곳은 처음 와봐요. 아뮤즈 부쉬라니, 드라마에서나 보던 걸 실제로 먹게 될 줄이야. 국밥이나 피자, 햄버거가 전부였는데….

— 저도요.

소영이 미소 지었다.

— 작은 한 입에 셰프님의 정성이 담겼대요. 입을 즐겁게 해주는 음식이라죠.

— 그렇군요.

종혁이 조심스레 크래커를 집어 들었다.

— 모두 같이 드셔보실까요?

네 사람은 눈빛을 맞추고 동시에 아뮤즈 부쉬를 입에 넣었다. 바삭한 크래커와 부드러운 크림치즈, 그리고 연어의 짭조름함이 혀끝에 퍼졌다. 짧은 순간이었지만 그 맛은 기분 좋은 충격처럼 다가왔다. 현지는 살며시 눈을 감고 미소 지었다.

— 정말 맛있네요. 입안에서 사라지는 게 아쉬울 정도예요.

진형이 공감하듯 미소 지으며 맞장구쳤다.

— 이렇게 시작하니 오늘 밤이 기대됩니다.

— 그러게요.

종혁이 물끄러미 촛불을 바라보며 나직이 말했다.

— 분위기도 좋고… 오길 잘한 것 같습니다.

그의 목소리에는 안도와 기대가 섞여 있었다. 현지가 그런 종혁의 손등을 식탁 아래에서 슬쩍 감싸 쥐었다. 종혁은 놀란 듯 그녀를 바라보았지만, 곧 부드러운 미소를 지어 보였다.

잠시 후 웨이터가 따뜻한 수프를 가져왔다. 밤 호박을 곱게 갈아 만든 크림수프 위에 허브 잎 몇 장이 장식되어 있었다. 황금빛 수프 그릇에서 피어오르는 김이 코끝을 간질였다. 네 사람은 숟가락을 들어 천천히 수프를 맛보았다. 포근하고 부드러운 단맛이 입안을 감싸며 속까지 따뜻하게 해 주었다.

— 몸이 녹는 기분이네요.

진형이 수프를 한 모금 삼키며 말했다. 그의 어조에는 편안함이 묻어났다. 긴장했던 마음이 수프의 온기와 함께 천천히 풀리는 듯했다. 옆에서 소영이 살며시 그의 어깨에 기대듯 자세를 고쳐 앉았다. 두 사람 사이에 흐르는 잔잔한 안도감이 종혁과 현지에게도 전해졌다.

— 진형 씨랑 소영 씨는 여기 단골이신가 봐요?

종혁이 조심스럽게 물었다.

소영이 부끄러운 듯 웃었다.

— 아니에요, 사실 처음 와봐요. 진형 씨가 특별한 날이라고 예약해

주었어요.

— 특별한 날이라….

종혁이 고개를 살짝 기울였다.

— 오늘 혹시 기념일인가요?

진형이 소영을 바라보며 눈인사를 나눈 뒤 입을 열었다.

— 사실… 저희가 다시 만난 지 100일 된 날입니다.

— 100일이요?

현지의 눈이 반짝였다.

— 축하드려요. 이야기는 소영 씨를 통해 대충 들었어요. 둘이 다시 만나신 지 100일이라니, 정말 특별하네요.

소영의 눈가도 촉촉해졌다. 그녀는 진형의 손을 살며시 잡으며 말했다.

— 진형 씨가 저를 다시 찾아와 준 지 꼭 100일째예요. 그래서 오늘 네 사람과 함께 하고 싶었어요.

종혁과 현지는 순간 가슴이 뭉클해졌다. 현지가 부드러운 미소로 속삭였다.

— 초대해 주셔서 감사해요. 저희까지 함께 축하할 수 있어서 영광이에요.

종혁도 고개를 끄덕이며 덧붙였다.

— 정말 축하드립니다. 두 분의 특별한 날에 함께하게 되어 기쁩니다.

그의 말은 진심이었다. 진형과 소영 커플의 재회에 담긴 의미를 완전히 알지는 못해도, 두 사람의 눈빛에서는 서로에 대한 깊은 애정과 지나온 시간의 무게가 느껴졌다.

수프 그릇을 비울 즈음, 가벼운 담소는 점차 깊은 이야기로 옮아가고 있었다. 진형이 물 잔을 잡고 천천히 말을 꺼냈다.

— 종혁 씨, 현지 씨… 사실 이렇게 네 사람이 한자리에 모인 김에, 우리 서로를 조금 더 알아가면 좋겠습니다.

종혁은 잔을 내려놓으며 진형을 바라보았다. 그의 눈빛에는 진지함이 담겨 있었다. 현지도 숨을 고르며 귀를 기울였다. 소영이 조용히 진형의 팔짱을 끼고 힘을 실어주는 모습이 눈에 들어왔다.

— 저부터 말씀드리는 게 좋겠네요.

진형이 살짝 미소 지었다. 하지만 이내 표정이 차분하게 가라앉았다. 촛불의 흔들림이 그의 옅은 미소에 그림자를 드리웠다.

— 저와 소영 씨는… 오래전에 미술 상담실에서 만났습니다. 제가 사고로 피아니스트로 활동을 할 수 없게 된 그 무렵부터…

— 피아니스트요?

현지는 알고 있었지만 모르는 듯한 눈빛으로 되물었다. 음악을 누구보다 사랑했던 그녀는, 한때 첼리스트를 꿈꾸며 밤늦도록 활을 잡던 시절도 있었다. 그러니 '피아니스트'라는 단어 하나에 가슴이 뛰는 것도 무리는 아니었다. 더구나 그 이름 '진형'은 결코 낯설지 않았다. 오히려 너무 익숙해서, 오래전 마음속에 깊이 묻어두었던 어떤 기억의 조각이 조용히 되살아나는 순간이었다.

진형은 고개를 끄덕이며 이어갔다.

— 네. 피아노를 전공해서 운 좋게 무대에 설 기회도 얻었고… 제법

이름을 알리게 되었죠. 하지만 오래전에, 갑작스러운 사고로 왼손을 크게 다쳤어요.

그는 본능적으로 왼손을 바라보았다. 종혁과 현지의 시선도 그의 손으로 향했다. 정성 들여 맞춘 정장 소매 아래로 하얀 흉터 자국이 살짝 비쳤다.

— 신경을 다쳐서 한동안 손을 거의 쓸 수 없었습니다. 피아노는커녕 일상생활도 힘들었어요.

소영은 그의 손을 꼭 잡았다. 진형의 목소리가 떨리는 것을 느끼고, 그녀도 눈시울이 뜨거워졌다. 종혁과 현지는 숨을 죽이고 그의 이야기에 집중했다. 레스토랑에는 조용한 배경음악만이 흘러, 잠시 네 사람을 둘러싼 세상이 멈춘 듯했다.

— 그때… 저는 너무 절망했고, 부끄러웠어요.

진형이 말을 이었다.

— 제겐 음악밖에 없었는데, 그걸 잃으니 살 의미를 잃어버린 것 같았습니다. 그래서 미술 상담 치료를 받으면서도 제 자신을 자꾸 숨겼어요. 세상이 다 끝난 것만 같아서… 주위 사람 모두를 놓아버렸습니다.

그의 시선이 테이블 위를 맴돌았다. 그 앞에 놓인 물 잔에 촛불 불빛이 일렁이고 있었다.

— 아무 말도 없이 사라지듯 소영을 떠났습니다. 1년 넘게 미국으로… 혼자였어요.

소영은 이미 두 눈에 눈물이 고여 있었다. 그래도 그녀는 조용히 웃으며 그의 말을 듣고 있었다. 과거의 상처를 헤집는 이 순간에도, 곁에 그가 있다는 사실만으로 버틸 수 있었다. 현지는 그런 소영의 심정을 알아본 듯 가슴이 아려왔다. 그녀는 조심스럽게 물컵을 기울여 한 모금 마셨다. 목이 메는 것을 가라앉히려는 몸짓이었다.

상황을 설명할 필요가 있다고 느낀 소영은 조심스럽게 말을 거들었다.

— 진형 씨는… 수술과 재활 치료를 위해 미국으로 갔어요. 예전처럼 완벽하게 피아노를 칠 수는 없지만, 그래도 가끔 저에게 아름다운 피아노 소리를 들려주곤 해요.

종혁 역시 목울대가 뻣뻣해졌다. 그는 자신도 모르게 현지의 손을 더욱 꼭 잡았다. 그리고 이내 손아귀에 힘을 풀며, 조용히 다른 손으로 식탁에 놓인 그릇을 만지작거렸다. 이야기는 아직 끝나지 않았다.

진형이 한숨을 쉬듯 숨을 고르고는, 소영을 바라보았다.

— 하지만… 소영 씨는 저를 기다리고 있었어요.

소영의 입가에 조그마한 미소가 번졌다. 그녀도 조용히 입을 열었다.

— 많이 힘들었지만… 진형 씨를 포기할 수 없었어요. 그 사람이 내 인생에서 완전히 사라진 게 아니라, 언젠가 돌아올 거라고… 그냥 믿고 싶었어요.

그녀의 목소리는 젖어 있었지만 단단했다.

— 물론 무섭고 불안한 날도 많았죠. 혹시 다시 못 보는 건 아닐까, 내가 기다리는 게 무슨 소용일까… 그런 생각에 울기도 많이 울었어요.

종혁과 현지의 가슴에는 그녀의 말이 비수처럼 박혔다. 두 사람 모두 사랑하는 이를 잃은 상실감이 어떤 것인지 알고 있었다. 현지는 눈가가 뜨거워져서 슬쩍 고개를 돌렸다. 종혁은 저도 모르게 그녀의 어깨에 손을 얹었다. 현지는 그 손길을 느끼며 마음을 다잡았다.

— 그런데도, 매일 밤 기도했어요.

소영이 계속했다.

— 어디선가 진형 씨도 저만큼 아파하고 있을 거라고, 제 소원이 닿는다면 꼭 다시 만나게 해달라고…

그녀는 진형을 바라보며 눈물을 훔쳤다. 진형은 참았던 감정을 드러내듯 소영을 꼭 끌어안았다. 주변에 다른 손님들이 있었지만, 누구 하나 소리를 내지 않았다. 그들은 조용히 고개를 숙이거나 다른 곳을 보며, 두 사람만의 이 프라이빗한 순간을 존중해 주고 있었다.

잠시 후, 진형은 소영의 어깨를 토닥이며 자세를 바로 했다. 그의 눈가도 붉게 물들어 있었다.

— 정말 고마운 건… 소영 씨가 끝내 제 손을 놓지 않았다는 거예요. 그리고 다행스럽게도… 수술이 성공해서, 얼마 전부터 다시 피아노를 조금씩 칠 수 있게 되었습니다.

그는 조심스레 손가락을 펴 보였다.

— 완전히 예전처럼은 아니지만… 간신히 쇼팽의 짧은 소품 정도는 연습하고 있어요.

그의 얼굴에 비로소 환한 웃음이 피어올랐다. 기쁨과 안도의 빛이었다.

— 정말 다행이에요…!

현지는 두 손을 모으고 환하게 웃었다. 눈가에 맺힌 눈물이 한 방울

빰을 타고 흘렀지만, 그녀는 그것조차 신경 쓰지 않았다. 종혁도 미소 지었다.

— 축하합니다, 진형 씨. 용기를 내주셔서… 그리고 두 분이 다시 만나 행복해하시는 모습을 보니 저절로 마음이 따뜻해지네요.

진형은 머쓱한 듯 고개를 숙였다.

— 들어주셔서 감사합니다. 사실, 오늘 이렇게 자리를 마련한 건… 저희의 기념일이기도 하지만, 종혁 씨와 현지 씨도 꼭 한 번 뵙고 싶어서 추진하게 되었어요.

종혁과 현지는 살짝 놀란 듯 서로를 바라보았다. 소영이 말을 이었다.

— 저희는 서로의 이야기를 다 알면서도… 종혁 씨와 현지 씨 이야기는 자세히 들어본 적 없었거든요. 물론 많이 어려운 일을 겪으셨다는 건 알고 있지만… 직접 들어보고 싶었어요. 그리고 같이… 나누고 싶었고요.

그녀는 살짝 눈웃음을 지어 보이며 두 사람을 바라보았다. 현지와 종혁의 표정엔 순간 여러 감정이 스쳐 지나갔다. 놀라움, 망설임, 그리고 용기 내보려는 다짐.

현지가 먼저 천천히 고개를 끄덕였다.

— 저희 이야기도… 들어주신다면 감사히 말씀드릴게요.

종혁은 그녀를 바라보았다. 그의 눈동자에는 '괜찮겠어?' 하는 물음이 담겨 있었다. 현지는 환하게 웃어 보였다. 그녀의 손이 다시 그의 손을 감싸 쥐었다. 그 온기에 용기를 얻은 종혁이 마침내 입을 열었다.

— 사실… 어디서부터 말해야 할지 모르겠네요.

종혁은 촛불을 잠시 응시했다. 진형과 소영이 조용히 귀를 기울였다. 현지는 천천히 그의 등을 어루만지며 힘을 주었다. 종혁은 그 손길을 느끼며 조용히 말을 이어갔다.

— 저는… 글을 쓰던 사람이었습니다. 한때는, 제 이름으로 책도 몇 권 냈었죠.

소영은 살짝 눈을 크게 떴다. 이미 그녀 마음속엔 익숙한 예감이 피어오르기 시작했다. 그러나 종혁은 눈을 내리깔고 담담히 계속했다.

— 하지만 몇 년 전, 모든 게 무너졌습니다. 아내의 외도를 알게 된 후, 글은 더 이상 써지지 않고… 사랑했던 사람들과도 멀어지고… 제 자신을 망가뜨렸어요. 그러다 어느새 집도, 가족도, 아무것도 없이 거리에서 떠돌게 됐습니다.

그의 목소리가 쓸쓸하게 떨렸다. 현지는 말없이 그의 손을 꼭 잡고 있었다. 그의 과거를 가장 가까이에서 지켜본 사람으로서, 그녀 역시 목이 메었다.

종혁이 말을 이으려 했지만, 잠시 침묵이 흘렀다. 대신 현지가 부드럽게 이어받았다.

— 제가 종혁 씨를 만난 건… 병원 응급실이었어요. 죽어가는 노숙자의 모습으로….

현지의 목소리가 가늘게 떨렸다. 그날의 기억이 그녀를 아프게 파고드는 듯했다.

종혁은 고개를 떨구었다.

— 엉망이었던… 꼴사나운 모습으로 그녀 앞에 있었어요. 죽어가는

세상에서 가장 아름다운 슬픔

모습으로….

소영과 진형은 이미 깊이 몰입해 있었다. 소영은 손수건으로 눈가를 훔쳤다. 현지의 이야기에서 그녀는 현지가 아닌, 그 자리에 있었던 종혁의 절망을 보았다. 진형 또한 입술을 굳게 다문 채 듣고 있었다. 그의 시선은 종혁에게로 향했다. 종혁은 이제 현지를 바라보고 있었다. 그녀가 대신 꺼내주는 이야기들을 가만히 들으며, 그날의 처절함과 기적 같은 만남을 떠올리고 있었다.

— 그렇게 만났군요….

진형이 낮게 말했다.

현지는 희미하게 웃었다.

— 네. 다행히 종혁 씨는 모든 걸 잘 이겨내고 다시 본인의 삶으로 돌아갔어요.

그녀는 말을 멈추고 종혁을 바라봤다.

— 현지 씨는… 저를 일으켜 세워주었습니다. 그리고 오래전 현지 씨는 사랑하는 가족을 잃었다고 했어요.

소영의 눈동자가 흔들렸다. '아…' 하고 조그맣게 숨을 뱉었다. 현지는 슬픈 미소를 지었다.

— 네… 제가 가장 사랑했던 엄마는 투병으로 세상을 떠났어요. 너무 갑작스럽게요. 저는 그때 한참 무너져 있던 중이었죠. 삶의 의미도, 일의 열정도 다 잃어버리고… 웃는 법도 잊고 있었어요.

종혁은 그녀의 말을 조용히 받았다.

— 그런데 그런 현지 씨가, 저를 보고 울어주었어요. 자신도 깊은 슬

픔에 잠겨 있었을 텐데… 오히려 저를 위해서.

그의 목소리가 젖어들었다.

— 그 눈물을 보고… 문득 정신이 번쩍 들었어요. 이 사람이 이렇게까지 남을 위해 울어주는데, 나 자신은 왜 날 포기하려고만 했을까… 싶어서요.

현지는 종혁을 바라보며 눈가에 번진 눈물을 훔쳤다. 그의 진심 어린 고백에 가슴이 벅차올랐다. 종혁도 눈물이 그렁하여 한숨을 내쉬었다.

— 현지 씨가 아니었으면, 저는 아마 이 세상에 없었을 겁니다. 그날 이후로… 현지 씨가 곁에 있어 주었어요. 제가 퇴원한 후에도, 갈 곳 없는 저를 위해.

현지가 고개를 저으며 조용히 답했다.

— 아니에요, 종혁 씨가 저를 살게 해주었어요. 거창한 건 없었어요.

현지가 부끄러운 듯 고개를 저었다.

— 그저… 따뜻한 밥 한 끼 같이 먹고, 이야기 들어주고… 때로는 같이 울고. 그러면서 서로 조금씩 나아졌어요. 종혁 씨는 제게 삶을 포기하지 않도록 붙들어준 사람이기도 해요. 그 지옥 같은 슬픔 속에서… 서로를 끌어내 준 거죠.

소영과 진형은 어느새 서로의 손을 꼭 잡은 채였다. 네 사람의 눈가에는 모두 눈물이 맺혀 있었지만, 그 눈물은 차갑지 않았다. 촛불 빛에 반짝이는 눈물들은 슬프면서도 어딘가 단단하고 따뜻했다. 슬픔을 나누는 동안, 그들은 서로의 아픔 속에서 희미하게나마 위안을 발견하고 있었다.

세상에서 가장 아름다운 슬픔

종혁은 이어서 담담히 말했다.

— 사실… 제가 예전에 글을 썼다고 했잖아요. 부끄럽지만, 젊은 시절에 낸 책들이 조금 알려졌었습니다.

소영이 그 순간 조용히 숨을 들이마셨다. 그녀의 가슴이 두근거리기 시작했다. 머릿속에 스쳐가는 이름, 기억 속의 책 표지가 선명해졌다. 그러나 그녀는 그저 종혁의 말을 기다렸다.

— 하지만 저는 그 뒤로 인생에서 실패했고, 그래서 제 이름도 세상에서 잊혔을 거라 생각했습니다. 이혁이라는 이름을 아는 사람은 이제 없겠지, 하고요.

그가 쓰게 웃으며 고개를 떨구었다.

— 이혁… 작가 이혁 말씀이세요? 소영이 참았던 질문을 조심스럽게 꺼냈다. 목소리가 살짝 떨렸다. 그녀의 눈동자는 놀라움과 믿기지 않는 감정으로 흔들리고 있었다.

종혁은 당황한 듯 소영을 바라보았다.

— 혹시… 제 이름을 아시는 겁니까?

— 설마 했어요….

소영이 가슴에 손을 얹었다.

— 이혁 작가님이라면, 제가 고3 때 정말 좋아했던 소설 『그녀』의 작가 이혁… 그분인가 해서요. 당시 고등학생인 저에게는 너무나 무서운 소설이었죠. 정신질환이 있는 여자가 세상을 어떻게 바라보고 해석하는지에 대한 소설이었죠. 무서웠지만 슬펐던 기억이 있어요. 이혁이라는 이름이 필명이었군요.

그녀는 믿을 수 없다는 듯 입을 살짝 벌린 채였다. 현지와 진형도 깜짝 놀라 소영을 보았다.

종혁은 잠시 말문이 막혔다. 『그녀』. 잊고 지낸 지 오래된 자신의 작품 제목이 이렇게 불릴 것이라고는 꿈에도 생각지 못했다. 천천히 그는 고개를 끄덕였다.

— 네… 제가 쓴 소설입니다. 그런 오래된 책을 소영 씨가 알다니 놀랍네요.

소영의 두 눈에 눈물이 그렁그렁 맺혔다. 그녀는 환하게 웃었다.

— 믿기지 않아요. 그 책… 제가 얼마나 좋아했는데요. 제가 미술 치료를 전공하게 된 계기 중 하나예요, 그 소설이.

— 제 소설이…요?

종혁은 뜻밖이라는 듯 다시 물었다. 현지는 그런 그를 향해 놀란 눈빛으로 미소 지었다. 진형은 옆에 앉은 소영을 바라보았다. 그녀에게 이런 면이 있었을 줄은 몰랐다는 듯이.

소영은 추억에 잠긴 얼굴로 말했다.

— 거기에 이런 이야기가 나오잖아요. 상처 입은 여자가 존재하지 않는 사랑하는 사람과 함께 버려진 철길을 따라 여행하며 마음을 치유해가는… 저는 그걸 읽고 많이 울었어요. 슬펐지만 마음이 따뜻해지는 느낌이었죠. 그래서 저도 상처받은 사람들을 치유해 주는 일을 하겠다고… 그때 결심했어요.

종혁은 믿기지 않는다는 듯 숨을 내쉬었다. 그의 눈앞에 소영의 젊은 시절 모습이 그려지는 듯했다. 한 소녀가 자신의 글을 읽고 눈물 흘

세상에서 가장 아름다운 슬픔

리며 위로받는 모습. 그는 가슴 한편이 뭉클해졌다. 자신이 잃어버렸다고 생각한 삶의 의미가 문득 눈앞에 되살아나는 기분이었다.

소영은 눈물을 훔치며 웃음을 지었다.

— 정말 감사해요. 작가님 덕분에 지금의 제가 있는 거예요. 그런데 이렇게 뵙게 될 줄은 상상도 못 했어요.

종혁은 머쓱해하며 고개를 저었다.

— 아닙니다… 제가 오히려 감사하죠. 그런 말을 들어본 건 처음입니다. 제 글이 누군가에게 닿았다니….

그의 목소리는 점점 작아졌지만, 눈빛만은 전에 없이 빛나고 있었다. 현지는 그의 어깨에 기댄 채 흐뭇하게 그 모습을 지켜보았다. 종혁의 눈에 어린 감격과 감동을 그녀는 누구보다 잘 이해했다. 자신이 사랑하는 이의 과거가 이렇게나 가치 있었음을 확인하는 순간이었으니까.

— 저도 놀랐네요.

현지가 소영을 향해 미소 지었다.

— 소영이가 종혁 씨 소설의 독자였다니, 세상이 참 신기해요. 혹시 진형 씨도 들어본 적 있으신가요? 『그녀』.

진형은 미소를 지으며 고개를 끄덕였다.

— 물론이죠. 당시에 문학상도 받고 굉장히 화제였던 걸로 기억해요. 설마 그 작가분이 종혁 씨일 줄은… 몰랐습니다. 영광입니다.

그는 진심 어린 눈빛으로 종혁을 바라봤다.

종혁은 민망한 듯 손사래를 쳤다.

— 과찬이십니다. 이미 다 잊힌 이름이라 생각했는데….

— 완전히 잊히진 않았네요, 이렇게.

현지가 장난스럽게 웃었다. 종혁도 따라 미소 지었다. 그의 얼굴에 약간의 홍조가 돌았으나, 마음 한구석이 따스하게 채워지는 느낌이었다.

이야기의 나눔이 무르익을 즈음, 메인 요리가 식탁에 올랐다. 풍미 가득한 갈비 스테이크와 구운 채소가 먹음직스럽게 담겨 있었지만, 네 사람은 음식보다 서로의 얼굴을 먼저 보았다. 이제는 훨씬 편안해진 표정들이었다. 방금 전까지 울먹였던 것조차 믿기지 않을 만큼 모두의 눈에는 안도와 기쁨이 깃들어 있었다.

— 이제 보니, 우리 서로가 서로의 팬이었던 셈이네요.

현지가 웃으며 포크를 들었다.

— 그러게요. 이상하면서도 멋져요.

소영이 화답했다.

— 현지는 진형 씨 음악을 좋아했고, 저는 종혁 씨 글을 좋아했고….

진형이 놀란 얼굴로 현지를 바라봤다.

— 현지 씨도 제 음악을 알고 계셨나요?

현지가 살짝 얼굴을 붉혔다.

— 아, 네… 이제 말씀드리지만, 진형 씨 이름 듣고 혹시? 했어요. 류 진형 피아니스트의 이름을 신문에서 본 기억이 있어서… 그래도 직접 만나 뵌 분일 줄은 생각을 못 했죠.

그녀는 잠시 말을 멈추었다가 조심스레 계속했다.

— 제 남자친구도… 아니, 전 남자친구도 진형 씨 연주를 참 좋아했어요. 저희 두 사람한텐 특별한 곡이 하나 있었어요. 진형 씨가 편곡했

세상에서 가장 아름다운 슬픔

던 '라스트 카니발' 연주곡인데….

진형의 눈동자가 빛났다.

— '세상에서 가장 아름다운 슬픔'이라는 부제가 붙었던 그 곡….

현지는 놀란 듯 눈물이 고인 채로 환하게 웃었다.

— 맞아요…!

— 제가 편곡하면서 붙인 별명이었거든요.

진형은 뭉클한 표정으로 웃었다.

— 그 곡은 저도 특별하게 생각했습니다. 제 마음을 담았었거든요. 따뜻하지만 슬픈… 세상에서 가장 아름다운 슬픔을 음악으로 표현해 보고 싶었어요.

소영이 그의 팔을 붙잡고 고개를 끄덕였다. 그녀도 그 곡을 알고 있었다. 진형의 연주를 가장 가까이에서 지켜봤던 사람이었으니까.

현지는 한순간 말을 잇지 못했다. 벅찬 감정에 코끝이 붉어졌다.

— 그 곡을… 제일 좋아했어요, 저희는. 그래서 늘 힘든 날이면 같이 듣고는 했죠. 제가 가장 슬펐던 순간에도… 이상하죠. 슬픈 곡인데, 그 슬픔이 너무 따뜻해서 견딜 수 있게 해 주었거든요.

종혁은 그녀가 울음을 참고 있는 걸 알고 있었다. 그는 자리에서 살짝 몸을 뻗어 테이블 옆 현지의 손을 잡았다. 현지가 그의 손가락을 꼭 잡으며 미소 지었지만 눈물이 또르르 흘렀다.

— 들어줘서 고맙습니다.

진형이 정중히 고개를 숙였다.

— 현지 씨에게, 또 현지 씨의 소중한 분에게 그런 의미였다니…. 연

주자로서 더할 나위 없는 영광입니다.

소영도 현지에게 손을 내밀었다. 그들은 서로의 손을 맞잡았다. 눈물 어린 얼굴로 마주 보며, 말없이도 깊이 공감하고 있었다. 기다림의 고통과 잃어버린 사랑의 아픔을 알기에, 그 모든 이야기를 공유한 지금 둘 사이에는 알 수 없는 우정이 피어나는 듯했다.

— 우리 참 대단하네요.

종혁이 조용히 말을 꺼냈다. 감회에 젖은 목소리였다.

— 이렇게 힘든 시간을 지나왔다는 게… 그리고 이렇게 한자리에 모여 있다는 게, 기적 같습니다.

— 그러게요.

진형이 받아주었다.

— 각자 아픈 시간을 보냈지만… 결국 서로의 이야기를 들어줄 수 있게 되었으니.

소영이 중얼거리듯 말했다.

— 아마… 슬픔이 이어준 인연인가 봐요. 하지만 이렇게 따뜻하게 바뀌었네요.

현지가 고개를 끄덕였다. 그녀는 촛불을 바라보며 나지막이 말했다.

— 세상에서 가장 아름다운 슬픔… 우리에게 그런 슬픔이 있었네요.

네 사람은 조용히 웃었다. 그 말이 무슨 의미인지 모두가 이해하고 있었다. 슬픔은 분명 슬픔이었지만, 그 슬픔을 통해 만나고 이어져, 마침내는 누구보다 따뜻한 마음으로 서로를 바라볼 수 있게 되었으니….

식탁 위의 촛불이 사위어 가는 동안에도 네 사람의 웃음소리는 나지막하지만 환하게 번져 나왔다.

마지막 코스로 디저트가 나왔다. 진한 향의 티라미수와 한 입 크기의 과일 타르트들이 예쁘게 플레이팅 되어 있었다. 커피와 허브차도 곁들여졌다. 촛불은 거의 심지까지 타들어가 몹시 작아졌지만, 달콤한 디저트의 향기가 테이블에 새로운 활기를 불어넣었다.

종혁이 작게 웃으며 제안했다.

— 이제 우리, 축배를 들까요?

진형이 잔을 들어 보이며 화답했다.

— 좋죠.

현지와 소영도 각각 잔을 들었다. 그리고 옆에는 자쿠지(Jacuzzi)라는 와인병이 눈에 들어왔다. 그리고 서로의 얼굴을 차례로 마주 본 네 사람의 눈빛이 반짝였다.

— 무엇을 위해 마실까요?

소영이 물었다.

종혁이 잠시 생각하다 말했다.

— 우리…라는 이름으로.

현지가 되풀이했다.

— 우리…라는 이름.

그녀는 그 말에 입안을 굴려보았다. 따뜻하고 든든한 울림이 느껴졌다.

진형과 소영도 미소 지었다. 진형이 말했다.

— 그래요. 이제 우린 서로의 이야기를 알고 마음을 나눴으니, 오늘

부터 네 사람이 함께하는 '우리'인 거죠.

— 앞으로의 행복을 위해, 그리고 우리의 우정을 위해. 소영이 잔을 살짝 들며 마무리했다.

네 개의 잔이 가운데서 가볍게 부딪쳤다. 맑은 소리가 퍼지며 촛불도 살짝 흔들렸다. 서로를 향한 진심 어린 축하와 응원이 잔 속의 음료처럼 출렁였다. 모두가 한 모금씩 음료를 입에 머금었다. 달콤 쌉싸름한 와인의 맛이 혀끝을 타고 가슴으로 내려갔다.

디저트를 나누며 대화는 한결 밝아졌다. 소영이 장난스럽게 물었다.

— 종혁 씨, 혹시 다시 글 써볼 생각은 없으세요? 이렇게 팬도 만났는데요.

종혁은 웃음을 터뜨렸다.

— 하하… 오늘 많은 용기를 얻었으니, 슬슬 다시 시작해 봐야겠네요. 현지 씨가 옆에서 도와준다면야.

현지가 환하게 웃었다.

— 당연하죠! 저는 종혁 씨 비서도 할 수 있어요.

— 저도 기대할게요, 새 책.

소영이 눈을 반짝이며 말하자 종혁은 쑥스럽다는 듯 웃었다.

진형이 종혁을 바라보며 말했다.

— 종혁 형… 이제 형이라고 부르고 싶습니다. 형의 새 출발을 응원합니다.

— 형이라 불러주니 고맙네요.

종혁이 미소 지었다. 동생이 생긴 듯한 기분에 어깨가 한층 가벼워졌다.

— 진형 씨… 아니, 너의 새로운 연주도 기대하고 있을게.

진형은 수줍게 웃었다.

— 네. 조만간 작은 무대라도 서게 되면 꼭 초대할게요. 셋 다 와주셔야 해요.

— 약속!

현지와 소영이 동시에 외치고는 서로를 보고 웃었다. 방금 전까지 울었던 사람들이 맞나 싶을 정도로 환한 웃음이었다.

식사가 끝나갈 무렵, 레스토랑의 창밖에는 밤이 깊어 검푸른 창공이 보였다. 테이블의 촛불은 드디어 거의 다 타서, 마지막 남은 불꽃이 힘겹게 타오르고 있었다. 네 사람은 서로의 손을 잡거나 맞잡은 채, 한동안 말없이 그 불꽃을 지켜보았다. 말하지 않아도 되는 순간, 마음과 마음이 통하는 고요한 시간이 흘렀다.

소영이 속삭였다.

— 오늘 만나길 정말 잘했어요.

— 응… 정말.

두 사람은 자매처럼 다정한 말들을 나누었다.

진형과 종혁은 미소를 지으며 그 모습을 바라보았다. 종혁이 낮은 음성으로 말했다.

— 우리, 참 운이 좋네요. 이렇게 서로를 알아갈 수 있어서.

진형이 동의하듯 잔잔히 웃었다.

— 네, 맞아요. 힘들었던 만큼 더 좋은 사람이 곁에 생긴 거겠죠.

마지막 디저트 접시가 치워지고, 테이블 위에는 빈 잔과 촛대만이 남았다. 촛불은 바람에 휘청이며 꺼질 듯 말 듯 흔들렸다. 종혁이 천천히 입으로 후- 하고 불어 촛불을 껐다. 순간 주변이 약간 어두워졌지만, 모두의 얼굴에는 잔잔한 빛이 어려 있었다. 서로를 바라보는 눈빛은, 촛불보다도 더 따뜻한 온기를 내뿜고 있었다.

　네 사람은 자리에서 일어서 천천히 레스토랑을 나섰다. 문을 열고 나가자 밤공기가 상쾌하게 볼을 스쳤다. 종혁은 자연스럽게 현지의 어깨를 감싸안았고, 진형도 소영의 손을 꼭 잡았다. 주차된 차까지 짧은 거리를 걸으며 그들은 느긋하게 발걸음을 맞추었다. 헤어짐이 아쉬운 듯, 발걸음은 천천히, 그러나 마음은 한결 가벼웠다.

　— 다음에는 저희 집에 놀러 오세요. 제가 직접 요리해 드릴게요.

　현지가 아쉬움을 달래려는 듯 제안했다.

　— 와, 정말요? 현지 씨 간호사 아니셨어요? 요리도 잘하세요?

　진형이 놀란 얼굴로 물었다.

　현지가 웃으며 대답했다.

　— 취미가 요리예요. 기대하셔도 좋아요.

　종혁이 거들었다.

　— 현지 씨 된장찌개는 예술입니다.

　다 같이 웃음이 터졌다. 진형이 고개를 끄덕이며 말했다.

　— 그럼 곧 뵙겠습니다. 저희도 디저트는 사가지고 갈게요.

　— 좋아요. 약속해요, 꼭 다시 만나자고.

　소영이 손가락을 내밀자, 현지가 새끼손가락을 걸었다. 두 연인은 그런 두 사람을 흐뭇하게 바라보았다.

　각자 차에 올라타기 전, 마지막 인사를 나누었다. 종혁과 진형은 굳은 악수가 아닌 따뜻한 포옹으로 서로를 격려했다. 현지와 소영은 꼭 끌어안은 채 등을 다독였다. 짧은 시간이었지만 네 사람은 어느새 오래된 친구처럼 정이 들어 있었다.

　— 조심해서 들어가세요!

　— 오늘 정말 고마웠어요!

　작별 인사가 오가고, 마침내 각자 차 문을 닫았다.

　차가 움직이기 전, 종혁과 현지는 동시에 뒤를 돌아보았다. 진형과 소영의 차량도 옆에서 출발하려던 참이었다. 두 커플은 차창을 내리고 손을 흔들었다. 밤공기 속에 "안녕히 가세요!" "다음에 봬요!" 하는 목소리가 겹쳐 울렸다. 그 소리는 맑고 즐거워서, 늦은 시간 레스토랑 앞 거리를 환하게 밝히는 듯했다.

　종혁의 차가 도로에 올라서자, 현지는 살며시 종혁의 어깨에 기대며 속삭였다.

　— 종혁 씨, 행복해요?

　종혁은 운전대를 잡은 손에 힘을 주다가, 한 손을 놓아 현지의 손을 찾았다. 따뜻한 손이 포개지자 그는 조용히 웃으며 답했다.

　— 응. 믿기지 않을 만큼.

　그의 시선은 반짝이는 가로등 불빛을 따라 앞으로 향했지만, 마음은 아까 식탁 위의 촛불처럼 환하게 타오르고 있었다. 현지도 그의 어깨에 기대어 눈을 감았다. 머릿속에 오늘의 대화들과 웃음소리들이 메아리쳤다. 가슴이 뭉클하면서도 평온했다.

그 시각 다른 차 안에서, 소영은 진형의 손을 꼭 잡고 창밖을 내다보고 있었다. 도시의 불빛들이 흩어지며 흐르고 있었다. 진형은 운전 중에 슬쩍 그녀를 바라보았다.

— 소영 씨.

그는 다정하게 불렀다.

— 네.

그녀가 그의 손가락을 살며시 쓰다듬으며 답했다.

— 사랑해요.

진형이 작게, 그러나 분명히 말했다.

소영은 깜짝 놀라 그를 바라봤다. 그의 옆모습이 불빛에 스쳐 지나갔다. 얼굴이 살짝 빨개진 듯 보였다. 소영의 심장이 빠르게 뛰었다. 잠시 말없이 그를 바라보던 그녀가 입가에 환한 미소를 띠었다.

— 나도 사랑해요, 진형 씨.

그녀는 진형의 어깨에 기대며 조용히 속삭였다. 오늘 밤 함께 나눈 모든 이야기와 감정이 그녀의 대답 속에 녹아들어 있었다.

그렇게 두 대의 차는 각자의 길을 따라 달렸지만, 그들의 마음은 한 곳에 모여 있었다. 언젠가 겪었던 가장 차가운 슬픔을 지나, 이제는 누구보다 따뜻한 미소를 나눌 수 있는 사람들이 곁에 있다. 서로의 손을 잡아준 네 사람의 앞날에는 분명 희망의 불빛이 깜박이고 있었다. 마치 방금까지 함께 바라보았던 촛불처럼, 때로는 흔들릴지라도 쉽게 꺼지지 않을, 은은하고도 강인한 빛이었다.

식당의 창가에 남아있던 마지막 촛불은, 네 사람이 떠난 뒤에도 한동안 그 자리를 밝혀주다가, 조용히 꺼졌다. 그러나 그 불꽃이 남긴 따뜻한 온기는 오래도록 사라지지 않고 네 사람의 가슴속에 아롱거렸다. 마침내 서로를 '우리'라고 부를 수 있게 된 밤, 그것은 슬픔마저도 가장 따뜻한 추억으로 바꾸어준 소중한 시간이었다.

제24화   세상에서 가장

아름다운 슬픔

슬픔은 결코 무의미한 감정이 아니었습니다. 오히려 슬픔을 통과할
때에야, 비로소 우리는 가장 인간다운 방식으로 서로에게 다가갈 수
있었습니다. … 슬픔은 우리를 쓰러뜨리기도 하지만, 동시에 서로의
마음을 이어주는 다리가 되어 줍니다. 외로움 속에 갇힌 마음들이 슬
픔을 나눌 때 비로소 시작되는 치유와 변화가 있다고 저는 믿습니다.

고풍스러운 아트홀의 천장에는 부드러운 금빛 조명이 잔잔히 흐르고 있었다. 늦가을 밤공기는 여전히 서늘했지만, 홀 안은 따뜻한 열기로 가득했다. 수십 개의 의자가 단정히 놓인 객석에는 독자들과 기자들, 그리고 한곳에 기대와 설렘을 안고 모여든 사람들이 조용히 웅성이고 있었다. 정면 무대에는 새하얀 피아노가 빛을 받아 반짝였고, 그 옆에는 '세상에서 가장 아름다운 슬픔'이라는 제목이 적힌 커다란 책 표지 배너가 서 있었다.

　객석 맨 앞줄 중앙에는 나란히 앉은 세 사람이 있었다. 현지는 약간 긴장한 듯 두 손을 꼭 모은 채 무대 위의 배너를 바라보고 있었다. 옆자리의 소영은 조용히 미소 지으며 현지의 손등에 살며시 자신의 손을 포갰다.

　진형은 깊게 숨을 들이쉬며 어깨를 폈지만, 그의 시선은 무대 위 하얀 피아노에 단단히 고정되어 있었다. 그리고 그들 옆, 비어 있는 한 자리에는 곧 무대에 오를 종혁의 자리가 마련되어 있었다. 종혁은 지금 무대 뒤편에서 마지막 원고를 손에 쥔 채 심호흡을 하고 있었다.

마침내 객석의 조명이 서서히 어두워지고, 무대 위 조명이 한층 밝아졌다. 곧 사회자의 차분한 목소리가 홀 안에 울려 퍼졌다.

— 지금부터 이혁 작가의 신간 소설, '세상에서 가장 아름다운 슬픔' 출간 기념 행사를 시작하겠습니다.

청중의 웅성임이 잦아들고, 무대를 향해 한 줄기의 스포트라이트가 비쳤다. 종혁이 천천히 걸어 나왔다. 짙은 남색 정장 차림의 그의 한 손에는 연단에서 읽을 원고가 들려 있었고, 다른 손은 미세하게 떨리는 숨을 진정시키려는 듯 가볍게 쥐어져 있었다. 객석에서는 잔잔한 박수가 번져 나왔다.

종혁은 떨리는 가슴을 다잡으며 천천히 청중을 둘러보았다. 꽉 들어찬 객석 한복판, 맨 앞줄의 익숙한 얼굴들이 눈에 들어왔다. 현지, 소영, 그리고 진형. 그들이 보내오는 조용한 미소와 응원의 눈빛에 종혁은 마음속 깊이 용기가 차오르는 것을 느꼈다.

한 번 더 깊이 숨을 들이쉰 종혁은 마이크에 입을 가까이 댔다.

— 안녕하십니까.

짧은 인사가 마이크를 통해 잔잔하게 퍼져 나갔다. 그의 목소리는 처음에는 약간 떨렸지만 이내 차분하고 은은한 울림을 되찾았다. 객석 여기저기에서 조용한 미소가 번지는 것이 느껴졌다. 종혁은 준비해 온 원고를 잠시 내려다보았다가, 천천히 접어 옆에 두었다. 정제된 문장을 읽기보다는, 지금 마음속에서 우러나오는 말을 전하고 싶었다.

— 슬픔에 관한 이야기를 쓰고 싶었습니다. 모두가 행복을 좇는 세상이지만, 저는 오히려 우리가 품고 있는 슬픔에 조용히 귀 기울여 보고

싶었습니다. 살아가다 보면 누구나 가슴 한편에 눈물로 채워진 호수 하나쯤은 품고 살아가는 것 같습니다. 저 역시 그랬습니다. 몇 해 전, 큰 상실을 겪고 한동안 펜을 놓았던 적이 있습니다. 글을 쓴다는 꿈조차 포기하려 했던 시절이 있었습니다.

종혁은 목이 메어 한동안 말을 잇지 못했다. 그의 시선은 자연스럽게 객석 맨 앞줄로 향했다. 현지는 눈시울을 붉힌 채 고개를 숙이고 있었다. 소영은 떨리는 손으로 현지의 어깨를 살며시 감싸안고 있었다. 진형은 두 손을 꼭 쥔 채 종혁을 지켜보고 있었다. 세 사람의 눈에는 저마다 뜨거운 눈물이 맺혀 있었다. 종혁은 그들을 바라보며 희미하게 웃어 보였다. 그리고 다시 천천히 입을 열었다.

— 제가 이 소설을 쓸 수 있었던 건, 바로 이 자리에 와 있는 소중한 이들 덕분입니다. 이 책에 담긴 네 사람의 이야기는 제 주변에 있는, 평범하지만 결코 평범하지 않은 사람들에게서 비롯되었습니다. 그들은 각자 다른 슬픔을 안고 살아왔습니다. 어떤 이는 가장 사랑하는 이를 떠나보냈고, 어떤 이는 자신이 그토록 사랑한 음악을 잠시 놓아야 했습니다. 또 다른 어떤 이는 깊은 외로움 속에서 마음의 문을 닫았었습니다. 그리고 한 사람은, 그 모든 곁에서 아무것도 할 수 없다는 무력감에 스스로를 잃어가던 사람이었습니다.

— 그러나 그 슬픔을 함께 나누며 우리는 서로를 더 깊이 이해하게 되었습니다. 함께 울고 아파하는 동안, 상처는 조금씩 치유되어 갔습니다. 저는 그 과정을 통해 한 가지를 깨달았습니다. 슬픔은 결코 무의미한 감정이 아니었습니다. 오히려 슬픔을 통과할 때에야, 비로소 우리는

가장 인간다운 방식으로 서로에게 다가갈 수 있었습니다.

— 그래서 저는 이 소설의 제목을 '세상에서 가장 아름다운 슬픔'이라고 지었습니다. 슬픔 그 자체가 아름답다는 뜻은 아닙니다. 다만 그 슬픔을 통해 우리가 보여준 용기와 사랑, 그리고 그로부터 피어난 희망이 아름답다는 의미입니다. 슬픔은 우리를 쓰러뜨리기도 하지만, 동시에 서로의 마음을 이어주는 다리가 되어 줍니다. 외로움 속에 갇힌 마음들이 슬픔을 나눌 때 비로소 시작되는 치유와 변화가 있다고 저는 믿습니다.

— 무엇보다 이 이야기의 주인공인 제 가장 소중한 친구들에게 이 자리를 빌려 고마움을 전하고 싶습니다. 그들이 없었다면 이 책은 세상에 나오지 못했을 것입니다. 오늘 이 자리에 함께해 주시고, 제 삶에 다시 희망을 심어 주셔서 진심으로 감사합니다.

종혁의 목소리는 끝부분에서 살짝 떨렸다. 그는 울컥 치밀어 오르는 감정을 삼키려는 듯 잠시 입을 다물었다. 객석 곳곳에서는 훌쩍이는 소리가 조용히 흘러나왔다. 그의 눈에도 눈물이 고였다.

종혁은 마이크를 두 손으로 꼭 잡았다. 이어지는 목소리는 한결 부드러웠다.

— 부족한 제 이야기를 들어주셔서 감사합니다.

그는 깊이 숨을 들이쉬고 나서 천천히 말을 이었다.

— 끝으로, 오늘 이 자리를 위해 작은 선물을 하나 준비했습니다. 제 친구 진형 씨께서 제가 특히 좋아하는 곡을 연주해 주시기로 했습니다. 'Last Carnival'이라는 피아노 곡인데요, 저희의 이야기에 담긴 마음을 이

음악으로 전해 드리고 싶습니다.

종혁은 앞줄에 시선을 보냈다.

— 진형 씨, 무대로 나와주시겠어요?

진형이 조용히 자리에서 일어섰다. 객석의 시선이 하나둘 그의 움직임을 따라갔다. 종혁은 무대 위로 올라오는 진형을 환한 미소로 맞이했다. 둘은 가볍게 포옹을 나누었다. 이내 종혁은 진형의 어깨를 한 번 힘있게 잡아 준 뒤, 무대 아래 자신의 자리로 돌아와 현지와 소영 옆에 앉았다.

진형은 천천히 피아노 앞 스툴에 앉았다. 잠시 두 손을 모아 심호흡을 하고, 조심스럽게 건반에 손을 얹었다.

그의 왼손 등에는 옅은 흉터 자국이 남아 있었다. 한때 진형은 그 흉터를 보며 두 번 다시 피아노를 칠 수 없을지도 모른다는 절망에 사로잡혔었다. 그는 살며시 주먹을 쥐었다 펴며 굳은 손가락을 풀었다. 그리고 미세하게 떨리는 손을 다시 건반 위에 올리며 마음을 가다듬었다.

짧은 정적 후, 첫 몇 개의 음이 천천히 홀 안을 채웠다. 맑으면서도 서글픈 선율이었다. 마치 오래된 오르골이 조용히 돌아가기 시작하는 듯한 음색이 귀를 간질였다. 피아노 가락은 청중의 가슴속 깊은 곳에 숨겨진 기억들을 조용히 일깨우는 듯했다.

진형의 손놀림이 점차 빨라지자 곡은 자연스레 한층 풍부한 흐름을 타고 나아갔다. 낮은 음에서 높은 음으로 부드럽게 이어지는 멜로디는 슬픔으로 엮어낸 한 편의 이야기 같았다. 선율은 나직이 속삭이다가도 이내 격정적으로 고조되어 듣는 이들의 가슴을 두드렸다. 음 하나하나가 말 대신 수많은 감정을 담은 채, 홀 안을 가득 메웠다.

현지는 첫 음이 울려 퍼지는 순간 눈앞이 흐려졌다. 그녀는 자신도 모르게 소영의 손을 더욱 꼭 잡았다. 두 사람의 손은 떨렸지만, 그 안에는 말로 할 수 없는 따뜻함이 전해지고 있었다. 소영은 차오르는 눈물을 애써 삼키며 연주에 귀를 기울였다. 그녀의 가슴속에는 수많은 장면이 겹겹이 떠올랐다. 외롭고 힘들었던 날들, 그리고 그 끝에 찾아온 지금 이 순간의 온기가 한데 어우러져 가슴 깊은 곳에서 뭉클한 파동을 일으켰다.

종혁은 눈을 깜빡이며 무대 위 진형을 지켜보고 있었다. 그의 눈에도 뜨거운 눈물이 맺혀 있었다. 진형의 손끝에서 피어오르는 멜로디는 종혁의 가슴 깊은 곳을 부드럽게 어루만졌다. 종혁은 천천히 현지의 다른 손을 잡았다. 현지가 놀라 그를 바라보았지만, 곧 환하게 웃으며 그의 손을 꼭 감싸 쥐었다. 종혁은 손을 통해 전해지는 온기를 느끼며 속으로 생각했다. 마치 이 순간을 위해 지금까지 버텨온 것만 같다고.

진형은 온 마음을 다해 연주에 몰두하고 있었다. 그는 눈을 감은 채 건반에 자신의 모든 감정을 쏟아냈다. 그 순간만큼은 손등의 흉터도, 지난날의 아픔도 모두 잊힌 듯했다. 귓가에는 오로지 자신이 만들어내는 아름다운 선율만이 맴돌았다. 한때 절망 속에 주저앉았던 자신이 이렇게 다시 뜨겁게 살아 있음을 느끼며, 진형은 속으로 조용히 되뇌었다.

'살아 있어서 다행이야. 음악이 나를 다시 살게 해 주고 있어.'

피아노 곡은 절정을 지나 잔잔한 마무리로 흘러갔다. 마지막 음들이 낮게 퍼져 나오며 홀 안에 긴 여운을 남겼다. 연주는 끝났지만, 잠시

세상에서 가장 아름다운 슬픔

누구도 선뜻 움직이지 못했다. 진형은 천천히 눈을 뜨고 손을 건반에서 내려놓았다. 그의 가슴은 세차게 뛰고 있었다. 떨리는 숨을 고르며 고개를 숙인 순간, 피아노 건반 위로 투명한 눈물 한 방울이 떨어져 반짝였다.

객석 어딘가에서 조용한 훌쩍임이 새어 나왔다. 이윽고 누군가 조심스레 박수를 치기 시작했다. 그 소리는 잠시 홀 안을 맴돌다, 마치 신호처럼 번져 나갔다. 곧이어 홀 전체에 우레 같은 박수갈채가 터져 나왔다.

진형은 자리에서 일어나 천천히 관객을 향해 허리를 숙였다. 그의 눈가는 붉게 물들었지만 표정은 후련하고 밝았다.

종혁과 현지, 소영도 자리에서 일어나 뜨거운 박수를 보냈다. 세 사람의 눈에는 아직 눈물이 맺혀 있었지만 얼굴에는 환한 웃음이 피어났다. 종혁은 눈물에 젖은 눈으로 무대 위의 진형을 바라보았다. 진형은 눈시울을 붉힌 채 미소 지으며 객석의 친구들을 향해 손을 살짝 흔들어 보였다. 눈이 마주치자 종혁과 현지, 소영은 기쁘다는 듯 고개를 끄덕이며 손을 흔들어 응답했다. 그리고 서로를 바라본 네 사람은 동시에 조용히 웃음을 터뜨렸다. 눈물과 웃음이 뒤섞인, 세상에서 가장 따뜻한 웃음소리였다.

네 사람은 굳이 말을 주고받지 않아도 서로의 마음을 이해하고 있었다. 그들은 깨달았다. 지난날의 모든 상처와 슬픔이 결코 헛되지 않았음을. 아픔의 시간이 있었기에 지금 이 순간 이렇게 아름다운 꽃이 피어날 수 있음을.

슬픔은 여전히 그들의 가슴속에 남아 있었지만, 이제 더 이상 그들을 갈라놓는 고통이 아니었다. 오히려 서로를 단단히 이어주는 따뜻한 유대가 되어 있었다. 그것이 바로 그들이 함께 발견한 '세상에서 가장 아름다운 슬픔'이었다.

작가 인터뷰

먼 미국에서 한국의 독자들에게 이토록 다정한 위로를 건네게 된 계기는 무엇이었나요?

미국에서의 삶이 길어질수록 한국의 독자들이 더 선명하게 떠올랐어요. 물리적 거리가 생기니 오히려 본질이 보이더라고요. 제가 건네고 싶은 건 어떤 유용한 '정보'가 아니라 곁을 내어주는 '마음'이라는 걸요. 이 소설은 "잘 견디고 있나요?"라고 묻거나 "힘내라"라는 재촉 대신, "당신이 무너지지 않으려 얼마나 애쓰고 있는지 알고 있어요"라는 나직한 안부에서 시작되었어요. 때로는 너무 가까이 있을 때보다, 멀리서 지켜봐 주는 누군가가 있다는 사실이 더 큰 위안이 되기도 하니까요.

개발자와 상담사라는 상반된 시선이 소설의 서사를 구축하는 데 어떤 영향을 주었나요?

개발자의 시선은 이야기의 뼈대를 단단하게 세웠고, 상담사의 시선은 그 안에 따뜻한 숨을 불어넣었습니다. 논리는 인물들이 슬픔에 함몰되지 않도록 서사를 지탱해 주었고, 마음은 그들이 무너질 듯 위태로운 순간들을 외면하지 않고 끝까지 바라보게 했죠. 덕분에 감정에 치우쳐 흔들리지도, 분석에만 갇혀 차가워지지도 않는 적당한 온도의 이야기를 완성할 수 있었습니다.

캐릭터와 서사를 설정할 때 무엇을 가장 중요하게 생각하셨나요?

"이 인물은 왜 아직 살아 있는가"를 가장 많이 고민했습니다. 상처가 있는 인물을 만드는 것은 쉽지만, 상처가 있음에도 불구하고 하루를 살아내는 이유가 분명해야 한다고 생각했어요. 독자들은 완벽한 삶을 사는 인물보다, 오늘 하루를 겨우 버텨내는 인물에게 더 마음을 엽니다. 그들이 '겨우'일지라도 삶을 포기하지 않는 이유를 끝까지 놓치지 않으려 했어요.

상담 현장에서 목격한 슬픔 중 가장 '아름다웠던' 순간은 언제였나요?

슬픔이 사라진 순간이 아니라, 슬픔을 부정하지 않게 된 순간이었어요. 어떤 내담자는 자신의 고통이 왜 생겼는지 구구절절 설명하지 않아도 괜찮아졌을 때 비로소 처음으로 울었습니다. 그 눈물은 해결을 갈구하지도, 아픔을 증명하려 애쓰지도 않는 '순수한 수용' 그 자체였죠. 그때 배웠습니다. 슬픔이 꼭 극복하고 이겨내야만 하는 숙제가 아니라는 것을요.

타인의 슬픔에 깊이 공감하는 현지의 '눈물'이 종혁을 일으켜 세웁니다. 왜 '함께 우는 것'이 '해답을 주는 것'보다 강력한 치유가 될까요?

슬픔이란 본래 해결해야 할 '문제'가 아니라 관계 속에서 '견뎌지는 경험'이기 때문입니다. 사람은 조언을 들을 때보다, 내 고통이 누군가에게 정확히 전달되었다고 느낄 때 다시 살아갈 힘을 얻어요. 종혁을 일으켜 세운 눈물은 문제를 고쳐주려는 시도가 아닌 "당신의 슬픔이 내게도 닿았다"라는 증거였죠. 그 순간 그의 존재는 이미 온전히 이해받은 존재가 된 거예요. 치유는 답을 얻는 순간이 아니라, 혼자가 아니라는 감각이 회복되는 찰나에 시작된다고 믿어요.

소영이 종혁의 글을 통해 치유를 얻듯, 작가님도 누군가의 문장 하나에 생을 일으켜 본 경험이 있으신가요?

있습니다. 실은 아주 평범한 문장이었어요. "당신이 그렇게 느낀 데에는 그만한 이유가 있다." 그 문장을 읽었을 때, 제 감정을 더 이상 정당화하거나 설명할 필요가 없다는 느낌을 처음으로 받았어요. 나를 증명하려 애쓰지 않아도 된다는 안도감이었죠. 그 짧은 순간이 제 삶의 태도를 조용히 바꿔 놓았습니다.

작가님께도 작품 속 '레스토랑' 같은 안식처가 있으신가요?

특정한 장소라기보다는, '애써 괜찮은 척하지 않아도 되는 공간'이 저에게는 안식처 같아요. 상담실이나 글을 쓰는 책상, 그리고 조용히 커피를 마실 수 있는 시간…. 저에게 쉼이란 가면을 벗고 가만히 머물 수 있는 상태에 더 가까워요.

인물들이 새로운 시작을 위해 마주해야 했던 '과거와의 가장 건강한 이별 방식'은 무엇이라고 보시나요?

잊는 것이 아니라, '다시 설명하는 것'입니다. 과거를 없던 일로 만드는 순간, 우리는 현재도 잃게 돼요. 인생의 소중한 조각들도 함께 잃게 되죠. 소설 속 인물들은 자신에게 일어났던 일을 다른 언어로 다시 말할 수 있게 되었을 때, 비로소 다음 장으로 넘어갈 수 있었습니다.

소설 속 인물들의 고통이 작가님의 일상을 침범한 적은 없으셨나요?

자주 그랬습니다. 특히 밤에요. 하지만 상담사로서 배운 가장 중요한 태도는 '함께 머물되, 대신 살아 주지 않는 것'이었어요. 그 거리를 지키지 못했다면, 저 역시 감정에 잡아먹혀 이 소설을 끝까지 완성하지 못했을 거예요.

쓰고 난 뒤 스스로 치유받았다고 느낀 대목이 있다면요.

종혁이 본인의 글을 다시 써 내려가는 장면입니다. 그 대목을 쓰면서 저 역시 제가 지나온 서툰 문장들을 처음으로 다정하게 바라볼 수 있었어요. 글은 늘 독자를 향해 달려가지만, 때로는 작가 자신을 위로하러 돌아오기도 하더군요.

독자들이 자신의 슬픔을 '아름다운 유산'으로 바라보게 하려고 숨겨둔 장치가 있었나요?

슬픔을 섣불리 해석하거나 설명하지 않는 것이었어요. 이 소설은 슬픔의 이유를 파헤치지 않고, 그저 슬픔 옆에 의자를 놓고 나란히 앉아 있는 방식을 택했죠. 독자들이 자신의 경험을 소설 속 빈자리에 자연스럽게 채워 넣을 수 있도록 여백을 남겨 두는 것, 그것이 제가 의도한 가장 큰 장치였어요.

앞으로 '치유자'로서 이루고 싶은 꿈은 무엇인가요?

사람들이 상담실이나 책을 찾을 때, "내가 문제가 있어서"가 아니라 "잠시 쉬고 싶어서" 올 수 있는 세상을 꿈꿉니다. 치유가 극적이거나 특별한 사건이 아니라, 세수하거나 밥을 먹듯 평범하고 자연스러운 일상의 한 부분이 되기를 바랍니다.

지금 이 순간에도 홀로 겨울을 견디고 있는 독자들에게 어떤 응원을 건네고 싶으신가요?

당신이 아직 세상에 말하지 못한 이야기가 있다는 사실만으로도, 이 겨울은 이미 충분히 의미가 있습니다. 지금은 비록 버티는 계절일지라도, 오늘 당신이 머금은 슬픔은 언젠가 누군가를 살리는 따뜻한 문장이 될 수 있어요. 그 가능성을 의심하지 않으셨으면 좋겠습니다.

작가 홈페이지

세상에서 가장 아름다운 슬픔

세상에서 가장 아름다운 슬픔

상실을 품은 마음이 서로를 따뜻하게 감싸는 이야기

발행일 2026년 3월 17일

지은이 김재왕
펴낸이 마형민
기획 페스트북 편집부
편집 곽하늘 조설인 김현우
디자인 김안석 표진아
펴낸곳 주식회사 페스트북
홈페이지 festbook.co.kr
편집부 경기도 안양시 동안구 관악대로 488

© 김재왕 2026

ISBN 979-11-6929-998-5 03810
값 17,000원

* 이 책은 저작권법에 의해 보호를 받는 저작물이므로 무단 전재와 무단 복제를 금합니다.
* 페스트북은 작가중심주의를 고수합니다. 누구나 인생의 새로운 챕터를 쓰도록 돕습니다.
  creative@festbook.co.kr로 자신만의 목소리를 보내주세요.